名家选评
中国文学经典

楚辞举要

潘啸龙 著

中国古典文学研究名家
精选精注精评 精心结撰
带您走进中国古典文学的艺术殿堂
感悟经典文学作品的隽永意味和永恒魅力

安徽师范大学出版社

策　　划：侯宏堂
责任编辑：潘　安
责任印制：郭行洲
装帧设计：杨　群　欧阳显根

图书在版编目（CIP）数据

楚辞举要/潘啸龙著.—芜湖：安徽师范大学出版社，2014.12
（名家选评中国文学经典丛书）
ISBN 978-7-5676-1731-5

Ⅰ.①楚… Ⅱ.①潘… Ⅲ.①古典诗歌-诗集-中国-战国时代 ②楚辞-注释 Ⅳ.
①I222.3

中国版本图书馆 CIP 数据核字（2014）第 293578 号

CHUCI JUYAO
楚辞举要

潘啸龙　著

出版发行：安徽师范大学出版社
　　　　　芜湖市九华南路 189 号安徽师范大学花津校区　　邮政编码：241002
网　　址：http://www.ahnupress.com/
发 行 部：0553-3883578 5910327 5910310（传真）　　E-mail：asdcbsfxb@ 126.com
印　　刷：安徽芜湖新华印务有限责任公司
版　　次：2014 年 12 月第 1 版
印　　次：2014 年 12 月第 1 次印刷
规　　格：700 mm×1000 mm　1/16
印　　张：13.75
字　　数：167 千
书　　号：ISBN 978-7-5676-1731-5
定　　价：27.50 元

目　录

自　序 ··· 1

屈　原 ··· 1

　　离　骚 ··· 2

　　九　歌 ··· 20

　　　东皇太一/21　　云中君/22　　湘　君/23　　湘夫人/26

　　　大司命/29　　少司命/31　　东　君/33　　河　伯/35

　　　山　鬼/37　　国　殇/39　　礼　魂/41

　　天　问 ··· 42

　　九　章 ··· 62

　　　惜　诵/63　　涉　江/68　　哀　郢/72　　抽　思/77

　　　怀　沙/81　　思美人/86　　惜往日/90　　桔　颂/94

　　　悲回风/96

　　远　游 ··· 102

　　卜　居 ··· 113

　　渔　父 ··· 116

宋　玉 ··· 120

　　九　辩 ··· 120

　　招　魂 ··· 135

景　差 ··· 151

　　大　招 ··· 151

汉无名氏 ··· 163

　　惜　誓 ··· 163

[附]

贾　谊 ･･･ 168

　吊屈原赋 ･･･････････････････････････････････････ 168

淮南小山 ･･･････････････････････････････････････ 173

　招隐士 ･･･ 173

东方朔 ･･･ 176

　　七　谏 ･･･････････････････････････････････････ 176

　　　初　放/176　　沈　江/178　　怨　世/181　　怨　思/185

　　　自　悲/186　　哀　命/189　　谬　谏/191

严　忌 ･･･ 198

　哀时命 ･･･････････････････････････････････････ 198

自　序

在中国古代诗歌发展的早期，先后耸峙着两座高峰：一座是"诗经"，另一座便是"楚辞"。"诗经"居北，古朴苍茫，俯瞰着一泻奔腾的九曲黄河；"楚辞"居南，瑰丽雄肆，拔出于流贯南国的万里长江。"诗经""楚辞"，实际上代表着春秋战国时代高度发展的中国古代文明。其所孕育和影响着的，也不只是独标一帜的中国古诗艺术，而是整个华夏民族的精神及其风貌。

"楚辞"的含义有二：一是指继《诗经》的集体歌唱之后，在南方楚国发展起来的一种新体诗歌，它的创立者和继承者，便是以个人独立的创作，开辟了诗歌发展新纪元的伟大诗人屈原及其弟子宋玉。因为这种新体诗歌的杰出代表作，乃是"气往轹古，辞来切今，惊采绝艳，难与并能"的《离骚》，故后人又称其为"骚体诗"。二是指汉人刘向所编辑的以屈、宋辞作为主，兼及汉初拟骚之作的诗歌集，集子之名即为《楚辞》。

作为一种诗体形式，"楚辞"的滥觞大抵可追溯到传说中的舜禹时代。如《尸子》记载传为虞舜所作的《南风歌》，《尚书大传》所载《卿云歌》，以及《吕氏春秋》所记禹之妻涂山氏女《候人歌》等，即均有"托体兮猗"的特点。在《诗经》"十五国风"中，亦有不少诗章接近此体，如《召南·摽有梅》《郑风·野有蔓草》《魏风·伐檀》等。至于南方传唱的骚体民歌，如《沧浪歌》《越人歌》等，其出现亦在

1

屈原以前。但是，这种诗体倘若不被伟大诗人屈原所采用和改造，并在《离骚》《九歌》《九章》等诗作中，放射万丈光芒，就不可能以其独特的形式拔茁于"诗三百篇"之外，成为"一代文学"之代表而雄步诗坛。从这个意义上说，把屈原视为"楚辞"的开山之祖，是理所当然的；汉代司马迁在《史记·酷吏列传》"张汤传"中，称屈宋之辞而冠之以"楚"字，也是完全正确的。

倘若单从诗体形式看，屈原创立的"楚辞"，主要在于打破了《诗经》以四言为主的句式，而代之以五、六言乃至七、八言的长句句式，并保留了咏唱中的叹声词"兮"。这就使"楚辞"的句式，于参差中见整饬，既富于"长以取妍"的声情，又扩展了它的涵容量。"楚辞"的体制，也突破了《诗经》以短章、复叠为主的局限，而发展为"有节无章"、波澜壮阔的长篇巨制。这就更适合表现繁复的社会生活内容，抒泄在较大时空跨度中经历的复杂情感。"楚辞"与音乐仍保持着较紧密的联系，所以在辞中时有"倡曰""少歌""重曰"的更弦发唱，结尾大多有"众音毕会""交错纷乱"的合奏所伴和的"乱曰"。

不过，倘若只将这些形式上的因素视为"楚辞"的特点，还未免是皮相之见。"楚辞"之所以称"楚"，最重要的乃在于它的声韵、情调、思致和精神风貌，带有鲜明的楚地特点。"楚辞"作家生活于江流清碧、翠嶂插天、"气象常并吴越"的南国。由于历史的原因，楚民族的发展较之于中原民族，还处于相对落后的状态。这里原始的"巫风"尚未消歇，神怪思想还相当浓重；楚人的民族性格尚未受到北方"诗礼"文化的约束，而更多倾向于"情感型"的躁急、偏执和狂放不羁。同时，由于它在历史上长期遭受殷人、周人的歧视和排斥，多次遭到侵伐和伤害，只是靠了自身不屈不挠的奋斗，才赢得自立于南方的独立地位，故其宗土观念、民族自尊意识也特别强烈。另外，自春秋战国以来，中原的理性精神，在南北文化的交流、撞击和融合中，又强有力地影响和冲击着南方，并在这片土地上，造就了一批富于革新精神和开拓勇气的志士仁人。而屈原，正是在深厚肥沃的楚文化孕育下成长，并受到中原理性精神洗礼而巍然屹立的贤哲兼伟大诗人。

所有这些，都在不同程度上影响着屈原的创作，并使他所创作的"楚辞"，带有了既与中原文化灵犀相通的精神气质，又在声情、风调、审美取向和思致等诸方面迥然有异的南方特色。"楚辞"多"书楚语，作楚声"，具有北方人所不易诵唱的"清切"音韵，此其一。"楚辞"的表现色彩，受到江南山水的濡染和"巫风"对色彩的神秘观念影响，而带有瑰奇、富艳的特征，此其二。由于神怪观念的流行和巫风那"神游天地"的习俗影响，"楚辞"的构思往往"上薄旻天，下极黄壤。山川磅礴，巫鬼绣错。鞭电驾蝀，阴阳百出"（清人杨金声语），带有"凿空不经人道"的浪漫奇思。故鲁迅总结其特点为"其思甚幻"（《汉文学史纲要》），此其三。"楚辞"的作者，无论是屈原还是宋玉，都是具有进步思想的贤人志士，但又处在朝政昏乱、国家危亡关头，或遭放逐、或遭压抑，这又使"楚辞"的情感表现，几乎都带有深切的"忧患"感及强烈的不平和愤懑之情，"骚人之文，发愤之文也。雅多自贤，颇有狂态"（裴度《寄李翱书》）。其审美取向，大多不同于《诗经》的"温柔敦厚"和儒家的"中和"、婉曲，而表现为狂放、激烈和悲亢，此其四。可见，"楚辞"虽然是一种新的诗体,但总结其特点,则必须联系它的实际作品,对上述四点作综合考察,方能抓住它所区别于《诗经》的独特风貌。其中,最重要的,除了形式上的特点外,恰恰是表现色彩、浪漫奇思和忧愤、狂放诸特征。这些特征均与独特的楚文化背景和楚国的特定时代相联系,与屈、宋的遭际和情怀相交织而同时呈现。失去了这种联系,也就没有了"楚辞"。这也正可解释,为什么"楚辞"的传播始于汉代,而其衰落也恰恰是在汉代。

至于"楚辞"的精神气质,则与它的创立者屈原一样,虽仍带有楚人特点,却又远远超越了楚巫文化的相对原始性,澎湃着中原的理性和民主精神。《离骚》所表现出来的对历史兴亡的理性思考,对从卑微者中不拘一格"举贤授能"的大胆主张;《天问》对四方神怪异说的追根问底,对"天命反侧,何罚何佑"的怀疑和抨击;以及《九章》所表现的注重法治,对"国富强以法立"美政的追求,都鲜明地体现了这一点。"楚辞"所体现的理想,表面看来,似乎总与对古代圣王贤佐的颂扬和怀念联系在一起,似乎带有相当的"复古"色彩。但其中所贯穿的,却并非是对旧传统、旧制度的固守或维护,而恰恰是一种改革求变、愤怒冲决旧传统的历史进步要求。这只要看屈原对帝尧任用伯鲧治水,所提出的"何不课而行之"的责问;以及《惜往日》对楚王"背法度而心治"的批判;特别是《离骚》等一系列诗作,对旧贵族党人阻挠变革、"非俊疑杰",顽固追求私利和维护既得利禄的激烈抨击,都能感受到屈原站在潮流前头,推动历史进步的鲜明立场。在这场斗争中,占优势的是不知革新图强的旧贵族势力。所以屈原诗作中,又表现出当时改革家所共有的"举世皆浊我独清,

4

众人皆醉我独醒"的深切苦闷和孤独感。

现在有些研究者，因为楚文化在意识形态和上层建筑领域里的相对原始性，又因为屈原至死眷恋他的祖国，而不愿效战国策士的朝楚暮秦，便论定屈原依恋的是落后的文化传统，是站在历史变革对面为楚文化唱"挽歌"，他得到崇敬完全是由于道德、人格的感人，而非精神、理想的进步。这样的论断，尽管自以为突破了"政治性"的分析局限，注意了广阔的文化背景考察，其实却只是一种浮面的形相论断，并不符合事实。如果我们懂得"每一种民族文化中，都有两种民族文化"的原理（列宁语），懂得在中原文化与楚文化的撞击和影响中，南楚也迎来了理性觉醒的光辉日出，同时结合屈原作品，仔细辨别屈原继承的是楚文化中的哪些传统，又在什么意义上突破了自身的固有传统，而与中原的时代先驱站到了一起；那么，其结论应该正好相反：屈原之所以得到崇敬，恰在于他的理想之进步和斗争精神之伟大；唯其如此，与之相联系着的道德、人格，才能给人以"高山仰止，景行行止"的崇高之美，而为后世无数志士仁人钦佩和赞扬。

"楚辞"对后世的影响，首先是屈原作品中所体现的伟大"屈原精神"。屈原那"路曼曼其修远兮，吾将上下而求索"的探求理想精神，那"宁正言不讳以危身""虽体解吾犹未变"的孤身抗恶精神，以及"伏清白以死直"的峻洁人格和眷恋故国、以身相殉的伟大爱国精神，两千年来始终感动着千百万人民，激励着无数志士奋斗前行。"屈原精神"实际上已融入我们的民族传统，并与近世的"鲁迅精神"先后辉映，而汇成了我们永远值得骄傲的"民族魂"。

"楚辞"的艺术成就也是光芒万丈的。屈原、宋玉以其独创性的诗作，在中国古诗抒情艺术上作出了巨大的开拓和创造。那超越时空的神奇想象，那铺张扬厉的宏伟体制，那瑰丽缤纷的辞采和狂放悲亢的风格，在"诗三百篇"之外，又开出了一片全新的艺术天地。它直接孕育和推动了"一代文学"汉赋的诞生、发展，并对魏晋、六朝、唐代诗歌的繁荣产生极大的影响。不仅如此，无论是"建安之杰"曹植，还是六朝文学集大成者庾信，或是唐诗中拔耸而立的李白、杜甫，宋代的苏轼、陆游，以至近代的诗界巨擘龚自珍、黄遵宪，现代的诗歌"女神"郭沫若、闻一多，没有一个未受到过"楚辞"的滋养和屈宋的沾溉。

所以，无论从精神还是诗歌艺术发展看，"楚辞"和屈原，都带有笼盖历史的深远影响。不诵读"楚辞"，不了解屈原的精神和诗歌创造，就不能完整理解我们民族的伟大精神渊源和文化风貌。这是一份珍贵的遗产，我们应该在创造和开拓当代文化中，继承它、发展它。

本书正文，采用的是汲古阁刊本洪兴祖《楚辞补注》。所选篇目自屈原《离骚》至严忌《哀时命》，删略了王褒《九怀》、刘向《九叹》、王逸《九思》三篇，增附了贾谊《吊屈原赋》，排列次序按原本不变。作品文字大体按刊本原文收录，只在少数地方采用校勘所附异文，以使文义更加通畅易明。在作家、作品介绍和正文注释中，不少地方融入了我个人研究"楚辞"的心得，作了一些新的解说；而更多地方则采用了王逸、洪兴祖以及现代楚辞学者的研究成果。为简明起见，恕不一一指明出处。品评部分文字，则力求从思想内涵和艺术表现特色诸方面，作出简明扼要的分析或概括，有时也顺带涉及自己诵读中的感受和兴会。我不希望将品评写成太过浅显的层次分析，或索然无味的刻板介绍；而希望它们成为蕴含笔者感情、体会，并能给读者以某种启迪的随感文字。因而在写法上也不拘一格，不平均使用力量。倘若这一尝试能给读者多少有些帮助，我就感到非常宽慰了。倘若不太成功，敬请读者给予批评和匡正。"奇文共欣赏，疑义相与析"——对于含蕴丰富而又疑义迭出的"楚辞"，我们正可以在共同的欣赏和论析中，不断纠正可能的误解，徜徉在它的奇妙境界和思致中，以加深领略古贤的伟大志趣和情怀。

屈原（约前342—前282）

　　名平，字原。中国古代伟大的爱国诗人，《诗经》之后新诗体"楚辞"的创立者。战国楚人，原籍秭归（今属湖北），生于楚郢（今湖北江陵）。二十余岁即以"博闻强志，明于治乱，娴于辞令"得到楚怀王重用，任为"左徒"，参与改革朝政、草拟宪令、应对诸侯等一系列重大政治、外交事务。因力主变法、联齐抗秦，触犯朝中权贵，遭上官大夫进谗而被楚怀王疏黜，降为三闾大夫。在此期间，除悉心从事对贵族子弟的教育工作、热忱为朝廷培植贤才外，还曾于楚连遭汉中、蓝田战役惨败的危亡之秋，受命出使齐国，为重建楚齐联盟、解除强秦入侵之危，作出了重要贡献。怀王三十年（前299），秦昭王于攻城掠地之际故作姿态，约请怀王入秦武关"好会"，实欲挟持怀王签订割地和约。屈原拼死谏阻怀王赴会，与王子子兰等朝中权贵发生激烈冲突，终于触怒怀王，被放逐汉北。怀王入秦被拘，三年后客死于秦。屈原愤怒指斥子兰（当时已任继立的顷襄王国相）的误国行径，子兰恼羞成怒，因借手上官大夫再次诽谤屈原。顷襄王大怒，又将屈原从汉北迁逐到更加僻远的沅湘、汨罗一带。在长达十多年的放逐生涯中，屈原坚毅不屈，写下了《天问》《离骚》《九歌》《九章》等一系列诗作，抨击贵族党人迫害贤良的罪行，揭露"腥臊并御"、黑白颠倒的腐朽朝政，表达了"虽九死其犹未悔"的爱国情志。楚顷襄王十六七年（前283—前282），当秦国摧垮楚之盟邦齐国，楚又面临灭国之危，而楚顷襄王君臣依然醉生梦死之际，屈原痛惜于理想之破灭，决心以结束生命来表达他对腐朽王朝的抗议和与祖国生死与共的情愫。终于在农历五月端午，怀抱沙石，自沉于放逐之地的汨罗江中，享年约六十岁。

离 骚

　　《离骚》是中国古代最伟大的浪漫主义抒情长诗，约作于屈原放逐江南汨罗期间，时当楚顷襄王八九年间（前291—前290）。《离骚》的题义，"离"为离别，"骚"为忧愤。当是诗人于再次被放逐，在报国无门、痛苦无诉之际，写下的一首回顾平生奋斗历程的自传性诗作；一首倾诉着少年的憧憬，青年的参与艰难改革和壮盛之年即遭迫害、放逐的抒愤之作。《离骚》的情感内涵极为丰富：包容了充满希冀的理想追求及其破灭，遭受冤屈和不能容忍暗君、谗臣误国的怨愤，终于只能埋葬"美政"理想的绝望和绝望也摧折不了的宁为玉碎、不为瓦全的孤傲与自信，以及对故国故土万死不变的眷恋深情。多种情感的交织，造出了一种既呜咽悲怆、激烈狂放，同时又坦然从容的浑茫气象。《离骚》以理想与现实的冲突为主线，以花草禽鸟的比兴和瑰奇迷幻的"求女"神境作象征，借助于自传性回忆中的情感激荡和复沓纷至、倏生倏灭的幻境交替展开全诗。《离骚》"出入古今，翱翔云雾，恍惚杳茫，变化无端"（明人赵南星《离骚经订注》），是被刘勰称之为"气往轹古，辞来切今，惊采绝艳，难与并能"（《文心雕龙·辨骚》）的"奇文"，在中国古代诗歌的抒情艺术上，作出了巨大的开拓和创造，"其影响于后来之文章，乃甚或在三百篇（指《诗经》）以上"（鲁迅《汉文学史纲要》）。

　　帝高阳之苗裔兮，朕皇考曰伯庸。① 摄提贞于孟陬兮，惟庚寅吾以降。② 皇览揆余初度兮，肇锡余以嘉名。③ 名余曰正则兮，字余曰灵均。纷吾既有此内美兮，又重之以修能。④ 扈江离与辟芷兮，纫秋兰以为佩。⑤ 汨余若将不及兮，恐年岁之不吾与。⑥ 朝搴阰之木兰兮，夕揽洲之宿莽。⑦ 日月忽其不淹兮，春与秋其代序。⑧惟草木之零落兮，恐美人之迟暮。⑨不抚壮而弃秽兮，何不改此度？⑩乘骐骥以驰骋兮，来吾道夫先路。⑪

昔三后之纯粹兮，固众芳之所在。⑫杂申椒与菌桂兮，岂维纫夫蕙茝？彼尧舜之耿介兮，⑬既遵道而得路。何桀纣之猖披兮，夫唯捷径以窘步。⑭惟夫党人之偷乐兮，路幽昧以险隘。岂余身之惮殃兮，恐皇舆之败绩。⑮忽奔走以先后兮，及前王之踵武。⑯荃不察余之中情兮，反信谗而齌怒。⑰余固知謇謇之为患兮，忍而不能舍也。⑱指九天以为正兮，夫唯灵修之故也。曰黄昏以为期兮，羌中道而改路。⑲初既与余成言兮，后悔遁而有他。余既不难夫离别兮，伤灵修之数化。

余既滋兰之九畹兮，又树蕙之百亩。畦留夷与揭车兮，杂杜衡与芳芷。⑳冀枝叶之峻茂兮，愿竢时乎吾将刈。虽萎绝其亦何伤兮，哀众芳之芜秽！㉑众皆竞进以贪婪兮，凭不厌乎求索。㉒羌内恕己以量人兮，㉓各兴心而嫉妒。忽驰骛以追逐兮，非余心之所急。老冉冉其将至兮，恐修名之不立。朝饮木兰之坠露兮，夕餐秋菊之落英。苟余情其信姱以练要兮，长顑颔亦何伤？㉔擥木根以结茝兮，贯薜荔之落蕊。㉕矫菌桂以纫蕙兮，索胡绳之纚纚。㉖謇吾法夫前修兮，非世俗之所服。㉗虽不周于今之人兮，愿依彭咸之遗则。㉘长太息以掩涕兮，哀民生之多艰。余虽好修姱以鞿羁兮，謇朝谇而夕替。㉙既替余以蕙纕兮，又申之以揽茝。㉚亦余心之所善兮，虽九死其犹未悔！怨灵修之浩荡兮，终不察夫民心。众女嫉余之蛾眉兮，谣诼谓余以善淫。㉛固时俗之工巧兮，偭规矩而改错。㉜背绳墨以追曲兮，竞周容以为度。㉝忳郁邑余侘傺兮，吾独穷困乎此时也。宁溘死以流亡兮，余不忍为此态也！鸷鸟之不群兮，自前世而固然。何方圜之能周兮，夫孰异道而相安。㉞屈心而抑志兮，忍尤而

攘诟。㉟伏清白以死直兮，固前圣之所厚。㊱

悔相道之不察兮，延伫乎吾将反。㊲回朕车以复路兮，及行迷之未远。步余马于兰皋兮，驰椒丘且焉止息。㊳进不入以离尤兮，退将复修吾初服。㊴制芰荷以为衣兮，集芙蓉以为裳。㊵不吾知其亦已兮，苟余情其信芳。高余冠之岌岌兮，长余佩之陆离。㊶芳与泽其杂糅兮，唯昭质其犹未亏。㊷忽反顾以游目兮，将往观乎四荒。㊸佩缤纷其繁饰兮，芳菲菲其弥章。㊹民生各有所乐兮，余独好修以为常。虽体解吾犹未变兮，岂余心之可惩！㊺

【注释】

①高阳：古帝颛顼（Zhuānxū）的称号。苗裔：后代。朕：我，秦以前是贵贱都通用的第一人称代词，秦以后则成为封建帝王自称的专用词。皇考：一说指死去的父亲，一说指远祖。伯庸：屈原父亲的字（或远祖名）。

②摄提：岁星（木星）。贞：正。孟陬：正月。庚寅：古人以干支纪日，此指庚寅那一日。降：出生。此句自述于岁星正当正月晨出东方的那一年（亦即古代岁星纪年中的"摄提格"之岁），在正月庚寅这一天降生。笔者考证，屈原约生于公元前342年夏历12月（即周历前341年正月）初二日。

③皇：皇考简称。览揆：观察估量。初度：初生时的天象，即上文所述岁星运行所至宿度。肇：始。锡：赐。古人以岁星居黄道星纪宫、与太阳于正月晨出东方，为岁星纪年"十二岁一终"之开始；认为在这样的年月降生，是"得天地之正中"的好兆头。

④正则、灵均："皇考"给诗人所取的名和字。屈原名平，字原。或以为此一正则、灵均当为屈原之小名、小字；或以为乃诗人隐去自己的真名，在作品中另取的名、字："正则"隐含"平"义，"灵均"隐含"原"义。内美：内在的美好天赋。重（chóng）：又，加。修能：

4

美好的仪态，比喻后天的修养。

⑤扈：楚方言，披戴之意。江离：香草，又名蘼芜。辟：同"僻"，僻远之处。芷：香草名。纫：联缀。佩：佩饰。

⑥汩（yù）：疾行貌。不吾与：（岁月）不等待我。

⑦搴（qiān）：拔取。阰（pí）：土山，楚方言称大阜（土山）为"阰"。宿莽：经冬不枯死的草。楚方言称草为"莽"。

⑧忽：迅速。淹：停留。代序：时序交替。

⑨惟：思。美人：美男子，比喻楚王。

⑩抚壮：把持住壮盛之年。弃秽：除去、抛弃污秽之行。度：句中本意指举止行度，喻指朝政法度。

⑪骐骥：骏马，喻贤臣。来：呼唤语。道：引导。先路：在前面带路。

⑫三后：指楚之三位圣明先君熊绎、若敖和蚡冒。纯粹：精美无瑕。众芳：众多香草，喻众多贤臣。

⑬彼：指上文所称"三后"。耿介：光明正大。此句称颂楚之先君像尧舜一样光明正大。

⑭桀纣：指夏桀商纣，历史上的亡国之君，此借喻今之楚王。猖披（"诐"的假借字）：穿衣不系带的样子，引申为放肆而不检束。捷径：大道旁出的斜径。窘步：行步窘困。

⑮党人：此指结党营私的朝中权贵。悍：畏惧。皇舆：君王所乘之车。败绩：车乘倾覆。整句喻指国家遭遇灾祸。

⑯踵：脚跟。武：足迹。

⑰荃：香草，喻指君王。齌（jì）：炊镉疾也。齌怒：形容像热锅炒菜一样突然暴怒。

⑱謇（jiǎn）謇：忠贞直言貌。舍：舍弃。此句指忍耐了多时，还是不能舍弃忠言而不谏。

⑲正：评断是非、曲直。灵修：此指楚怀王。"黄昏"句：古代娶妻，黄昏时由新郎驾车到新娘家迎娶。羌：楚地方言，发语助词。中道改路：在途中改变道路，抛弃待娶的新娘而改娶他人。此句以婚娶喻君

臣，慨叹楚怀王所信谗言，对贤臣信用不终。

⑳滋兰：栽植兰草。畹（wǎn）：三十亩，或曰十二亩。"九畹"、"百亩"：均形容栽植香草（喻培育贤才）之多，而非实指。树：种。畦（qí）：田垄，或曰五十亩为畦。

㉑峻茂：高大、茂盛。竢：同"俟"，等待。时：成熟之时。刈（yì）：收割。萎绝：枯萎而死。芜秽：腐败变质。兰蕙（喻所培育贤才）等即使遭风霜而枯萎，仍不失其芳草之性，故不必悲伤；但它们倘若荒芜、腐败而变质（如后文所说的"变而不芳"、"化而为茅"），那就太令培育者伤心了。

㉒众：指朝中贵族党人。凭：满，楚地方言。厌：饱足。此句指斥贵族党人贪婪无底，已经饱满犹不知足地追逐利禄。

㉓恕己：宽恕自己贪得无厌之心。量人：以小人之心估量他人。

㉔苟：诚然、只要。信姱（kuā）：真诚美好。练要：精诚专一。顑颔（kǎnhàn）：饥饿而面容黄瘦。

㉕擥：同"揽"。木根：木兰之根。贯：串连。薜荔：蔓生香草。蕊：花心，此指花。

㉖矫：举。菌桂、胡绳：均为香草名。索：搓成绳索。纚（xǐ）纚：绳索纠结、缭绕之美好貌。

㉗謇：此为发语助词，与上文"謇謇"之义有别。前修：前贤。服：服用。

㉘周：合。彭咸：殷代贤大夫，谏君不听，自投水而死。遗则：留下的准则，榜样。

㉙太息：叹息。民生：人生。修姱：美好。鞿（jī）羁：本指马缰绳、马络头，此喻诗人善自我约束，虽美好而不放纵。誶（suì）：进谏。替：废黜。上文"信谗齎怒"，似指屈原遭谗被疏事；此"朝誶夕替"，似指谏阻怀王赴会武关而被放逐事。

㉚纕（xiāng）：佩带。申：加。既以蕙纕（喻品性芳洁）被废，又复采引芳茝，以明志节之不屈。

㉛蛾眉：容貌美好。谣诼（zhuó）：造谣、诽谤。善淫：生性放

荡。此句以"众女"比谗臣，美女喻诗人自己。

㉜工巧："工"作动词，善于取巧。偭（miǎn）：背，违背。错：通"措"，措施。

㉝周容：苟合取容。度：标准。以迎合君王爱好作为容貌打扮的标准。

㉞忳（tún）：忧愁屯聚。郁邑：愁闷不解。侘傺（chàchì）：楚方言，失意而心神不宁貌。溘（kè）死：突然死去。鸷鸟：鹰类猛禽。圜：同"圆"。

㉟忍尤：忍受别人横加的罪过。攘诟：承受污辱。

㊱伏：服，行。死直：死于直道。厚：看重。

㊲相：观看。延伫（zhù）：引颈企立而望。反：返。此句喻诗人未看清楚君臣之真面目，本欲引导君王走正道，结果君王却被群小引向了斜路（即上文所说"捷径"）。故下文有"回朕车以复路"之语，以表达决绝之志。

㊳步余马：使余马慢行。兰皋：生长兰草的水边高地。椒丘：长满椒木的山丘。焉：那里（椒丘）。

㊴进不入：进谏而不被容纳。离尤：离通"罹"，遭受罪尤。退：被黜退。初服：当初的服饰，喻指坚持自己的初志。

㊵芰（jì）荷：荷叶。芙蓉：荷花。

㊶岌岌：高貌。陆离：长貌。

㊷泽：垢泽。糅：混杂。昭质：清白之质。亏：亏损。此句言秉性芳洁的诗人，虽曾与恶浊的贵族党人同朝，却始终保持着自身的清白本色，毫无亏损。

㊸游目：放眼四望。四荒：四方极远之处。

㊹菲菲：芳气勃勃。弥：更加。章：同"彰"，明显。

㊺体解：肢解。惩：戒止。此句表达诗人形体可被肢解，而心志不可改变的气节。

【品评】

《离骚》可分三大段，此为第一大段，自述出身世系之高贵、降生时辰之非凡，充满了担当大任的使命感和自豪感。孜孜从事于后天修养，唯恐年岁之不我待，又表现了何其急切的报国热忱。然而，志在做楚王前驱的年轻辅弼，竟就这样被群小进谗、君王疏远；忍辱负重培植贤才的贞臣，却又在直言进谏后横遭废黜！面对着接二连三的意外打击，诗人既痛苦、震惊，但又刚毅、坚强："岂余身之惮殃兮，恐皇舆之败绩"——道出了诗人忧君忧国的最赤诚的情愫；"虽体解吾犹未变兮，岂余心之可惩"——表达了诗人百折不挠的最激越心声！此段以相对现实的直抒笔墨，穿插以香花异卉、男女婚娶的象征比兴，展开诗人在怀王时期的斗争生涯；热情的召唤，遭谗的震惊，激荡着被废的愤懑和九死不悔的呼告，将诗情推向了凄婉无告的绝境。

女媭之婵媛兮，申申其詈予。①曰："鲧婞直以亡身兮，终然夭乎羽之野。②汝何博謇而好修兮，纷独有此姱节？③薋菉葹以盈室兮，判独离而不服。④众不可户说兮，孰云察余之中情。⑤世并举而好朋兮，夫何茕独而不予听？"⑥依前圣以节中兮，喟凭心而历兹。⑦济沅湘以南征兮，就重华而陈词。⑧

启《九辩》与《九歌》兮，夏康娱以自纵。⑨不顾难以图后兮，五子用失乎家巷。⑩羿淫游以佚畋兮，又好射夫封狐。⑪固乱流其鲜终兮，浞又贪夫厥家。⑫浇身被服强圉兮，纵欲而不忍；⑬日康娱而自忘兮，厥首用夫颠陨。⑭夏桀之常违兮，乃遂焉而逢殃。⑮后辛之菹醢兮，殷宗用而不长。⑯汤禹俨而祗敬兮，周论道而莫差。⑰举贤而授能兮，循绳墨而不颇。⑱皇天无私阿兮，览民德焉错辅。⑲夫维圣哲以茂行兮，苟得用此下土。⑳瞻前而顾后兮，相观民之计极：㉑夫孰非义而可用兮，孰非善而可服？阽余身而危死兮，㉒览余初其犹未悔。不量凿而正枘兮，固前修以菹醢。㉓曾歔欷余郁邑兮，哀朕时之不当。㉔揽茹蕙以掩涕兮，霑余襟之浪浪。㉕

跪敷衽以陈辞兮，耿吾既得此中正。㉖驷玉虬以乘鹥兮，溘埃风余上征。㉗朝发轫于苍梧兮，夕余至乎县圃。㉘欲少留此灵琐兮，日忽忽其将暮。㉙吾令羲和弭节兮，望崦嵫而勿迫。㉚路曼曼其修远兮，吾将上下而求索。饮余马于咸池兮，总余辔乎扶桑。㉛折若木以拂日兮，聊逍遥以相羊。㉜前望舒使先驱兮，后飞廉使奔属。㉝鸾皇为余先戒兮，雷师告余以未具。㉞吾令凤鸟飞腾兮，继之以日夜。飘风屯其相离兮，帅云霓而来御。㉟纷总总其离合兮，斑陆离其上下。㊱吾令帝阍开关兮，倚阊阖而望予。㊲时暧暧其将罢兮，结幽兰而延伫。㊳世溷浊而不分兮，好蔽美而嫉妒。

朝吾将济于白水兮，登阆风而绁马。㊴忽反顾以流涕兮，哀高丘之无女。溘吾游此春宫兮，折琼枝以继佩。㊵及荣华之未落兮，相下女之可诒。㊶吾令丰隆乘云兮，求宓妃之所在。㊷解佩纕以结言兮，吾令蹇修以为理。㊸纷总总其离合兮，忽纬繣其难迁。㊹夕归次于穷石兮，朝濯发乎洧盘。㊺保厥美以骄傲兮，日康娱以淫游。虽信美而无礼兮，来违弃而改求。㊻

览相观于四极兮，周流乎天余乃下。望瑶台之偃蹇兮，见有娀之佚女。㊼吾令鸩为媒兮，鸩告余以不好。雄鸠之鸣逝兮，余犹恶其佻巧。心犹豫而狐疑兮，欲自适而不可。凤皇既受诒兮，恐高辛之先我。㊽欲远集而无所止兮，聊浮游以逍遥。㊾及少康之未家兮，留有虞之二姚。㊿理弱而媒拙兮，恐导言之不固。(51)世溷浊而嫉贤兮，好蔽美而称恶。闺中既以邃远兮，哲王又不寤。(52)怀朕情而不发兮，余焉能忍与此终古！

【注释】

①女媭（Nǚxū）：诗中假托的人物。或曰屈原之姊，或曰神巫。婵

媛（chányuán）：内心关切而表现出的喘息牵持情状。申申：反复。詈（lì）：从旁责备、规劝。

②鲧（Gǔn）：大禹之父。婞（xìng）直：刚直。亡身：亡亦作"忘"。亡身，不顾自身。殀（yāo）：夭亡，或曰囚禁。羽：羽山，传说在东方。鲧窃天帝息壤治水，被天帝禁过于羽山。

③博謇：学识广博、秉性刚直敢言。或以"博"为多，言刚直太过。

④薋（cí）：聚积。菉葹（lùshī）：菉为王刍，葹为枲（xǐ）耳，均恶草名。判：区分。

⑤户说：一家一户地说明。余：此指我们。以站在屈原一边的口气说话，侧重于代表诗人。

⑥并举：互相抬举。好朋：爱好成群结党。茕（qióng）独：孤单。不予听：不听我的话。

⑦节中：折中，公正地评判曲直。喟（kuì）：叹息。凭心：愤懑的心情。历兹：至今。

⑧济：渡。重华：大舜之号。舜死葬于湘南九嶷山。陈词：陈述心中的话。

⑨启：夏启。《九辩》《九歌》：传说中的天帝之乐，夏启在天帝那里作客，将其偷带到人间。夏，即上文之启，夏王朝开国之君。康娱：安乐无忧。自纵：放纵无拘。

⑩五子：启之幼子武观，曾在西河叛乱。用：因此。失：当为衍文。家巷：巷读作"哄（hòng）"，内乱。

⑪羿（Yì）：夏代有穷氏之君，善射。佚畋（yìtián）：放纵于游猎。封狐：大狐。或以为"狐"当为"猪"字之误。

⑫乱流：本义指横流而渡，不顺理，此指乱逆之行。鲜终：很少有好结果。浞（Zhuó）：寒浞，后羿之相。厥家：其家，即后羿的妻室。传说寒浞令逢蒙杀羿，并霸占其妻。

⑬浇（Ào）：寒浞之子。被服：披戴，引申为"依仗"之意。强圉（yǔ）：强暴有力。

⑭颠陨：掉落。浇杀死夏后相，后又为相之子少康所杀。

⑮常违：违背常道。乃遂焉：终于。

⑯后辛：即商纣王。菹醢（zūhǎi）：古代酷刑，把人剁成肉酱。此句指商纣残暴无道，将忠贞之臣杀害。《史记》："纣醢九侯，脯鄂侯。"殷宗：殷朝之宗祀。用而：因此。宗庙祭祀断绝，即亡国之意。

⑰俨：敬畏而小心谨慎。祗（zhī）敬：恭敬。周：周文王、武王。莫差：没有差错。

⑱授能：授政于贤能之臣，提拔贤能。绳墨：正道，此处喻法度。不颇：没有偏差。

⑲私阿（é）：偏爱、袒护。民德：此指有德之君。民：人。错辅：安置、辅助。

⑳圣哲：圣明之君。茂行：德行美盛。用：享有。下土：天下。

㉑相观：观察。民之计极：此指君王行止。计极：所至。

㉒阽（diàn）：身临险地。危死：受责罚而死。危：通"诡"，责也。

㉓枘（ruì）：嵌入凿孔的木柄。量凿正枘，按凿孔大小修正木柄。此句喻前贤刚正不阿，不按照君王好恶改变自己的直谏态度，因而遭遇杀身之祸。

㉔曾：楚方言，何。歔欷（xūxī）：悲泣抽息。朕时之不当：即生不逢时。

㉕茹：柔软。霑：同"沾"。浪浪：泪水流貌。

㉖敷衽：铺展衣服的前下摆。耿：明白。中正：中正的道理，此指贤臣辅君之正道。

㉗骊：四匹马驾的车，此指驾车之意。玉虬（qiú）：无角的白龙。鹥（yì）：凤一类鸟。溘（kè）：奄忽，迅速。埃风：平地而起的风。上征：登程上天。

㉘轫（rèn）：止住车轮不使转滚之木。发轫：即撤去轫木启轮。苍梧：即舜死所葬的九疑山。县：悬。县（xuán）圃：县圃乃神话传说中悬浮于昆仑顶上的神境。

11

㉙少留：稍加停留。灵琐：神境中刻镂有连琐之纹的门。

㉚羲和：神话中的太阳母亲，又是太阳神的驾车人。弭（mǐ）节：控制车阀以减缓车速。崦嵫（Yānzī）：日所入之西方神山。

㉛咸池：神话中太阳洗澡之处。总：系。辔：缰绳。扶桑：神话中的大树，太阳巡天前所居。

㉜若木：神话中生于昆仑西极的树，或曰扶桑树。拂日：拂试西沉之日，使之明亮而不昏暗，逍遥、相羊：从容安舒貌。

㉝望舒：月亮神的驾车人。飞廉：风神。奔属：飞奔紧随。

㉞先戒：在前面警卫，或曰先行通报所到之地的使者。未具：出行所需尚未准备齐全。

㉟飘风：旋风。屯：聚集。相离：相附丽，集聚在一起。帅：率领。御：迎接。

㊱纷总总：众多、聚集。离合：忽散忽聚。斑陆离：五光十色相杂貌。

㊲阍（hūn）：看门人。阊阖（Chānghé）：昆仑神境中天帝所居之门。此句言天帝的守门人不肯开关。

㊳暧（ài）暧：昏暗。罢（pí）：终、尽。结幽兰：结束幽兰以寄意。从下文"好蔽美而嫉妒"可知，诗人入天关所欲求见之人当为天宫玉女，正与后文"哀高丘之无女""相下女之可诒"相承。均以美女喻君，以"求女"喻求合于君王、重新获得信用。

㊴白水：神话中水名，出昆仑山。阆风：昆仑之神山。绁（xiè）马：系马。

㊵高丘：指阆风神山。无女：没有可求之女。春宫：或曰东方青帝之宫，或曰即在昆仑神境中之青宫。琼枝：玉树枝。续佩：接续在佩带上。

㊶荣华：花。落：凋谢。下女：昆仑神境外的下界之女。诒（yí）：通"贻"，赠送。

㊷丰隆：云神，或曰雷神。宓妃（Fúfēi）：传说中伏羲氏之女，溺死洛水而为洛神。

㊸结言：寄言于信物以致爱慕之意。蹇修（Jiǎnxiū）：传说为伏羲氏之臣，或指媒人。理：使者、通聘问者。

㊹纬繣（wěihuà）：乖戾，性格乖违不相合。难迁：难以改变。

㊺次：宿。穷石：西极的山名。濯发：洗发。洧盘（Wěipán）：神话中水名，出崦嵫山。按：宓妃形象喻指怀王死后继立为王的楚顷襄王。宓妃骄傲无礼，传说中与西方有穷氏后羿勾搭。这与楚顷襄王耽于享乐、淫游，并迎娶秦妇以和亲的行径颇为相合。诗人以此为喻，感慨深沉。

㊻保：持，倚仗。信美：实在美。无礼：不守礼法，行为放荡。来：乃。违弃：抛弃。改求：再作另外的追求。

㊼瑶台：玉砌之台。偃（yǎn）蹇：高耸貌。有娀（Yǒusōng）：古代部族名。佚女：美女，此指后为帝喾所娶的简狄。

㊽传说高辛（帝喾）派玄鸟（凤凰）做媒而娶简狄。既受诒：即已经受托为媒，送去聘礼。

㊾远集：到远处去。

㊿少康：夏后相之子，夏代中兴之君王。未家：未娶。二姚：二位姚姓女子，指有虞氏君长的女儿，为少康所娶。

51导言：媒人撮合之语。不固：不牢靠。

52闺中：宫中小门之内，女子居住之处。邃（suì）远：深远。哲王：指楚王。不寤（wù）：不醒。此句上承"求女"之喻，指出所求美女居处既深远，又昏睡不醒，外面又有群小阻隔，使诗人"求女"终于失败。前句上承"求女"喻体，故称"闺中"；后句直揭"女"之喻指，故点出"哲王"。可知整节反复"求女"，乃在喻指诗人遭初放后所作的求遇于怀、襄二王的努力及失败之事。

【品评】

以上为第二大段。外在的冲突和凄绝无诉的处境，也同时激起了诗人的内心冲突。连亲友们都不理解诗人，并劝他从此折节从俗，这尤其令诗人感到痛苦。"女嬃劝说""苍梧陈词"，即以虚幻之境，展示了诗人初放后的痛苦心路历程。主人公面对上古圣王，静思历史兴亡教训，回顾平生辅君之行，终于无悔无疑。诗中由此化生的数度"求女"幻境，正以超越时空的想象，融合神话和历史传说，再现了诗人上求怀王（不久便入秦被拘、客死于秦）、下求新君（即继立的顷襄王），为重返朝廷所作的艰苦努力及其失败。"帝阍""鸩鸟"的"蔽美称恶"，"宓妃"的骄横无礼、"纬繣难迁"，无不入木三分地刻下了楚王朝君昏、臣佞的"溷浊"世象。缤纷的神界并没有给黑暗现实带来丝毫光明：诗人又将面对更加严峻的人生选择。

　　索藑茅以筳篿兮，命灵氛为余占之。①曰："两美其必合兮，孰信修而慕之？②思九州之博大兮，岂唯是其有女？"曰："勉远逝而无狐疑兮，孰求美而释女？③何所独无芳草兮，尔何怀乎故宇？世幽昧以眩曜兮，④孰云察余之善恶？民好恶其不同兮，惟此党人其独异。户服艾以盈要兮，⑤谓幽兰其不可佩。览察草木其犹未得兮，岂珵美之能当？⑥苏粪壤以充帏兮，谓申椒其不芳！"⑦

　　欲从灵氛之吉占兮，心犹豫而狐疑。巫咸将夕降兮，怀椒糈而要之。⑧百神翳其备降兮，九疑缤其并迎。⑨皇剡剡其扬灵兮，告余以吉故。⑩曰："勉升降以上下兮，求矩矱之所同。⑪汤禹严而求合兮，挚咎繇而能调。⑫苟中情其好修兮，又何必用夫行媒！⑬说操筑于傅岩兮，武丁用而不疑。⑭吕望之鼓刀兮，遭周文而得举。⑮宁戚之讴歌兮，齐桓闻以该辅。⑯及年岁之未晏兮，时亦犹其未央。⑰恐鹈鴂之先鸣兮，使夫百草为之不芳！"⑱

　　何琼佩之偃蹇兮，众薆然而蔽之？⑲惟此党人之不谅兮，恐嫉妒而折之。⑳时缤纷其变易兮，又何可以淹留！兰芷变而不芳兮，荃蕙化而为茅。何昔日之芳草兮，今直为此萧艾也？

14

岂其有他故兮，莫好修之害也。余以兰为可恃兮，羌无实而容长。㉑委厥美以从俗兮，苟得列乎众芳。椒专佞以慢慆兮，樧又欲充夫佩帏。㉒既干进而务入兮，又何芳之能祗？㉓固时俗之流从兮，㉔又孰能无变化？览椒兰其若兹兮，又况揭车与江离！惟兹佩之可贵兮，委厥美而历兹。㉕芬菲菲而难亏兮，芬至今犹未沫。㉖和调度以自娱兮，聊浮游而求女。㉗及余饰之方壮兮，㉘周流观乎上下。

灵氛既告余以吉占兮，历吉日乎吾将行。㉙折琼枝以为羞兮，精琼爢以为粻。㉚为余驾飞龙兮，杂瑶象以为车。㉛何离心之可同兮，吾将远逝以自疏。遭吾道夫昆仑兮，路修远以周流。㉜扬云霓之晻蔼兮，鸣玉鸾之啾啾。㉝朝发轫于天津兮，夕余至乎西极。㉞凤皇翼其承旂兮，高翱翔之翼翼。㉟忽吾行此流沙兮，遵赤水而容与。㊱麾蛟龙使梁津兮，诏西皇使涉予。㊲路修远以多艰兮，腾众车使径待。㊳路不周以左转兮，指西海以为期。㊴屯余车其千乘兮，齐玉轪而并驰。㊵驾八龙之婉婉兮，载云旗之委蛇。㊶抑志而弭节兮，神高驰之邈邈。㊷奏《九歌》而舞《韶》兮，聊假日以媮乐。㊸陟陞皇之赫戏兮，忽临睨夫旧乡。㊹仆夫悲余马怀兮，蜷局顾而不行。㊺

乱曰：已矣哉！㊻国无人莫我知兮，又何怀乎故都！既莫足与为美政兮，吾将从彭咸之所居。㊼

【注释】

①索：取。蔓（qióng）茅：占卜用的一种茅草。筳（tíng）：占卜用的小竹片。篿（zhuān）：楚人称以灵草、折竹占卜为"篿"。灵氛：传说中的神巫，或曰卜师。

②曰：此为占卜中卜主（诗人）的贞问之词。两美：承前"求女"

之喻，文面上指"美男"与"美女"，喻义指臣与君。合：遇合。信修：真正美好的人。慕：爱慕。或曰当为"莫念"二字。孰……莫念之，即真正美好的人谁不思念、爱慕他。

③曰：此为灵氛占卜后依卜象所作出的回答之词。释：放弃、抛开。女：汝，你。此句乃灵氛劝诗人努力到楚国之外的远方寻求合意之君，并断言寻求贤才的明君没有谁会放弃他。

④芳草：比喻理想的美女（明君）。故宇：此指楚朝廷。"宇"一作"宅"。幽昧：昏暗。眩曜（xuànyào）：迷乱貌。

⑤户：与前文"众不可户说"相应，意谓家家。要（yāo）：腰。艾：恶草。此句指贵族党人爱好恶草，家家户户都佩带着满腰恶草。

⑥得：得当。理（chéng）：美玉。当：恰当、得当。此句言党人对草木之善恶尚且考察不当，又怎能恰当地评判美玉。

⑦苏：索取。帏（wéi）：香囊。

⑧巫咸：秦楚一带所尊奉的大神。降：降临。怀：揣在怀里，准备。糈（xǔ）：精米，用以祭神。要（yāo）：邀请。从出土文物知楚地卜筮之俗，占卜后必再祭祷神灵，以求趋吉、避凶。故有此邀巫咸、百神之举。

⑨百神：伴随巫咸的众神。翳：遮蔽，蔽天而降。九疑：九疑山神。

⑩皇剡（yǎn）剡：光芒闪耀、辉煌夺目。扬灵：显示灵性。吉故：说明灵氛劝诗人"远逝"为吉占的原故。

⑪升降：升天降地，与下文"上下"同义。矱（huò）：量圆度的工具。同：疑作"周"，合也。此句亦劝诗人努力到楚境之外去上下寻求，寻求合乎己意的明君。

⑫严：真诚、恭敬。挚：即伊尹，商汤王之辅臣。咎繇：即皋陶，舜、禹时的贤臣。调：协调，指君臣同心协力。

⑬行媒：媒人。此句为解除诗人担心缺少能干的媒人（引荐之臣），指出只要你内心美好，自能得遇明君，何必非靠他人引荐。

⑭说：傅说。武丁：商代明君。传说武丁梦见天帝送给他一位贤

辅，醒来图画其像寻找，终于在傅岩（地名）从事筑墙劳役的奴隶之中发现了这位贤人，他就是傅说。筑：打墙用的木杵。

⑮吕望：即吕尚（姜子牙），因先代封在吕邑，故又姓吕。鼓刀：以刀鼓案。传说姜尚曾在商都朝歌做屠户，后在渭滨垂钓，遇周文王。举：提拔、重用。

⑯宁戚：春秋时卫人。传说他在齐都东门外喂牛，一边叩着牛角一边唱歌，齐桓公郊迎宾客经过，听到他所歌内容，知其为贤人，因重用。该辅：用为辅佐之臣。该：备、用。

⑰晏：晚。未央：未尽。

⑱鹈鴃（tíjué）：即杜鹃鸟，初夏鸣叫，百花即逐渐凋谢。或以为当是"鴂"（jú），即伯劳鸟，秋天鸣叫，百花凋落。此以鸟鸣喻贵族党人提前行动迫害诗人，使其失去"远逝"之机。

⑲偓寒：此指繁盛。蔓（ài）：遮蔽貌。

⑳不谅：不良，不信。折：此指摧残。贵族党人颠倒是非，嫉妒贤良而加以摧残。

㉑淹留：久留。兰：兰草。此喻指诗人曾经培植的贤才，后来却变节者，如王子子兰等辈。恃：依靠。无实而容长：没有内在美质，徒有漂亮的外表。

㉒椒、樧（shā）：椒为香草，樧似椒而无香味。此亦喻指从俗变节的朝臣。专佞：专权而谄媚之臣。慢慆（tāo）：傲慢放肆。充：装入。

㉓干：求。进：进升高位。务：求。袛（zhī）：敬重。

㉔流从：当从一本作"从流"，随水而流。

㉕兹佩：指诗人所佩戴的芳草，喻指诗人自身的美好品性。委厥美：此"委"当作被动词用，指自身的美好被贵族党人所抛弃。历兹：至今。

㉖沫（mèi）：消散。

㉗和调度：行止有度，身上玉佩声调和谐。浮游：漫游。求女：上承前文"求女"，此指准备到楚境之外的广大开地间，继续寻求合意的

17

明君。

㉘饰：佩饰。壮：美盛。

㉙吉占：此吉占指祭祷神灵后，灵氛再占，仍以"远逝"去国为"吉"。历：选择。行：离国远行。

㉚琼枝：玉树枝。羞：干肉，此指菜肴。精：捣碎。糜（mǐ）：末屑。琼糜：玉屑。粮（zhāng）：粮。诗人秉性芳洁，故以琼玉为食品，象征其品性之美好。

㉛瑶：玉。象：象牙。以玉和象牙装饰其车。

㉜离心：指诗人与楚贵族党人、昏庸之君心志相违。远逝：远走高飞。自疏：自己主动疏远。诗人原先遭贵族党人进谗被逐，是被迫的。现在是主动与腐朽王朝决裂，故曰"自疏"。邅（zhān）：转向。周流：遍游。

㉝晻蔼（yǎn'ǎi）：日光被（飘扬的云霓之旗）遮蔽。玉鸾：玉制的鸾形车铃。

㉞天津：天河，在天之中。西极：西方尽头。

㉟翼其承旂（旗）：张开翅膀托举云旗。翼翼：整齐和谐而有节奏。

㊱流沙：沙如水流，神话传说中西方之地。赤水：神话中源于昆仑神山之水，赤色。容与：宽适貌。

㊲麾（huī）：指挥。梁津：在山间水谷上架桥。诏：告令。西皇：西方之帝少昊。涉予：渡我过河。

㊳腾：传告。径待："待"一作"侍"；径侍，径相待卫。因为天路"多艰"，故传令众车在两边排开侍卫。

㊴路：经过。不周：不周山，神话传说中山名，在昆仑西北，山形有缺，故名。西海：神话传说中西方之海。期：目的地。

㊵屯：聚集。轪（dài）：楚方言，车轮。此句指离开险境进入空阔地带，故将侍卫之车成千辆排开，齐头并进。

㊶婉婉：一作"蜿蜿"，游动曲伸貌。委蛇（yí）：此指云旗卷曲飘展之貌。

㊷志（zhì）：旗帜。抑志：止住云旗之飘动。弭节：控制车阀，使之减缓车速。邈邈：悠远无际。车虽缓止，神思却远驰无际。

㊸《韶》：韶乐，传说中帝舜之舞乐《九韶》。假日：借此时日。媮乐：即愉乐。

㊹陟（zhì）：升。陞（升）皇：初升之日。赫戏：光明貌。旧乡：楚国、故国。

㊺马：即上文所说驾车的飞龙。怀：悲伤。蜷（quán）局：身子蜷曲而不进。顾：回看。

㊻乱：从内容说，乃全诗之总结，"发理词旨，总摄其要"；从乐曲说，是全曲结尾的乐章，"乐之将终，众音毕会……繁音促节，交错纷乱"。《离骚》是入乐之诗歌，故保留了乐章之"乱"的形式。已：止。矣、哉：语助词。此句为喟叹痛绝之语，义同"罢了"。

㊼故都：指楚都郢城，乃王朝所在地。诗人怀恋"旧乡"（楚国），又不再"怀乎故都"，似乎矛盾，其实正表明他对楚王朝已无所依恋（因为它已腐朽到不可救药），但对楚国却无限眷怀、不忍离弃。国无人：指国无明君、贤臣。莫我知：没有人了解我。美政：屈原所追求的政治理想。从彭咸之所居：彭咸谏君不从，投水而死；诗人绝望于楚国没有可与共行美政的明君，又不忍离弃自己的祖国，故只有效法前贤，一死报国。此句即为诗人誓死之语。

【品评】

以上为全诗的第三大段和结尾。上下"求女"的失败，使诗人再度陷于绝境。楚国之大，竟再无可以遇合的明君！按照春秋战国时代的传统，才智之士便只有去国远游、另择明主这一条出路了。诗人将怎样面对人生的这一严峻选择？当灵氛、巫咸均断言去国"远逝"为"吉"，滞留在众芳变质的故国已绝无指望时，诗人也似乎动心了。但在跨空而逝的途中"忽临睨夫旧乡"的刹那，蕴藏在诗人内心最深挚的对祖国之爱，却以无可动摇的力量，促使诗人作出了即使死也要留在故国故土的抉择。"既莫足与为美政兮，吾将从彭咸之所居！"——这便是一颗伟大心灵，经历了巨大冲突后，所发出的最苍楚也最动人的呼声。

正如前人所说，此段描述去国远逝之境，"纯用客意飞舞腾那，写来如火如锦"（清人蒋骥）；而且于"极凄凉中偏写得极热闹，极穷愁中偏写得极富丽"（清人朱冀）。眼看已到无以为继的地步，却于奔浪逆折中猛然回笔，以主人公龙车云旗反顾故国的"定格"收结，使诗情出现极大的跌宕。这也正是诗人内心所经历的真实情感冲突——它虽然不是诗人的绝命之作，却早已立定了以死报国之志。倘若不是在无限绝望中决心"离别"人世，其"忧愤"又怎会表现得如此沉郁和痛切！——《离骚》者，离别人世之忧愤也。这便是此诗之题义，亦即此诗情感之归结。

九　　歌

这是一组"情致缥缈""玲珑剔透"的祀神乐歌。其名传自夏代，传说是夏启从天帝那儿偷来的"天乐"，实际上可能是夏王朝祭祀天地诸神的祭歌。夏王朝覆亡后，它便失去了王朝祀典用乐的地位。在沅湘民间流传中，既保存了原先祭祀的部分内容，又掺入了民间祭祀的某些内容，形成了"非典非俗"的特点。屈原放逐到沅湘一带，可能参加过民间的这类祭祀活动，并因原先的祭祀歌辞过于"鄙陋"，特为重新改写，这便是现在的楚辞《九歌》。此歌之所以名"九"，大抵在于其所祀神灵有九类的缘故。虽然所祀神灵的具体对象，自夏代以来已有很大改变，但总数仍合为"九类"，即东皇太一、东君、云中君、大司命、少司命、湘水夫妇之神（"湘君""湘夫人"）、河伯、山鬼和国殇，故仍沿用了传说的《九歌》之名。沅湘之间至战国仍盛行"巫风"，祭祀时由男、女之巫装扮成神灵以降神、祭神和娱神。屈原《九歌》正保留了巫风祭神的形式，并根据民间神话传说构思情节，抒写了人们对神灵的祈祝颂祷之情，融入了深切动人的人生感喟。全诗想象瑰奇，辞采缤纷，描摹神灵形象情态逼真，被诗论家们叹为"几于恍惚有物"（刘熙载《艺概》）、"可谓善言鬼神之情状者矣"（吴世尚《楚辞疏》）的千古杰作。《九歌》在中国古诗景物描写、"代拟"抒情方式的开拓以及"组歌"体式的创造方面，作出了巨大贡献。

东皇太一^①

吉日兮辰良，^②穆将愉兮上皇。抚长剑兮玉珥，璆锵鸣兮琳琅。^③瑶席兮玉瑱，盍将把兮琼芳。^④蕙肴蒸兮兰藉，奠桂酒兮椒浆。^⑤扬枹兮拊鼓，疏缓节兮安歌，陈竽瑟兮浩倡。^⑥灵偃蹇兮姣服。芳菲菲兮满堂。^⑦五音纷兮繁会，君欣欣兮乐康。^⑧

【注释】

①东皇太一："太一"乃天神之贵者，其祠宇在东方，故称。此神之名起于西汉。诗之题名疑为整理楚辞的汉人刘向所改，原题似为诗中述及的"上皇"，所祭对象为升格为天帝的祖先神颛顼。

②辰良：即良辰，好时辰。"吉日"与"辰良"乃屈原创造的句中"错综对"修辞方式。穆：恭敬。愉：娱乐。上皇：上帝。

③珥（ěr）：剑鼻，即剑柄、剑身交接处向两旁突出的部分。玉珥即玉饰的剑珥。璆（qiú）、琳琅：皆美玉。锵鸣：佩玉撞击发声。

④瑶："蓅"之借字，香草名。瑶席：用蓅草编织的坐席。玉瑱（zhèn）：玉制压镇坐席之具。盍（hé）：即"合"字。将：持。把：握。琼芳：玉色之花，或曰祭神用的灵茅。

⑤肴蒸：即肴脀，切作大块置于俎上的祭肉。藉：垫在底下。此句意为蕙草包裹着祭肉，用兰草为垫。蕙、兰，取其香洁。奠：奠祭。浆：薄酒。桂酒、椒浆：用桂、椒作香料泡渍的酒。

⑥扬枹（fú）：举起鼓槌。拊（fǔ）：击。节：节拍。疏缓节：指疏缓的音乐节拍。安歌：安和的歌唱。陈：摆列。竽：笙类，有三十六簧。瑟：琴类，有二十五弦。浩倡：大声唱，倡同"唱"。

21

⑦灵：装扮神灵的巫。偃蹇：繁盛貌，指服饰。姣服：美好的服装。芳菲菲：神巫起舞散发浓郁的香气。

⑧五音：即宫、商、角（jué）、徵（zhǐ）、羽五声。繁会：纷繁的音声交汇一片，是音乐结束时的合奏。君：指神灵。欣欣：高兴貌。乐康：安乐。

【品评】

因为降临的是最尊崇的天帝，祭祀的气氛便分外庄重。天帝"附身"的神巫剑佩雍容，显示出一派安肃静和的气度。瑶席上奇花四布，祭台上肴酒溢香。当激越的鼓点振起翩翩的舞姿，纷会的琴音奏响高亢的颂声，庄穆的天帝是否也感受到了万民拥戴之热忱？在欣欣乐康的自我陶醉中，可否想过如何回报世人的祝福？本篇以庄重的辞色，叙祭祀场面的堂皇、热烈。对天帝的形象，只勾勒以抚剑鸣玉一笔，便顿觉仪度非凡、不语而威。真可谓有"以少胜多"之妙！

云　中　君①

浴兰汤兮沐芳，华采衣兮若英。②灵连蜷兮既留，烂昭昭兮未央。③謇将憺兮寿宫，与日月兮齐光。④龙驾兮帝服，聊翱游兮周章。⑤

灵皇皇兮既降，猋远举兮云中。⑥览冀州兮有余，横四海兮焉穷？⑦思夫君兮太息，极劳心兮忡忡！⑧

【注释】

①云中君：云神。在古人心目中，云气的美好、神秘，并不亚于日月。朝为彩霞，夕为暮色，横绝万里，作雨降霖，有"天地之本""人主之像""太平之应"等美称。故在《九歌》的祭祀中，也占了重要一席。前人或以"云中君"为"月亮神"，或以为是"云梦泽"之神，均属附会。

22

②浴：洗身。沐：洗发。兰汤：芳香的热水。华采：色彩华丽。若：杜若（香花）。英：花朵。此言以杜若等花装饰的华丽彩衣。

③灵：神灵，指云神。连蜷（quán）：云流婉曲貌，此形容云神的形貌。既留：神灵降临、附身于迎神之巫。烂昭昭：灿烂光明。未央：无尽。

④謇（jiǎn）：发语助词，楚方言。憺（dàn）：安乐。寿宫：供神之堂。

⑤龙驾：龙拉的车。帝服：帝宫之服。云神乃天帝属神，其服亦天帝所赐。聊：姑且。周章：祭堂四周。此言云神降临、周游盘桓。

⑥皇皇：煌煌，光明貌。猋（biāo）：迅疾。远举：升到高远之处。

⑦冀州：古代中国九州之一，在黄河之北，被称为九州之首、天下"正中"，此代指中国。有余：意为云神所览远不止于冀州。横：充。或以横训光，光耀之意。

⑧夫：那，指示代词。君：指云中君。太息：叹息。懊（chōng）懊：忧心貌。此言云神离去后的忧思。

【品评】

古人心目中的云神，既然如霞彩一样缤纷美好，迎接她的神巫，自当浴兰沐芳、衣饰如花。连蜷婉曲的身影，灿烂辉映的神光，把云中君的降临，描摹得如许飘逸动人！而当她驾着龙车、穿着帝服，在祭坛漫游时，神态又何其安详。可惜云中君的世界，毕竟是在高远的天际。于是这祭坛前的逗留，也便只是她横绝四海中的一瞬而已。当云中君飘疾远去时，凡民又怎能将她留住？长长的叹息发自诗之结句，表达了人们翘望远空时的多少牵思和怀忧？诗已终，情未尽：在迎送、来去之中，给读者留下了袅袅不尽的怀想和回味之韵。

湘　君①

君不行兮夷犹，蹇谁留兮中洲？②美要眇兮宜修，沛吾乘兮桂舟。③令沅湘兮无波，使江水兮安流，望夫君兮未来，吹

参差兮谁思？^④

　　驾飞龙兮北征，邅吾道兮洞庭。^⑤薜荔柏兮蕙绸，荪桡兮
兰旌。^⑥望涔阳兮极浦，横大江兮扬灵。^⑦扬灵兮未极，女婵媛
兮为余太息。^⑧横流涕兮潺湲，隐思君兮陫侧。^⑨

　　桂櫂兮兰枻，斲冰兮积雪。^⑩采薜荔兮水中，搴芙蓉兮木
末。^⑪心不同兮媒劳，恩不甚兮轻绝。^⑫石濑兮浅浅，飞龙兮翩
翩。^⑬交不忠兮怨长，期不信兮告余以不闲。^⑭

　　鼌骋骛兮江皋，夕弭节兮北渚。^⑮鸟次兮屋上，水周兮堂
下。^⑯捐余玦兮江中，遗余佩兮澧浦。^⑰采芳洲兮杜若，将以遗
兮下女。^⑱时不可兮再得，聊逍遥兮容与。^⑲

【注释】

　　①湘君：湘水夫妇之神中的男神，据沅湘民间传说，当为南巡而
崩、葬于九疑山的舜。此歌由装扮成湘君模样以接迎神灵的巫者所唱。
因为对"山川之神"的祭礼，古代采取"遥望而致其祭品"的"望祀"
形式，湘水之神并不降临祭祀现场。故诗人构思迎神巫者在湘江、洞庭
四处寻找湘君的情状，最后将给湘君的祭品沉入江中、送往澧浦，以遥
祝其安度良辰、降福下民。

　　②君不行：指湘君尚未出行。夷犹：犹豫不决。谁：为谁。中洲：
洲中，水中沙滩。蹇（jiǎn）：通"謇"，发语助词。

　　③要眇（yāomiǎo）：美好貌。宜修：打扮得恰到好处。沛：船行
疾速。吾：此为迎神巫者自称。桂舟：桂木为舟，取其芳洁。

　　④沅湘：洞庭一带的沅江、湘江。江水：即指沅湘之水。无波、安
流：没有波浪、平稳而流。参差（cēncī）：排箫，32管或16管，按音
律排列成器，上端平齐供吹，下端两旁长、中间短，其状参差不齐，故
名。谁思：思谁。

　　⑤飞龙：快船。以龙为驾，盖形容其神异而与众不同，与《河伯》
之"驾两龙"意同。北征：北驶。湘神居九疑、洞庭一带，巫者未在

上游等到，故乘湘北驶。邅（zhān）：转道。战国之际湘水不流入洞庭，而是经洞庭东畔北注入江，故云。

⑥柏：通"帛"，旗帛。绸：缠旗杆之物。桡（náo）：旗杆曲柄，用以悬挂旗帛。旌：旗杆顶端的装饰，编缀翠羽而成。薜荔、蕙、荪、兰：均为香草。

⑦涔（cén）：阳：涔水北岸。此涔阳在今湖南澧县。极浦：遥远的水边。扬灵：扬帆而进，灵：同"舲"，有屋的船。或以为扬灵即发扬威灵。

⑧极：终极、到达。女：装扮迎神的湘君侍女。婵媛：因关切而喘息牵持貌。

⑨横：此指涕泪横溢。潺湲（chányuán）：水流动貌，此指泪水。隐：伤痛。悱侧：通"悱恻"，内心悲伤。

⑩櫂（zhào）：长的船桨。枻（yì）：短桨。斫（zhuó）：砍。此句描述逆水疾驶中，浪沫四溅如冰屑、雪片的纷扬、飞积。

⑪搴（qiān）：摘取。木末：树梢。薜荔攀缘树木而生，当采之树间；芙蓉（荷花）升波而开，当摘自水上。此句正相颠倒，以表现迎神不遇的幻觉和事与愿违的失意。

⑫心不同：不同心。媒劳：媒人徒劳无功。恩不甚：恩情不深。绝：被抛弃。此句以男女爱情之变喻迎神不遇。

⑬石濑（lài）：沙石上的流水。浅（jiān）浅：水流迅疾貌。翩翩：飞行貌。

⑭交：交往，忠，诚。怨长：怨思悠长。期：约会。不信：不守信用。不闲：没有空闲。此句亦以男女交往喻迎神之不遇。

⑮鼌（zhāo）：通"朝"，早上。骋骛：奔驰。皋：水泽、江边。弭节：停车。北渚（zhǔ）：北边的水洲。

⑯次：栖宿。周：周流、环绕。

⑰捐：赠，抛。玦（jué）：玉玦，圆形似环而有缺口的玉佩。遗（wèi）：赠送。澧浦：澧水之浦。此句言神灵未降临祭所，人们将赠送湘君的祭品投入江中、送往澧水边。

⑱芳洲：芳草丛生的水洲。下女：侍女。本当赠与湘君，此称"下女"以示尊敬，语同外交辞令中的"阁下""执事"。

⑲时：美好的时光。聊：姑且。容与：与"逍遥"同义，舒适自如地游乐。此为祝祷之词。

【品评】

作为山川之神，湘神在"望祀"中是不降临祭祀现场的。但祭祀时仍要派巫者装扮成湘君，作到处寻觅和迎接状。这习俗直到东汉还继续存在，孝女曹娥的父亲就曾因"于县江溯涛迎婆娑神"而溺死江中。诗人正以此习俗为据，构思了迎接湘君不遇而遥致祭品的动人一幕。悠长的歌声，引出迎神之舟飞驶的远影；"令沅湘兮无波"的祝愿，传向空阔的江天。当痛切的排箫诉不尽久待神灵的思情时，翩翩的飞龙又驾着快船转道洞庭湖寻觅。这寻觅终于在涛浪万里的大江上受挫，使失意的归程充满了幽怨和哀伤。在暮霭沉沉中湘君仍未降临，对神灵的怀思便只有寄托于遥致的祭品了。跌宕的诗情就这样一波三折，到结尾化作恭请神灵欢度良辰的不尽祈祝。此诗以大开大阖的笔墨；展开空阔的迎神背景；并运用"代拟"方式，抒写迎神的虔诚、久待的焦虑、不遇而返的哀怨，真是思致葱茏、曲尽其情！

湘　夫　人①

帝子降兮北渚，目眇眇兮愁予。②嫋嫋兮秋风，洞庭波兮木叶下。③登白薠兮骋望，与佳期兮夕张。④鸟何萃兮蘋中，罾何为兮木上？⑤

沅有茝兮澧有兰，思公子兮未敢言。⑥荒忽兮远望，观流水兮潺湲。⑦麋何食兮庭中？蛟何为兮水裔？⑧

朝驰余马兮江皋，夕济兮西澨。⑨闻佳人兮召予，将腾驾兮偕逝。⑩

筑室兮水中，葺之兮荷盖。⑪荪壁兮紫坛，播芳椒兮成堂。^⑫桂栋兮兰橑，辛夷楣兮药房。^⑬罔薜荔兮为帷，擗蕙櫋兮既张。^⑭白玉兮为镇，疏石兰兮为芳。^⑮芷葺兮荷屋，缭之兮杜衡。^⑯合百草兮实庭，建芳馨兮庑门。^⑰九疑缤兮并迎，灵之来兮如云。

捐余袂兮江中，遗余褋兮澧浦。^⑱搴汀洲兮杜若，将以遗兮远者。^⑲时不可兮骤得，聊逍遥兮容与。^⑳

【注释】

①湘夫人：湘水夫妇之神中的女神，指舜之二妃娥皇、女英。舜南巡而崩，二妃日夜啼哭于洞庭湖畔，泪水洒落竹上，翠竹尽染斑点（故称"斑竹"）。二妃泪尽，遂投湘水而死。民间以舜为"湘君"，二妃为"湘夫人"。此篇祭湘夫人。由女巫装扮成神灵模样，边舞边歌，作到处寻觅湘夫人情状。并在水边修筑好芬芳的水室，以迎接神灵到来，然湘夫人亦不临祭祀现场。最后将祭品沉入水中、送往澧浦，以遥祝湘夫人。

②帝子：湘夫人娥皇、女英乃帝尧之女，故称帝子。眇眇：望而不见貌。愁予：即予愁，使我发愁。从下文诗意看，应理解为神灵远降北渚而未来祭祀现场。故迎神巫者（予）为之发愁。

③嫋（niǎo）嫋：微风不断吹拂貌。波：此作动词用，掀动波澜。木叶下：树在秋风中飘落枯叶。

④白蘋（fán）：湖泽畔秋生之草名。骋望：放目远望。佳：佳人，指湘夫人。期：约期。夕张：傍晚张设好帷帐。

⑤萃（cuì）：集。蘋：水草。罾（zēng）：捕鱼之具。为：设。此句以鸟集水草、罾设树上喻事与愿违。

⑥茝（zhǐ）：即白芷，香草。公子：即湘夫人。古代贵族称公族，贵族子女不分性别，都可称"公子"。

⑦荒忽：恍惚，思极而神思恍惚。

⑧麋（mí）：似鹿而大的动物。庭：庭院。水裔：水边。麋本当在

山林而来到庭院里，蛟本当在深渊而来到水边。此句与"鸟何萃兮蘋中"意同，均以不得其所喻事与愿违（迎接不到湘夫人）。

⑨济：渡。西澨（shì）：西边的水畔。

⑩腾驾：车驾飞驰。偕逝：同去。此句之"闻"，当是神思恍惚中之错觉，其实既未见到湘夫人，更未听到她的召唤。

⑪葺（qì）：以草盖屋。荷盖：用荷叶作屋盖。

⑫荪壁：用荪草作屋壁。紫坛：用紫贝铺成的庭坛。或以紫为紫草。楚方言称中庭为"坛"。播：分布，散播。堂：屋堂。此指用椒涂堂壁，以散播芬芳。

⑬桂栋：用桂树作正梁。橑（liáo）：屋椽。辛夷：香木，花开似笔。楣：门上横梁。药：白芷，楚人称药。房：内房。

⑭罔：通"网"，此指编结成网状。帷：帐围。擗（pǐ）：用手剖分。櫋（mián）：帐顶，或指室内隔扇。

⑮镇：压席之具。疏：稀疏地布列。石兰：香草。

⑯缭（liáo）：缭绕。杜衡：香草。

⑰合：汇合。实：充满。庑（wǔ）：堂下四周的走廊、廊屋。

⑱袂（mèi）：複襦，即外衣。褋（dié）：贴身穿的单衣。

⑲汀（tīng）：水中平地。远者：指湘夫人。

⑳骤：屡次。

【品评】

此篇与《湘君》一样，都是在迎神不遇中，抒写对神灵的怀思和哀愁。但前篇以大开大阖的纪行式"动态"再现为主，抒情逐层递进；此篇则更多"静态"的展示，借助于环境氛围的烘托和"水室"之美的铺陈，表现不遇神灵的惆怅和幻想中的希冀。特别是开篇的秋景描写，将主人公的落寞之思，溶于八百里洞庭的波风落叶中写来，曾被前人赞为"千古言秋之祖"（明·胡应麟《诗薮》）。后半篇则以"闻佳人兮召予"的幻觉，突然终止哀怨的推进，使之在一线希望中跳向相反一极，以"水室"之美的绚烂渲染，表现一种突如其来的兴奋和欢快。

直到结尾才点出"远者"（湘夫人）的终究未临，使前文的铺排顿如海市蜃楼般倏然幻灭。这便是清人蒋骥所揭示的抒情结构上的"跌转"之格，并被叹为是"千古未有"的"绝奇"章法（《山带阁注楚辞》）。

大 司 命①

"广开兮天门，纷吾乘兮玄云。②令飘风兮先驱，使冻雨兮洒尘。③" "君回翔兮以下，逾空桑兮从女。"④ "纷总总兮九州，何寿夭兮在予！"⑤

"高飞兮安翔，乘清气兮御阴阳。⑥吾与君兮斋速，导帝之兮九坑。⑦" "灵衣兮被被，玉佩兮陆离。⑧壹阴兮壹阳，众莫知兮余所为。⑨"

"折疏麻兮瑶华，将以遗兮离居。⑩老冉冉兮既极，不寝近兮愈疏。⑪" "乘龙兮辚辚，高驰兮冲天。" "结桂枝兮延伫，羌愈思兮愁人。⑫" "愁人兮奈何？" "愿若今兮无亏。"⑬ "固人命兮有当，孰离合兮可为！"⑭

【注释】

①大司命：传说中掌管人之"寿夭"（长命或短命）的神明。本篇由巫所装扮的大司命与祭祀者的对唱构成，以表现神灵的威严、祭祀者的虔敬和对神灵离去的忧愁。

②广开：敞开。纷：多。吾乘：大司命的车乘。玄云：黑里透红的云。

③飘风：旋风。先驱：前导。冻（dōng）雨：夏天的暴雨。洒尘：洒洗尘路以清道。

④君：祭祀者称呼附身于迎神巫者的大司命。回翔：回旋飞翔。逾：越过。空桑：神话山名。但从《大招》"魂兮归来，定空桑只"看，"空桑"当为楚地名。从女（汝）：随从你大司命。

⑤纷总总：云气纷繁、聚散不定。此指纷繁的人间。何寿夭：谁长

29

寿谁短命。在予：由我（大司命）决定。

⑥清气：天空中的清明之气。御：驾御。此句言大司命的车驾，驾驭着天地间的清气和阴阳的变化而降临。

⑦吾：接迎神灵的巫者自称。与君：随从大司命。斋速：虔诚恭敬。导：引导。帝：天帝，即首先降临的东皇太一。九坑：即九冈，山名，在楚地。此句言巫者恭迎天帝属神大司命来到楚地。

⑧灵衣：神衣，或曰即"云衣"。被（pī）被：即"披披"，长而飘动貌。陆离：盛貌，指佩戴繁盛。

⑨壹阴壹阳：神光离合、忽隐忽现。众：指世人。余：大司命自称。

⑩疏麻：神麻。瑶华：指神麻的玉色花。遗：赠送。离居：与世人离居之神，即大司命。折疏麻之花（服之可长寿）赠送大司命，隐含祈求长寿之意。

⑪极：至。寖（jìn）近：稍为亲近。疏：疏远。年已老，就更得亲近大司命，否则就愈被疏远。

⑫辚辚：车行的声音。延伫，徘徊顾盼。结桂枝：编结桂枝以寄意。思：思念大司命。愁人：令世人忧愁。

⑬此句乃大司命与祭祀者问答之语。犹言："你们为什么发愁？"答曰："希望像现今一样健康无损。"

⑭此句为大司命安慰之辞，犹言："人本来各有其正常的寿命，哪会因为与神灵的离合而改变！"

【品评】

作为主管万民"寿夭"的尊神，大司命尚未登场，那纷涌的玄云、卷天的旋风和倾盆而注的暴雨，即已预告了他的威严之非同寻常。即使已降临祭台，仍要高声粗气声称"何寿夭兮在予"，仍要显示"壹阴兮壹阳"的神秘莫测，看来他真是一位令人生畏的神灵了。然而也不全是这样：当他接受了世人"疏麻瑶华"的赠与后，毕竟还关注到人们亲近他的心愿，关注到因他离去而引发的愁思。并且在"乘龙辚辚""高驰冲天"的刹那，又回身云空，以通达的快语点破生死的哲理，含笑慰解人们的疑虑。这便是屈原笔下的大司命，在高傲和威严中，终于还显示着富于人情味的亲切和开朗。

少 司 命①

"秋兰兮麋芜，罗生兮堂下。②绿叶兮素华，芳菲菲兮袭予。夫人兮自有美子，荪何以兮愁苦?③""秋兰兮青青，绿叶兮紫茎。满堂兮美人，忽独与余兮目成。"④

"入不言兮出不辞，乘回风兮载云旗。悲莫悲兮生别离，乐莫乐兮新相知!""荷衣兮蕙带，倏而来兮忽而逝。夕宿兮帝郊，君谁须兮云之际?"⑤

"与女沐兮咸池，晞女发兮阳之阿。⑥望美人兮未来，临风怳兮浩歌。⑦""孔盖兮翠旍，登九天兮抚彗星。⑧竦长剑兮拥幼艾，荪独宜兮为民正。⑨"

【注释】

①少司命：掌管人间生儿育女的"子嗣之神"。本篇的祭辞亦采用了对唱的形式，表现了少司命对求子"美人"的关切和人们对少司命的赞美之情。

②秋兰：兰草，秋天开淡紫色花。麋芜：即芎䓖(xiōngqióng)，其叶名麋芜，七八月间开白花，叶有香气。罗生：秋兰、麋芜并列而生。堂：祭祀之所。

③夫人：彼人，那些人。荪：香草，此称呼少司命。

④美人：参与求子之祭的其他女子（已有"美子"者）。余：尚未有子的主祭者（亦女子）。目成：目光传达的成约（即少司命已答应求子者的要求）。

⑤荷衣蕙带：此描述少司命的穿着打扮，以荷叶为衣，以蕙草为衣带，由此推测楚人心目中的少司命似为女神。倏：急速。帝郊：天帝的

郊野。须：等待。此言少司命离去，犹宿于归途（帝郊）的云中，似在等待着谁。

⑥女：汝，少司命指称求子的美人。咸池：神话传说中太阳洗澡的地方。晞（xī）：晒干。阳之阿：即神话传说中日出的旸谷。阿：曲陵。此以下四句少司命所唱。

⑦美人：即与之"目成"的求子者。忱（huǎng）：同"恍"，失意。浩歌：放声而歌。神话传说羲和生日浴于咸池；简狄洗浴于邱之水，吞玄鸟卵而生契。大抵洗浴与生子有关。少司命既为神灵，则其洗浴之处自也与世人不同，而在神话传说中的咸池了。但求子的"美人"却是凡人，又怎能来此咸池、旸谷？故有"望美人兮未来"之叹。

⑧孔盖：孔雀羽毛作车盖。翠旍（jīng）：翡翠鸟羽作旗旌。旍：同"旌"。抚：安抚。彗（huì）星：即"扫帚星"，人间有邪秽，彗星即出现以扫除之。此指少司命升天抚彗星为儿童除灾。

⑨竦（sǒng）：挺。幼艾：少男少女，一说指婴儿。民正：民之主宰。

【品评】

秋兰、麋芜的淡雅，正衬出少司命"荷衣蕙带"的清美。这位悄然而降的女神，因为关注着子嗣的命运，眉目间似乎总喜中带愁。她当然也特别善解人意，在满堂美人中一下体察了"余"之祈求。虽然是"入不言兮出不辞"，但那临别前的脉脉目光，不正传达着千言万语也说不尽的情意？这样的别离纵然悲愁，而心心相印的一瞬，又胜过万种欢乐！离去了犹在云际等待，高天中更留有她挺剑抚彗的英姿——诗人笔下的少司命，正是如此温柔又如此飒爽。全篇辞情舒展、悠长，其愁思和欢乐，均是淡淡的；正如清亮的溪流，潺潺而来，幽幽而去。与"大司命"来时风云变色、去时高驰冲天的豪放不同，显示的是另一种轻云舒卷的清新。

东　君^①

"暾将出兮东方，照吾槛兮扶桑。^②抚余马兮安驱，夜皎皎兮既明。^③"

"驾龙辀兮乘雷，载云旗兮委蛇。^④长太息兮将上，心低徊兮顾怀。^⑤羌声色兮娱人，观者憺兮忘归！^⑥"

"絙瑟兮交鼓，萧钟兮瑶簴。^⑦鸣篪兮吹竽，思灵保兮贤姱。^⑧翾飞兮翠曾，展诗兮会舞。^⑨应律兮合节，灵之来兮蔽日。^⑩"

"青云衣兮白霓裳，举长矢兮射天狼。^⑪操余弧兮反沦降，援北斗兮酌桂浆。^⑫撰余辔兮高驰翔，杳冥冥兮以东行。^⑬"

【注释】

①东君：即太阳神。本篇由装扮太阳神的巫者与祭祀者对唱。

②暾（tūn）：日将出时光明温暖之貌，此指将升的太阳。槛：栏杆。扶桑：东方神树名。太阳浴于咸池，升自扶桑。

③抚：拍。安驱：平稳地驰驱。皎皎：明亮。以上四句为迎神巫者所唱。"照吾槛兮扶桑"，言太阳快将从扶桑升起照到我（迎神者）家的栏杆了。

④辀（zhōu）：车辕，借指运载太阳神之车。委蛇（yí）：曲伸舒卷貌。

⑤太息：叹息。低徊：徘徊、流连。顾怀：回顾依恋。此句从太阳初升时的冉冉而上之状，想象太阳神舍不得离开居所。

⑥声：乐声。色：美女。憺（dàn）：安乐。以上六句为太阳神所唱。

⑦絙（gēng）瑟：快速拨动瑟弦。交鼓：相对击鼓。萧（xiāo）："撨"的假借字，击。瑶："摇"的假借字。簴（jù）：悬挂钟磬的木架。此句言击钟摇动了钟架。

33

⑧篪（chí）：通"篪"，竹制乐器。灵保：装扮太阳神的巫。贤姱（kuān）：美好。

⑨翾（xuān）飞：小飞轻扬之貌。翠：翡翠鸟。曾：通"翱"，张举翅膀。展诗：展开诗章唱（古代使用竹简，故须铺展开）。会舞：合舞，配合诗歌而舞。

⑩应律：应和音律。合节：配合节拍。灵：指太阳神及其随从。蔽日：遮住了太阳。以上八句为祭祀者所唱。

⑪青云衣：以青云为衣。白霓裳：以白霓为裳（下衣）。矢：箭。天狼：星名，在东井南，恶星，此喻指侵略楚国的外敌。

⑫弧：弓。与上文所称"矢"，均为天上星名，九星相连，其形似弓箭。在天狼星东南，主防备盗贼。反：反射。沦降：散坠降落。反射天狼，使之坠降。援：引持、拿起。北斗：星名。桂浆：桂酒。

⑬撰（zhuàn）：抓住。辔（pèi）：驭马（或其他牲口）的缰绳。杳（yǎo）：深远。冥（míng）冥：昏暗。东行：向东运行。此二句言太阳神巡天而沉，又在暗中东行。以上六句为太阳神所唱。

【品评】

屈原对祭祀对象"东君"的描绘，完全足与两千年后英国诗人雪莱的《阿波罗颂》相媲美。雪莱笔下的太阳神曾这样启行："于是我起身，攀登蓝天的拱顶/我跨越汹涌的海洋和山峰/把锦袍留给浪花四溅的波涛万顷/我步履所至，云霞如焚……"境界无疑绚烂而开阔。此篇则以声震万里的雷车和涌腾千重的云旗作渲染，顿使东君的出场，增添了无限的豪气和壮色。而且这位东方的太阳神，既恋居室又爱"声色"，也与"阿波罗"一样富于人情味。只是在他享受祭祀以后，便又倚天而立，"举长矢兮射天狼"，于神勇中不失其"青云衣兮白霓裳"的潇洒。东君又是豪爽的，刚歼除过强敌，就又引天上北斗、舀月中桂酒，放怀痛饮起来——诗人巧妙地借助于夜空的星月，以浪漫主义奇思，表现东君剑歌慷慨、神勇豪迈的雄影。使这位上古东方的太阳神，从此与"阿波罗"分庭抗礼、同垂千古！前人称诗中的"举长矢兮射天狼"，

"有报秦之心"（戴震《屈原赋注》）。考虑到秦在"西北"，又多次侵略楚国，则诗人的"射天狼"之句，确实寓意深长。

河　伯①

与女游兮九河，冲风起兮横波。②乘水车兮荷盖，驾两龙兮骖螭。③

登昆仑兮四望，心飞扬兮浩荡。④日将暮兮怅忘归，惟极浦兮寤怀。⑤

鱼鳞屋兮龙堂，紫贝阙兮朱宫，灵何为兮水中？⑥乘白鼋兮逐文鱼，与女游兮河之渚，流澌纷兮将来下。⑦

子交手兮东行，送美人兮南浦。⑧波滔滔兮来迎，鱼隣隣兮媵予。⑨

【注释】

①河伯：黄河之神。"河者水之伯，上应天河"，为"四渎之长"，故称。伯：古代诸侯之长。楚人不祭河神，此当为夏《九歌》在沅湘一带（属神话传说中夏启奏《九歌》的"天穆之野"）流传中被保留的内容。有人以为此篇非祭黄河之神，而是祭楚国的诸水之神，因为楚人有称水为"河"的实例。但从篇中内容看，此"河"与"昆仑"有关，显然指的是黄河。

②女：汝，指河神。黄河神属山川之神，祭祀时也不降临现场。此篇以迎神巫者口气，描述前往接迎河神，并共游河源昆仑、河中水渚之情状；最后河神"东行"，祭祀者将为河伯所娶之妇（当为泥俑）沉入"南浦"以遥祭。九河：黄河总称。因大禹治河至兖州，将河水分为九道以防泛滥，故称。冲风：冲天而起的旋风。横波：波浪被风卷起直立。或解为逆波。

③荷盖：荷叶车盖。骖（cān）：四马驾车，两旁的马称骖，此作动词"驾车"之意用。螭（chī）：传说中的无角龙。

④昆仑：古人以昆仑为黄河源头。浩荡：此形容飞扬的心情如水波浩荡无际。

⑤怅：此指心志愉悦。惟：思。极浦：极远的水边。寤（wù）怀：清醒过来。此句极言游览河源使迎神巫者乐而忘返，直到日暮才清醒此来之使命。

⑥龙堂：龙鳞为堂。紫贝：带暗青斑点、深褐斑纹的海贝。阙（què）：两旁有楼台中间有门洞的建筑。朱宫：珍珠饰宫。"灵何为"句：神灵在水宫中以何为乐？以引出下文的游渚之乐。

⑦白鼋（yuán）：大白鳖。逐：跟随。文鱼：有纹彩的鱼。或曰即鲧鱼。流澌：流水。纷：水涌貌。来下：从上涌下。

⑧子：河神。交手：拱手而别。东行：黄河自西向东而行，河神东行而去，未应迎神巫者之请。美人：战国有为河神"娶妇"之俗，美人即祭祀中送与河伯的新妇（泥俑）。南浦：南方的水边。黄河在北方，楚在南方祭它，故遥致祭品（美人）亦在南浦。

⑨来迎：迎接美人。嶙（lín）：一个个紧挨貌。媵（yìng）：古代的陪嫁女子或物品。此以群鱼做美人之陪嫁。

【品评】

　　黄河之神的性格是豪放而狂暴不羁的，故开篇写迎神景象，就带有壮阔雄奇的气派。迎神巫者与河伯，在冲天而起的飓风狂澜中，安坐于荷叶为盖的车上，向上游蜿蜒飞驶，显得何其豪迈、自得！那震荡如雷的涛浪，仿佛正由河伯刹那间爆发的笑声化成。接着便是大动荡后的大宁静：迎神巫者已来到云海茫茫、万山皆伏的昆仑峰巅，流连在黄河源头的霭霭暮景之中。这已经足令主人公"怅"而"忘归"的了，谁知更还有"紫贝阙兮朱宫"的龙堂奇观，更还有"乘白鼋兮逐文鱼"的河渚之游！所以尽管河神没有请到，送他一位"美人"作为回报，毕竟还是应该的。传说河神的妻子洛妃被后羿抢了去，从此便性格暴烈、常发洪水。现在给他娶了"新妇"，不知可否能带去些宽慰，使他的狂暴易怒之性，由此稍稍安宁？

山　鬼①

　　若有人兮山之阿，被薜荔兮带女罗。②既含睇兮又宜笑，子慕予兮善窈窕。③乘赤豹兮从文狸，辛夷车兮结桂旗。④被石兰兮带杜衡，折芳馨兮遗所思。⑤

　　余处幽篁兮终不见天，路险难兮独后来。⑥表独立兮山之上，云容容兮而在下。⑦杳冥冥兮羌昼晦，东风飘兮神灵雨。⑧留灵修兮憺忘归，岁既晏兮孰华予！⑨

　　采三秀兮於山间，石磊磊兮葛蔓蔓。⑩怨公子兮怅忘归，君思我兮不得闲。⑪山中人兮芳杜若，饮石泉兮荫松柏，君思我兮然疑作。⑫

　　雷填填兮雨冥冥，猨啾啾兮狖夜鸣。⑬风飒飒兮木萧萧，思公子兮徒离忧。⑭

【注释】

　　①山鬼：楚人所祀山神，从迎神巫者的装扮描写看，当是一位热情美丽的女神。前人以"采三秀兮於山间"句，"兮"有"於"义，故猜测后"於山间"当为"巫山间"，此山鬼即"巫山神女"（郭沫若《屈原赋今译》）。然此种句式《九歌》多有，如"杳冥冥兮以东行""云容容兮而在下"，"兮""以""而"同义，但不嫌累赘；则此"兮"与"於"相重，亦无不可。从诗中并看不出此山鬼即巫山神女。"山鬼"属山川之神，对她的祭祀也采用"望祀"，故神灵并不降临祭祀现场。此篇与《湘君》《湘夫人》《河伯》一样，纯由迎神巫者独唱，抒写迎接神灵而不遇的忧伤，盖为民间祭祀之俗。近人以"神神""人神"恋爱解说"二湘""河伯""山鬼"内容，恐多附会。

　　②若：恍惚之词，好像。人：指女巫装扮的山鬼。山之阿：山之曲隈。被：同"披"。带女罗：以女罗作衣带。女罗，即松萝。

③睇（dì）：微视。"含睇"，即含情而视貌。宜笑：笑得好看。一说"宜"通"齞"，"宜笑"即露齿微笑的美好貌。子：指山鬼神灵。予：装扮成山鬼迎接神灵的女巫。窈窕（yǎotiǎo）：娴静美好貌。古人称"美心为窈，美容为窕"。

④赤豹：毛色赤褐有黑斑之豹。文狸：毛色有纹彩的狐类。乘：驾车。从：随从。辛夷车：以辛夷木制作的车。结桂旗：结扎着桂花枝的旗。

⑤芳馨：指芬芳的花枝。遗（wèi）：赠送。所思：思念的人，此指山鬼神灵。以上叙写迎神巫者打扮成山鬼模样，在山间若隐若现，喜悦地迎接神灵的情状。对迎神女巫装扮、车从的描绘，实亦在为山鬼画像。

⑥余：迎神女巫。幽篁（huáng）：幽暗的竹林。独后来：相对其他迎神巫者，接迎山鬼的女巫因进入竹林迷失方向，加之山路艰险，故来之独后。

⑦表：突出地，高高地。容容：云气盛多貌。

⑧杳冥冥：深远昏暗。昼晦：白昼暗如夜晚。神灵：指山中之神。雨：降雨。

⑨留灵修：留于神灵之所，一说为神灵所留。晏（yàn）：迟，晚。华予：使我长驻青春年华。以上言迎神巫者迟到而未遇神灵。

⑩三秀：芝草一年开三次花，故名。采芝草可以通鬼神、求延年。磊（lěi）磊：山石丛聚貌。葛：蔓生植物。蔓蔓：长而纠结貌。

⑪公子：指山鬼神灵。"公子"可指称女性，见《湘夫人》。"君思我"句：君指山鬼。未遇神灵，而想象神灵亦在思我，但无空闲来见。

⑫山中人：装扮山鬼的女巫。芳杜若：芬芳如杜若。荫松柏：以松柏为荫。然疑：肯定和怀疑，忽而相信忽又怀疑。作：产生。以上言迎神巫者对神灵不至的哀怨和推测之情。

⑬填填：雷声隆隆。冥冥：阴雨貌。猨：同"猿"。啾（jiū）啾：象声词，此指猿啼声。狖（yòu）：一本作"又"，指长尾猿。

⑭飒（sà）飒：风声。萧萧：风吹叶落声。徒：枉自。离忧：罹

忧，即遭受忧伤。以上抒写雷雨交作中不遇神灵的忧伤。

【品评】

　　既然接迎的是美丽山鬼，打扮得自当如山鬼一样娴娜动人。好在山间有的是适合之物：赤豹、文狸，正可充其驾从；辛夷、桂枝，制作车、旗更佳。再配上薜荔、女罗的衣装，拈一枝芳香四溢的花儿——如此娴美、热情的模样，神灵能不喜欢得赶来附身？如火如荼的开场，将这次迎神之旅渲染得何其欢快、热烈。谁又知竹篁森森、山路险隘，竟耽误了期约的良辰。于是独立峰巅的眺望，曲径幽涧的寻觅，也因此笼上了凄雨迷云！最妙的是此刻的心理，忽而是"君思我兮不得闲"的自宽自慰，忽而又是"君思我兮然疑作"的狐疑满腹，就这样从黄昏直牵缠到暗夜！当迎神巫者终于踏上归程的时候，陪伴她的再不是喜滋滋的自夸，而只有雷鸣猿啼中的凄凉啸叹。这传自风雨中的变徵之音，不知能不能打动隐身不现的山鬼姑娘，而年年为那些虔诚的凡民降福？

国　　殇①

　　操吴戈兮被犀甲，车错毂兮短兵接。②旌蔽日兮敌若云，矢交坠兮士争先。③

　　凌余阵兮躐余行，左骖殪兮右刃伤。④霾两轮兮絷四马，援玉枹兮击鸣鼓。⑤天时怼兮威灵怒，严杀尽兮弃原野。⑥

　　出不入兮往不反，平原忽兮路超远。⑦带长剑兮挟秦弓，首身离兮心不惩。⑧诚既勇兮又以武，终刚强兮不可凌。身既死兮神以灵，魂魄毅兮为鬼雄。⑨

【注释】

　　①国殇（shāng）：为国战死在外的将士。殇，一般指未成年而死或在外死而不成丧者。对战死者的祭祀不入国家祀典，此大抵乃沅湘民间为战死在外的子弟所作的祭祀。全篇由装扮"国殇"的众巫边舞边

唱。今人有以为"国殇"即"国祊",乃诸侯国所举行的驱除疫鬼的"傩"礼(汤炳正《〈国殇〉与中国傩文化的演变》),但似与本篇内容不合。

②操:执、拿。吴戈:吴地所产的戈最锋利。一说即"吴科",盾名。犀甲:犀牛皮所制的战甲。毂(gǔ):车轮中间贯轴处。车错毂:指战车车轮交错。短兵接:因敌我战车紧相交错,故用短兵器(刀剑)相击。

③旌(jīng):旗上的羽毛缀饰,此代指旗。敌若云:形容来敌众多。矢交坠:双方的箭矢交相坠落。士争先:壮士愤怒,争先击敌。"士"与"敌"相对,指楚方战士。

④凌:进犯。阵:战阵。躐(liè):践踏。行(háng):作战时的行列。骖:驾车的边马。殪(yì):倒地而死。右:戎右。古代战车主将居左,车御居中,武士居右。居右的武士称戎右,亦简称右。刃伤:为刀(或剑)刃所伤。

⑤霾(mái):通"埋",把两轮埋入土里。絷(zhí)四马:用绳系住四马,此句言主将之骖死、戎右伤,为防惊马覆车,故埋轮系马而示必死之心。援:拿。玉枹(fú):玉饰的鼓槌。鸣鼓:响鼓。以上写主将车马、戎右虽伤而不退,仍举槌击鼓指挥杀敌。

⑥天时怼(duì):一作"天时坠",天时不利、大命将倾。威灵怒:虽身将死,威神怒健而不惧。严杀尽:戕杀而尽。弃原野:指战死者抛尸原野。

⑦反:同"返"。忽:远。超远:遥远。此句言战士们一去不返,弃身遥远的原野。

⑧挟(xié):腋下夹着。秦弓:秦地制造的弓。此句言战死者身虽死,仍保持着与敌拼搏的情状。心不惩:虽死而壮心不止。

⑨诚:实在。勇、武:勇猛坚毅。神以灵:精神不灭、威灵常存。魂魄:灵魂。毅:刚毅。鬼雄:鬼中雄杰。此句一作"子魂魄兮为鬼雄"。

【品评】

　　这是一首用捐躯将士的壮气浇铸的雄浑颂歌。开篇在鸟瞰式的全景展示中，大笔勾勒一场敌我对比悬殊的拼杀。面对着如云的来敌、飞坠的箭矢，将士们奋身迎敌，诗行中简直可闻震天的杀声。当形势突变、战阵方乱之际，一辆主帅的战车凸现而出，正如狂澜中之砥柱，在埋轮系马后又擂响隆隆的战鼓！这是殊死决战中最壮烈的一幕，诗人用特写式的笔墨，在天地间塑起了主帅那援枹击鼓的不倒巨影。后半篇以深情的悼辞，赞颂捐躯将士慷慨赴死的豪情。铿锵的辞句，振荡着英灵们义薄云天的英雄之气。倘若不是诗人胸间也激荡着一颗报国壮心，清丽婉转的《九歌》，又怎能有此气壮山河的压卷奇作？

礼　魂①

　　成礼兮会鼓，传芭兮代舞，②姱女倡兮容与。③春兰兮秋菊，长无绝兮终古。④

【注释】

　　①礼魂：疑为"礼成"，即祭礼的完成。此篇当为前十篇祭祀诸神的"乱辞"。汉人王逸称："言词祀九神，皆先斋戒，成其礼敬，乃传歌作乐，急疾击鼓，以称神意也。"大抵指明了每祭完一神，均须奏此《礼魂》的特点。

　　②会鼓：众鼓齐奏。芭（bā）：同"葩"，初开的鲜花。代舞：交替而舞。

　　③姱女：美丽的女巫。倡：唱。容与：指舞姿之舒缓、从容。

　　④春兰、秋菊：春祭以兰，秋祭以菊。绝：断绝。终古：永远。

【品评】

　　在传芭、代舞和歌声萦绕之中，《九歌》结束了它的祭礼。然而，也正是在此刻，诗人所创造的众多神灵，恰以其全部魅力，又纷纭多彩地重现在了天地之间：那剑佩雍容的"上皇"，在曲折连蜷的"云中君"陪伴下，不正带着欣欣乐康的满足，蹁跹在云空？而高驰冲天的辚辚龙车上，威武的"大司命"，不还微笑着，正讲述那无关"离合"的生死哲理？八百里洞庭，恍惚有"湘夫人"凌波远去的倩影；九万仞高天，还仰见"东君"衣袂飘飘"射天狼"的雄姿；当鼓点伴着歌声敲响的时候，你可听到"河伯"那压倒涛浪的大笑？而在突然之间，它又幻化出英勇"国殇"箭矢交坠中的杀声？

这便是屈原在《九歌》中展现的祭神奇境。它们曾在各自的篇章中，海市蜃楼般涌现；而后在《礼魂》中弥漫、交汇，又云烟般消散。《礼魂》完成了《九歌》的祭礼，却将当年祭祀者的不尽祈愿和希冀、哀怨和壮心，遗留给了百代千秋……

天　问

唐代诗人李贺曾赞叹《天问》是"开辟以来"最"奇崛"的诗作。这"奇崛"也正与屈原意外遭受的精神打击有关。楚怀王三十年（前299），屈原谏阻怀王赴"武关之会"，被无端放流汉北。三年后，入秦被拘的怀王，突然死于异国而归葬。正在放流中的诗人闻此噩耗，于极度伤痛之中陷入了情感迷乱。据王逸《天问序》称，屈原当时"徬徨山泽，经历陵陆，嗟号昊旻（苍天），仰天叹息"。他在迷茫中来到汉北郢城的"先王庙及公卿祠堂"，仰见庙堂中绘画有"天地山川神灵"，以及"古贤圣怪物行事"的壁画，由此引发了诗人的万般伤痛和不尽疑端，挥笔写下了这首包含了一百七十多问的奇诗。因为这些问难，是向着壁画中所画天地神明而发，故题名"天问"。而这种一问到底的体式，又显然受到庙堂占卜中"贞问"方式的启发，加以大规模扩展而成。

适应着壁画内容的展开和转换，《天问》以横向的空间展示，"呵问"有关天地开辟、四方神怪的悠谬之说；又以纵向的时间延续，诘问有关夏、商、周三代兴亡的历史教训。从而经纬相错，造成了此诗规模宏伟的结构。这是一首既富"哲理"、又兼"舒愤"的特殊抒情诗。因为是特定情绪中的"呵壁"之作，其所抒写不是转向内心，而是指向外物；不是面对现实人生，而是转向天地苍穹和消逝而去的历史；不是直接抒发自己的情志，而是将自己的愤懑灌注于天地谬说、历史兴亡之中，借不尽的问难喷薄而出。"其意念所结，每于国运兴废、贤才去留、谗臣女戎之构祸，感激徘徊，太息而不能自已。"（蒋骥《山带阁注楚辞》）以一种独特的方式，表现着与《离骚》一样叹惋国运、抨击朝政和"上下求索"的激情。在问难艺术上，或"顺问"，或"逆问"，或"复问"，或"杂问"，不断变换"字法"和"句法"，曾被清人夏大霖叹为"奇气纵横，独步千古"（《屈骚心印》）之作。近人闻一多也称赞它"气魄之大，罕有人比""笔调变换也极尽其美"（《闻一多论楚辞》）。

曰：遂古之初，谁传道之？上下未形，何由考之？①冥昭瞢闇，谁能极之？冯翼惟像，何以识之？②明明闇闇，惟时何为？阴阳三合，何本何化？③圜则九重，孰营度之？惟兹何功，孰初作之？④斡维焉系？天极焉加？八柱何当？东南何亏？⑤九天之际，安放安属？隅隈多有，谁知其数？⑥天何所沓？十二焉分？日月安属？列星安陈？⑦出自汤谷，次于蒙汜，自明及晦，所行几里？⑧夜光何德，死则又育？厥利维何，而顾菟在腹？⑨女歧无合，夫焉取九子？伯强何处？惠气安在？⑩何阖而晦？何开而明？角宿未旦，曜灵安藏？⑪

不任汩鸿，师何以尚之？佥曰何忧，何不课而行之？⑫鸱龟曳衔，鲧何听焉？顺欲成功，帝何刑焉？⑬永遏在羽山，夫何三年不施？伯禹愎鲧，夫何以变化？⑭纂就前绪，遂成考功。何续初继业，而厥谋不同？⑮洪泉极深，何以填之？地方九则，何以坟之？⑯应龙何画？河海何历？鲧何所营？禹何所成？⑰康回冯怒，地何故以东南倾？⑱九州安错？川谷何洿？东流不溢，孰知其故？⑲东西南北，其修孰多？南北顺椭，其衍几何？⑳昆仑县圃，其尻安在？增城九重，其高几里？㉑四方之门，其谁从焉？西北辟启，何气通焉？㉒日安不到，烛龙何照？羲和之未扬，若华何光？㉓何所冬暖？何所夏寒？焉有石林？何兽能言？㉔焉有虬龙，负熊以游？雄虺九首，倏忽焉在？㉕何所不死？长人何守？靡蓱九衢，枲华安居？㉖一蛇吞象，厥大何如？黑水玄趾，三危安在？㉗延年不死，寿何所止？鲮鱼何所？鬿堆焉处？㉘羿焉弹日？乌焉解羽？㉙

【注释】

①曰：此诗体式采用占卜中的"贞问"形式，"曰"即卜问者之发问辞。遂古：远古。初：初始。传道：传说。上下：天地。何由：从何。考：考定、察知。

②冥：幽暗。昭：可能是"昒（hū）"之错字。"昒"，未明也。瞢（méng）：模糊不清。闇：即"暗"。极：穷究。冯（píng）翼：无形貌。惟像：为像。此四句言当时幽暗模糊、无形无像，谁能穷究而考识它？

③"明明闇闇"句：言天明天黑（昼夜）那是如何造成的。时：是。三合：三同"参"，参错相合。本：本源。化：化生。此句言阴阳二气的参合，哪是其本源，哪是其化生。

④圜（yuán）：指圆天。古人以为天圆地方。九重：九层。营度：环绕量度。兹：此，指营造九重天。何功：赞叹功劳之大。此四句问建造九天是何等功劳，究竟是谁量度和营建？

⑤斡（wò）：旋转的枢纽。维：大绳。言九天的旋转枢纽，它的绳子系在哪里。天极：天梁，天之极顶。加：架。言天梁架在哪里。八柱：古代传说天有八根支柱（大山）。当：在。亏：亏缺、不满。此句

言东南方为何亏缺而低陷（指多河海）。

⑥九天之际：九重天之间。放：弃，不相连。属：连接。隅（yú）：角落。隈（wēi）：弯曲处。

⑦沓（tà）：重合，一说踏。十二：一年日月会合的十二辰。陈：列。此言天足踏于何处，十二辰如何区分，日月连接在什么上，群星又怎样布列而不乱。

⑧汤谷：汤读作"阳"，太阳洗浴和升起之谷。次：住宿。蒙汜（sì）：即蒙谷，太阳沉入之地。晦：黑夜。此言太阳从汤谷升起（天明），到沉入蒙汜（天黑），究竟运行了多少里。古代历法家以为周天赤道一百零七万四千里，即太阳日夜运行一周的里程。实际上是地球绕日而行，而白天黑夜乃是地球自转所形成。

⑨夜光：月亮。死则又育：古人以月晦为月亮之死，月明则为其死而复生。厥：其。利：好处；一说通"黎"，指月中黑影。顾菟（tù）：或曰即蟾蜍，或曰顾望之兔，或曰养育兔。此句言月亮有何德行，死了又能复生；有蟾蜍在腹中，对月亮又有什么好处。

⑩女歧：星名，即九子母。神话传说女歧无夫，却生了九子。无合：无配偶。伯强：即禺强，风神，又是天上箕星。惠气：和顺之气，或曰指寒风。此二句由女歧、伯强之星，引出发问。

⑪阖（hé）：关。此句言何处的门关了就天黑，开了就天明。角宿：二十八宿之一，有两颗星，星间被称为天门。旦：天亮。曜（yào）灵：太阳，日光。此句言角宿所居东方未明之时，太阳光藏在哪里。此上所同均与天体有关，自此以下问大地、四方的传说。

⑫任：胜任。汩（gǔ）：治理。鸿：通"洪"，洪水。师：众人。尚：推举。之：即下所言及之"鲧"。佥（qiān）：皆。课（kè）：考核。此言鲧不胜任治洪水，众人为何推举他，也不考核一下，就都说无忧。

⑬鸱（chī）龟：鸱鸟和大龟，一说鸱形龟。曳（yè）衔：拉着衔着。鲧（Gǔn）：同"鲧"，大禹之父。听：从。此据传说而问：鲧为何听从鸱龟衔拉的暗示，并将其运用于治理洪水（指堕高堙卑的堵水之

法)。顺欲：顺从心愿。帝：天帝。刑：诛罚。此言鲧顺从天帝治水的心愿获得了成功，天帝为何又诛罚他。

⑭遏：禁锢。羽山：神话中山名，在东方。施：释放；一说指施刑（杀）；一说指"坏"，被诛后尸身不烂。慑：当从一本作"腹"。传说禹由鲧腹而生。变化：指出生的异常。

⑮纂（zuǎn）就：继续。绪：余业。遂：终于。考：先考，死去的父亲。功：功业。厥谋不同：指禹治水运用疏导之法，与鲧的堵障之法不同。

⑯洪泉：洪水之源。方：分。九则：九等。大禹治水后分土为上中下九等（上中下每等中又各分三等）。坟：分。此句说，大禹是根据什么划分大地为九等的。

⑰应龙：神话传说中的有翅之龙。禹治水时，应龙曳尾划出入海之川，禹疏洪水入海。历：经过。营：经营。成：成就。

⑱康回：即共工，神话传说中的水神。冯（píng）怒：大怒。何故以：当从一本作"何故"。倾：倾斜。传说共工与颛顼争帝，怒触不周之山，撞断天柱地维，故天倾西北，地陷东南。

⑲九州：禹治水后分天下为九州。错：设置。洿（wū）：深。此四句问九州怎样安置，川谷怎样疏浚，众水东流，为什么东海不会满溢。

⑳修：长。顺椭（tuǒ）：狭而长。衍：广，多余。《淮南子》以为大地东西二万八千里，南北二万六千里；但《博物志》引《河图》，以东西二亿三万三千里，南北三亿三万五千五百里，是南北长于东西。此四句问大地的东西与南北，哪个更长些；南北狭长，比东西多出几里。

㉑县圃：神话地名，悬于昆仑山顶与天相通处。尻：古"居"字。此问昆仑的县圃，究竟居于何处。增城：传说昆仑山上有九重增城。九重：九层。

㉒四方之门：传说天之四方各有一门。从：进出。辟启：打开。一说西北所通之气（风）是"不周风"，四方之门指昆仑山之四门。

㉓烛龙：神话传说人面蛇身之神，眼闭则天晦，眼张则天明。一曰烛龙处西北无日之国，衔烛以照之。近人以为乃指"极光"现象。義

和：太阳之母，又是其车御。扬：扬鞭赶车。"未扬"指太阳尚未升起。若华：神话传说中若木树之花。若木生西方日入处，太阳西沉，若木花即发出光芒照亮大地。此四句言哪里太阳照不到，哪里需要烛龙照耀，太阳之车尚未巡天，若木花何以能放光。

㉔石林：传说西南有石树成林。何兽能言：传说中会说话的猩猩。

㉕虬（qiú）龙：神话中的无角龙。负：背、驮。此问本事不详。雄虺（huī）：一种大毒蛇。倏：倏忽，电光，此形容雄虺往来疾速。

㉖不死：长生不死。据《山海经》，交胫国东有长生不死的黑人。长人：指防风氏。传说防风氏长三丈，身上的骨节即可装满一车。守：守卫。传说防风氏守卫封嵎之山。靡萍（píng）：未详何物。一说指浮萍，一说指寿麻。九衢（qú）：九个岔道。或曰此喻靡萍之叶有九个分岔。按，齐有"靡笄"之山。此靡萍一作"靡芊"，疑与靡笄之山传说有关。枲（xǐ）华：其物未详。或以为指麻花。从上下文看，当亦指传说中的神奇之物。安居：居处哪里。

㉗一蛇吞象：据《山海经》，"巴蛇吞象，三年而出其骨"。黑水：神话中出昆仑山之水。玄趾：山名。三危：山名。据说玄趾、三危均在西方，亦为国名。

㉘"延年不死"二句：言传说有长寿不死的地方，其寿命究竟有多长。鲮（líng）鱼：神话传说中人面鱼身有手足的怪鱼。鬿（qí）堆：即鬿雀，神话传说中"如鸡而白首，鼠足而虎爪"的食人怪鸟。

㉙羿（Yì）：神话传说中的射日英雄，天帝之属神。彃（bì）：射。传说上古十日并出，草木焦枯。帝命羿上射九日而下除诸害（见《淮南子·本经训》）。乌：传说日中有三足乌，又名踆乌。解羽：羽翼散坠，指羿射死九日中的三足乌鸦。此二句言羿怎能射落九日，日中乌鸦又坠落到了哪里。

【品评】

《天问》的创作有其偶然性，但对往昔天地创生、四方神怪的荒谬之说，屈原早就作过理性的思考。而今，当诗人乍闻怀王客死的噩耗，对楚国朝政的昏乱满怀愤懑和痛苦无诉之际，在神思恍惚中面对一幅幅庙堂壁画，便更多了一重"烦懑已极，触目伤心，人间天上，无非疑端"（贺贻孙《骚筏》）的深切怀疑。于是天地创生的奇谈，愈加显示了无可考稽的荒唐；斡维、天柱的谬说，愈加经不起现实逻辑的检察；日月星辰的布列，女歧伯强的居处，令诗人疑窦丛生；县圃增城的神境，烛龙若华的灵异，更化作一派虚纱！最值得注意的，是诗中对伯鲧治水的评判，其问难直指放逐这位功臣的天帝，明确揭露了最高主宰处理之不公，真有鲁迅所赞叹的"放言无惮，为前人所不敢言"（《摩罗诗力说》）的勇气。至于"延年不死，寿何所止"的驳诘，亦在讥诮的口吻中，表现了对不死之说的嘲弄。这是一位哲人怀疑精神的愤懑宣泄，更是他充满睿智的理性审判。虽然叩问的还只是壁画中有关自然的传说，却已经鲜明地表现着对传统之见的叛离。接着便将面对古代兴亡的历史，诗人又将如何发问？

禹之力献功，降省下土四方；焉得彼涂山女，而通之于台桑？①闵妃匹合，厥身是继；胡维嗜不同味，而快鼂饱？②启代益作后，卒然离蠥；何启惟忧，而能拘是达？③皆归躲礴，而无害厥躬？何后益作革，而禹播降？④启棘宾商，《九辩》《九歌》；何勤子屠母，而死分竟地？⑤帝降夷羿，革孽夏民；胡躲夫河伯，而妻彼雒嫔？⑥冯珧利决，封狶是躲；何献蒸肉之膏，而后帝不若？⑦浞娶纯狐，眩妻爰谋；何羿之躲革，而交吞揆之？⑧阻穷西征，岩何越焉？化为黄熊，巫何活焉？⑨咸播秬黍，莆藋是营；何由并投，而鲧疾修盈？⑩

白蜺婴茀，胡为此堂？安得夫良药，不能固臧？⑪天式从横，阳离爰死；大鸟何鸣，夫焉丧厥体？⑫蓱号起雨，何以兴之？撰体协胁，鹿何膺之？⑬鳌戴山抃，何以安之？释舟陵行，何以迁之？⑭惟浇在户，何求于嫂？何少康逐犬，而颠陨厥首？^⑮女歧缝裳，而馆同爰止；何颠易厥首，而亲以逢殆？^⑯汤谋易旅，何以厚之？覆舟斟寻，何道取之？^⑰桀伐蒙山，何所得焉？妹嬉何肆，汤何殛焉？^⑱舜闵在家，父何以鳏？尧不姚告，二女何亲？^⑲厥萌在初，何所亿焉？璜台十成，谁所极焉？^⑳登立为帝，孰道尚之？女娲有体，孰制匠之？^㉑舜服厥弟，终然为害；何肆犬体，而厥身不危败？^㉒吴获迄古，南岳是止；孰期去斯，得两男子？^㉓缘鹄饰玉，后帝是飨；何承谋夏桀，终以灭丧？^㉔帝乃降观，下逢伊挚；何条放致罚，而黎服大说？^㉕

【注释】

①之力献功：致力于贡献治水功业。降省（xǐng）：下来巡察。下土：天下。涂山女：涂山氏之女。传说夏禹治水，道娶涂山氏之女。"涂山"所在众说不一，或曰在浙江绍兴，或曰在四川重庆，或曰在安徽怀远，或曰在安徽当涂。通：通婚、媾合。台桑：地名，或曰桑间野地。

②闵：忧。妃：配偶。匹合：婚配。继：继嗣。上二句言禹担忧无妻，为了获得子嗣而与涂山女婚配。胡：何。嗜不同味：爱好不同，并不情投意合。快：快意。鼂饱：即"朝饱"，饱食于一朝。此喻男女性爱。这二句言禹与涂山氏并不情投意合，为什么还要满足于一时的欢爱。传说大禹娶涂山氏女，从辛日到甲日只四日，即弃妻外出治水。

③启：禹之儿子。益：夏禹的贤臣，本应由益继禹为君。后：君主。卒（cù）然：即猝然，突然。离蠥（niè）：遭遇忧患。惟忧：遭忧，"惟"通"罹"。拘：被拘禁。达：通"达"，逃脱。此四句言夏启取代益做君主，突然遭遇被拘禁的灾祸，为什么又能逃脱。

④皆归躲籟（shèjū）：此句义不明。或以为躲籟当作"射籦"，指盛箭器，句义为皆交出武器而归附夏启；或以为"躲"当作"联"，指以矢贯耳的刑罚，句意为反对启者都受到贯耳的处罚；或以为躲（即古

49

"射"字)指射猎,"鞠"又作"鞠"(畜养),句义为让大家都来射猎、畜牧。厥躬:其身,指启自身。后益作革:益之帝位被变更。作通"祚",王位。禹播降:禹的后嗣得到繁盛。

⑤棘:亟,屡次。宾:作客。商:"帝"之误。此二句言夏启三次作客于天帝,得到了天乐《九辩》和《九歌》。勤子:指启。屠:裂。死:通"尸"。竟:委,弃。此言禹子启破母腹而降生事。传说涂山氏怀启,到嵩山下化为山石,禹追去索要儿子,山石破裂而生启。

⑥夷羿:传说中夏代有穷国之君,以善射著名。革孽夏民:革除夏民的忧患。"躬夫河伯"二句:河伯,黄河之神。雒(即"洛")嫔:洛水之神宓妃,河伯之妻。传说河伯化为白龙出游,被羿射瞎左眼;羿又夺了其妻洛神。

⑦冯:满。珧(yáo):贝壳装饰的弓。利:便。决:象骨制作的板指,套于指上以钩拉弓弦。封豨(xī):大野猪。此二句言羿拉满弓弦射杀大野猎。献:祭。蒸肉之膏:蒸熟的肥厚之肉(野猪肉)。后帝:天帝。不若:不和、不顺。此二句言后羿耽于游猎,射了大野猪献祭天帝,失去了天帝的欢心。

⑧浞(Zhuó):寒浞,羿之相。纯狐:羿之妻。眩:迷惑。爰:乃。谋:谋划。交:合力。吞揆(kuí):吞灭。躬革:传说羿善射,能射穿七层皮革。此四句言羿有射革之技,何以被寒浞娶了其妻,又被合谋吞灭。

⑨"阻穷西征"四句:其所问本事不详。林庚先生猜测当是鲧阻截有穷氏羿西征的事。阻:阻截。穷:有穷氏,即羿所率部落。"化为黄熊",与鲧的传说有关,鲧死后"化为黄熊(即三足鳖),以入于羽渊"(《国语·晋语》)。也有以为"西征",当解为自西往东。此四句指鲧在险阻穷困中被流放到东方羽山,越过了高岩峻岭,最后死于羽山,被巫救活,化作了黄熊。

⑩秬(jù)黍:黑黍。莆:通"蒲",水生植物。藿(huán):通"萑",芦苇一类植物。营:经营。此二句言鲧曾让百姓播种黑黍、经营蒲草。由:原因。并投:即摒弃、放逐。疾:罪过。修盈:多而长

久。此二句言鲧为什么被放逐，是因为罪过太多么。

⑪蜺：同"霓"。婴：缠绕。茀（fú）：白色去气。一说"白霓"指白色的霓裳，"婴茀"指妇女的首饰和颈饰。臧：通"藏"。良药：指不死之药。此四句言羿妻嫦娥穿戴着霓裳、颈饰，在这个宫堂（指壁画所绘）里干什么；后羿从哪里得到不死之药，却不能藏得好一点。

⑫天式：天之法则。从横：即纵横，形容法则之清楚、明白。阳：阳气。离：离身。"大鸟何鸣"二句：所问本事未详。或以为指《山海经》所述"鼓"与"钦䲹"被天帝杀戮，而化为鵕鸟、大鹗的神话。言鼓与钦䲹何以化大鸟而鸣，他们在哪里丧失了躯体。

⑬蓱：蓱翳，神话中的雨师。号：叫。兴：起，发动。鹿：此指风伯飞廉，传说飞廉鹿身雀头，而生两翅。撰：具有。胁：两膀。协：合。膺（yīng）：承受。此四句言蓱翳是怎样兴云作雨的，风伯又何以膺受了鹿身雀翅的混合体形。

⑭鳌（áo）：神话中的大海龟。戴：用头顶着。抃（biàn）：拍手，此指海龟四肢舞动。传说东海中有五神山，常随波浮动，天帝怕流失于西极，因命禺强让十五只巨鳌，分三班轮流顶着五神山，六万年一交班。释：舍。陵行：陆上行走。迁：移。传说龙伯之国一位巨人，只数步就到五神山所在海边，一钓钓走六只大海龟，一起背回龙伯国去了。此四句言大海龟头顶着山游动，五神山何以能安稳；龙伯巨人陆行而不用船，又怎能弄走海中的六龟。

⑮浇（Ào）：寒浞与羿妻所生儿子。户：门。嫂：浇之嫂，即下文所说女歧。少康：夏朝君主相的儿子。逐：追踪。颠陨厥首：指砍掉浇的头。传说少康趁打猎放犬逐兽之机，袭杀了浇。

⑯女歧：浇嫂。馆同：同舍。爰：乃。止：息宿。颠易厥首：砍错了她（女歧）的头。逢殃：遭殃。传说少康夜袭浇，却误杀了女歧。

⑰汤：当作"康"，指少康。谋：谋划。易旅：治甲，整顿军队。厚：壮大。覆舟：翻船。斟寻：夏之同姓诸侯。此句指夏相失国后，逃往斟寻，为浇攻灭。道：方法。何道取之，指少康用什么方法攻灭浇而复取斟寻。

51

⑱桀：夏代最后一位君主，为商汤所灭。蒙山：古国名，或以为即《竹书纪年》所记"岷山"。妹嬉：即妹喜，桀之元妃。桀伐岷山，得二女琬与琰，宠爱而抛弃了元妃妹喜。妹喜即与伊尹私通，并与商勾结。肆：放荡。殛（jí）：惩罚。成汤灭夏后，妹喜与桀一起被流放到南巢而死。

⑲舜：古帝，有虞氏姚姓，史称虞舜。闵：忧愁。在家：在于（未有）家室。父：舜父瞽叟。鳏（guān）：同"鳏"，成年男子久无妻室。此二句言舜因未有家室而忧愁，其父为什么不给他娶妻。或曰"闵假为昏"，昏，婚姻。指舜娶有登比氏在家，何得称为鳏夫。不姚告：不告姚家，指不告诉舜父。二女：尧之女儿娥皇、女英。亲：亲近（指嫁给舜）。此二句言尧为何不征求舜父意见，就将二女嫁给了舜。

⑳萌：萌芽，此指征兆。初：开始。亿：通"臆"，预料。此言征兆初露时，谁能预料到什么。璜（huáng）：美玉。成：层。极：至。此二句所指不明。一说指商纣作十层璜台（即鹿台），谁能料到他后来以荒淫灭国死于此台；一说指下文女娲，言十层玉台，谁能升登为帝。

㉑立：被拥立，一说通"位"。帝：女娲，古帝之一。道：引导，或曰原则。尚：上，推举。此二句言女娲是根据什么原则被推举为帝的。体：形体。传说女娲"人头蛇身，一日七十化"。制匠：制造。此二句言（传说女娲抟土造人）她自己那人首蛇身的形体，又是谁造的呢。

㉒服：顺。弟：舜之异母弟象。为害：被弟谋害。传说舜父与象多次谋害舜（如舜修仓库而被抽去梯子，并焚烧仓库；舜挖井而象填土掩井，企图封死舜等），但都被舜逃脱。肆犬体：像狗一样放肆为恶。厥身：指舜。或以为指象。此二句言象简直就像狗一样为恶，为什么舜（或象自身）没有因此危亡。传说舜未计较象之罪，反而封象于有庳。

㉓吴：古代诸侯国。获：得到。迄古：终古。南岳：衡山。此二句言吴得以建国于南岳已有久远的历史。孰期：谁料到。去斯：离开这里（南岳）。二男子：指古公亶父的长子太伯、次子仲雍。太伯、仲雍为让弟弟季历继君位，主动出走南方，被吴人拥立为君。此二句言吴人离

开南岳向荆襄迁移时，得到了太伯、仲雍。

㉔缘：借助，利用。鹄（hú）：天鹅。饰玉：饰玉之鼎。后帝：天帝。飨：祭飨。"承谋"句：接受汤之使命图谋夏桀。灭衰：使夏桀灭亡。

㉕帝：天帝，一说指成汤。降观：下来巡察。伊挚：即伊尹，商汤王的辅臣，降生于伊水，故以伊为姓，挚为其名。条：鸣条，地名，夏桀被放逐的地方。放：流放。致罚：给予惩罚。黎服：当为"黎民"，众民。说（yuè）：通"悦"。《吕氏春秋·慎大篇》："汤立为天子，夏民大悦"。

简狄在台，喾何宜？玄鸟致贻，女何喜？㉖该秉季德，厥父是臧；胡终弊于有扈，牧夫牛羊？㉗干协时舞，何以怀之？平胁曼肤，何以肥之？㉘有扈牧竖，云何而逢？击床先出，其命何从？㉙恒秉季德，焉得夫朴牛？何往营班禄，不但还来？㉚昏微遵迹，有狄不宁；何繁鸟萃棘，负子肆情？㉛眩弟并淫，危害厥兄；何变化以作诈，后嗣而逢长？㉜成汤东巡，有莘爰极；何乞彼小臣，而吉妃是得？㉝水滨之木，得彼小子；夫何恶之，媵有莘之妇？㉞汤出重泉，夫何罪尤？不胜心伐帝，夫谁使挑之？㉟

会鼍争盟，何践吾期？苍鸟群飞，孰使萃之？㊱到击纣躬，叔旦不嘉；何亲揆发足，周之命以咨嗟？㊲授殷天下，其位安施？反成乃亡，其罪伊何？㊳争遣伐器，何以行之？并驱击翼，何以将之？㊴昭后成游，南土爰底；厥利惟何，逢彼白雉？㊵穆王巧梅，夫何为周流？环理天下，夫何索求？㊶妖夫曳衒，何号于市？周幽谁诛，焉得夫褒姒？㊷天命反侧，何罚何佑？齐桓九会，卒然身杀。㊸彼王纣之躬，孰使乱惑？何恶辅弼，谗谄是服？㊹比干何逆，而抑沈之？雷开阿顺，而赐封之？㊺何圣

人之一德，卒其异方？梅伯受醢，箕子详狂？㊻

稷维元子，帝何竺之？投之于冰上，鸟何燠之？㊼何冯弓挟矢，殊能将之？既惊帝切激，何逢长之？㊽伯昌号衰，秉鞭作牧；何令彻彼歧社，命有殷国？㊾迁藏就岐，何能依？殷有惑妇，何所讥？㊿受赐兹醢，西伯上告；何亲就上帝罚，殷之命以不救？�51师望在肆，昌何识？鼓刀扬声，后何喜？52武发杀殷，何所悒？载尸集战，何所急？53伯林雉经，维其何故？何感天抑地，夫谁畏惧？54皇天集命，惟何戒之？受礼天下，又使至代之？55初汤臣挚，后兹承辅；何卒官汤，尊食宗绪？56勋阖梦生，少离散亡；何壮武厉，能流厥严？57彭铿斟雉，帝何饗？受寿永多，夫何久长？58中央共牧，后何怒？蜂蛾微命，力何固？59惊女采薇，鹿何佑？北至回水，萃何喜？60兄有噬犬，弟何欲？易之以百两，卒无禄？61

薄暮雷电，归何忧？厥严不奉，帝何求？62伏匿穴处，爰何云？63荆勋作师，夫何长先？悟过改更，我又何言？64吴光争国，久余是胜；何环穿自闾社丘陵，爰出子文？65吾告堵敖以不长。何试上自予，忠名弥彰？66

㉖简狄：古代传说中有娀国的美女，帝喾次妃，殷人的女始祖。台：简狄所居的高台。喾：古帝之一，号高辛。宜：相宜，合适。玄鸟：燕子，或曰凤凰。贻：赠送。传说简狄浴于水，玄鸟飞过掉落其卵，简狄吞卵而孕，生殷之始祖契。喜：一作"嘉"，指怀孕生子。

㉗该：通"亥"，王亥，殷人的远祖。秉：承受。季：王亥父冥，始祖契六世孙根圉之子。臧（zāng）：善。弊：通"斃"，死。有扈：即"有易"，扈为"易"之讹，古代国名。传说王亥作客于有易国，与有易氏女通淫，为其君绵臣所杀。此四句言王亥继承父德，为父亲所称扬，为何在有易放牧牛羊，却最终被杀。

㉘干：盾。协：和。舞：舞蹈。怀：恋。平胁：指胸部丰满。曼肤：肌肤细润。肥：通"妃"，匹配。此四句言王亥执盾而舞，舞姿和谐，为何有人恋他；有易女丰满细嫩，又怎样被王亥勾搭上。

㉙牧竖：有易氏的牧人。逢：遇见，撞见。击床先出：将王亥击杀床上，先予跑出。其命何从：从哪里下达的命令，即谁下达命令杀死王亥的。

㉚恒：王亥之弟王恒。朴牛：驯服之牛。营：经营。班禄：颁赐爵禄。但：疑为"得"。此四句言王恒秉承父德；从哪里得到王亥失去的服牛；为什么去有易谋求爵禄，却不得回返。

㉛昏微：王亥之子上甲微。遵迹：遵循王恒之迹。有狄：即"有易"，狄通"易"。不宁：不得安宁。据说上甲微曾借河伯的兵，攻灭有易，杀死其君绵臣。"何繁鸟"二句，所问本事不详。疑当与前两句有关，指上甲微后来的荒淫之事。萃：聚集。棘：有刺的灌木。负子：背负儿子之妇，或曰负通"父"，指父子。肆情：纵欲。

㉜眩弟并淫：此问本事不详。疑即指王亥兄弟或上甲微诸弟淫乱之事。眩：惑。并淫：共同淫乱。变化以作诈：指欺诈手段变化多端。后嗣：后代。逢长：兴旺久长。逢：通"丰"，兴旺。

㉝有莘：古国名。极：到。乞：求取。小臣：指伊尹，曾为有莘氏奴隶。吉妃：指有莘氏的女儿，为成汤所娶。吉：善良。妃：配偶。

㉞"水滨之木"二句：言在水边的空心桑树中，发现了小孩伊尹。传说有莘氏女在采桑时，得婴儿于空桑之中，献之其君（《吕氏春秋·本味》）。恶：厌恶，不喜欢。媵（yìng）：陪嫁。妇：这里指新娘。传说成汤闻伊尹贤，请求得到他，有莘氏不从；成汤因请娶有莘氏女，有莘氏高兴了，以伊尹作陪嫁给了成汤。

㉟重泉：桀囚成汤之处。史载桀无道而囚成汤于夏台（又名钧台），"重泉"盖即夏台之水牢。不胜心：心中不能忍受。伐帝：讨伐夏桀。挑：挑动。此四句言汤从重泉释放，究竟有何罪过；忍无可忍伐桀，那是谁挑动的。

㊱会鼂：在早上会合。争盟：争先恐后会盟。践：实践。吾期：指

周武王约定的会盟之期。苍鸟：喻各路诸侯像鹰一样勇猛。萃：聚集。史载周武王于二月甲子日会诸侯之师于商郊牧野，诸侯兵车与会的有四千乘。

㊲到：一作“列”。或解为“烈”，猛厉；或解为“裂”，指割裂。躬：纣王之身。据说武王大破商师，纣王自杀于鹿台，武王亲射其三箭，以剑击纣，用钺斩其首，悬之于大白之旗。叔旦：武王弟姬旦，即周公。不嘉：不赞成。揆：谋。发足：兴兵。一说“发”指武王姬发，“足”作“定”解，属下句。周之命：指周代殷膺受天命。咨嗟：叹息。此四句言周公旦不赞同武王击纣之行，为何亲为谋划灭商，又为周之受命叹息。

㊳授：给。位：一作“德”。安施：施行了什么德政。反：一作“及”，等到。成：成功。此四句言上天将天下授与殷，是因为殷施行了什么德政；待到成功了又灭亡它，它究竟犯了什么罪行。

㊴遣：派。伐器：武器，此指军队。行：实行，进行。击翼：打击侧翼。将：统率。此言诸侯争着派出军队，那部署是怎样进行的；合力攻击商师的侧翼，这战役又是怎样指挥的。

㊵昭后：周昭王。成游：盛大规模出游。南土：指到楚国。爰底：到达。利：好处。逢：迎。白雉：白羽的野鸡，较珍贵。史载楚人告诉周昭王，倘若南来，将献上珍奇的白雉；昭王信之而南巡；后又受骗而沉身于汉水。

㊶穆王：周穆王，昭王之子。巧梅：巧于贪求。梅一本作“挴(měi)”，贪求。周流：周游天下。环理：周行。理通“履”，行。传说周穆王巡行天下，驾驭的是八匹骏马拉的车（《拾遗记》）。此四句言穆王巧于贪求，为了什么到处巡游；他周行天下，究竟想要索求什么。

㊷妖夫曳衒（yèxuàn）：妖人夫妇牵引着在街上叫卖。曳，牵引。衒：这里指夸耀所卖东西。号：叫卖。周幽：周幽王，西周灭国之君。诛：讨伐。褒姒：周幽王宠妃，后为王后。史载褒姒乃王宫小宫女遇元鼋怀孕而生，惧而弃之。恰逢镐京市上叫卖山桑弓、箕草箭袋的夫妇，

因幽王要抓他们，在慌忙逃走之际收养了这弃婴，后逃往褒国，做了奴隶。周幽王讨伐褒国，褒人献美丽的褒姒以赎罪。褒姒由此受幽王宠爱。此四句言那牵引于市的妖人夫妇，在炫耀叫卖什么；周幽王讨伐了谁，又从哪里得到了褒姒。

㊸反侧：反复无常。齐桓：春秋五霸之一。九会：九次会盟诸侯。卒然：此指终于。身杀：身死。史载齐桓公晚年信用易牙、开方等四臣，后四臣利用齐桓公生病之机作乱。桓公因于室中被绝饮食，被迫拉素帷蒙头自杀。"死十一日，虫（尸虫）出于户（门），乃知桓公死也。"（《管子》）

㊹躬：身，此指纣王之心。乱惑：昏乱迷惑。恶（wù）：憎恶。辅弼：辅助的贤良之臣。谄谀：善于逢迎而进谗之人。服：用。

㊺比干：纣之叔父，因直谏纣王而被剖心。逆：触犯。抑沈（沉）：压制而使沉没。雷开：纣王的谄臣。阿顺：阿谀顺从，一作何顺。赐封：赐金玉，封爵位。

㊻圣人：指纣之贤臣。一德：德行相同。异方：方式、趋向不同，指下文"梅伯爱醢"、"箕子详狂"之异。梅伯：纣王时的诸侯，因直谏而被杀。受醢（hǎi）：受被砍成肉酱之刑。箕子：纣王叔父，封于箕，故称。详：通"佯"（yáng），假装。狂：疯。箕子谏纣王不从，就披发装疯。此四句说为什么圣人的德行相同，结果却趋向不同：梅伯直谏被剁成肉酱，箕子却装疯受辱。

㊼稷：后稷，名弃，姜嫄之子，周人之始祖。元子：嫡妻所生长子。帝：帝喾。传说姜嫄乃帝喾之妻。毒：通"毒"，憎恶。燠（yù）：暖。传说稷出生后，被弃于隘巷，牛马经过都避开不践踏；弃于林中，为人们发现；弃于冰上，有飞鸟覆翼保护他。

㊽冯弓挟矢：拉满弓挟持箭。殊能：特殊才能。将：统率。惊帝：惊动帝喾。切激：激烈。此指后稷出生时使帝喾受惊（所以被憎恶）。逢：遇，获。此指后稷子孙能兴盛久长。

㊾伯昌：周文王姬昌，商纣时代任西伯。号：号令。衰：商王朝衰败时期。秉鞭作牧：以放牧喻执政管理百姓，此指姬昌当时任诸侯之

长。彻：毁坏。岐社：建于岐（今陕西岐山县东北）地的社庙（祭土地神）。后来周迁都于丰，故毁"岐社"，另建"丰社"。命：受命。此四句言姬昌发号施令于商朝衰败之世，执掌权柄担任西伯，为什么上天让周人毁了岐社，承受天命获得了殷的天下。

⑤⓪藏：库藏，财物。就：到。依：依附。惑妇：指纣王宠妃妲己。讥：讽谏。前两句言周之古公亶父率领其民自豳（今陕西彬县一带）迁岐，其民何以都能附从；后二句言商纣为妲己所迷惑，还有什么可谏劝。

⑤①兹醢：这肉酱。指梅伯被砍为肉酱后，纣将其分赐诸侯。受：商纣王之字。上告：上告于天帝。"亲就"句：指纣王本身受上帝惩罚。殷之命：殷王朝的命运。

⑤②师望：即吕尚（姜子牙）。周文王于渭滨得姜子牙，说："吾先君太公望子久矣。"故号为"太公望"。师：官名。肆：店铺。鼓刀扬声：姜子牙曾为屠户，在肉铺操刀屠宰牲畜。后：周文王。后何喜：言姜子牙在肉铺操刀屠宰，文王前往询问，回答说"下屠屠牛，上屠屠国"，文王大喜，当即载与俱归。

⑤③武发：武王姬发。悒（yì）：不快，恨。载尸集战：指武王伐纣时，车载文王木主前往会战。尸：用木牌所制神主，即死人的灵牌。

⑤④伯林：此句前人解说纷纭。刘梦鹏、郭沫若均以为指纣王战败焚珠玉而自杀事。伯，长；林，君。指纣王。或以"伯林"当为"柏林"，疑为鹿台附近的柏树林，为纣王自杀之处。雉经：缢死。感：通"憾"。感天，即恨天。抑：按，击。抑地，即击地。此二句言纣王自杀时呼天抢地，他究竟害怕谁。

⑤⑤集命：降赐天命。集：降，止。戒：警戒。受礼：受命而行天子之礼。或以礼作治理解。至：后来者。或以至为周之借字。此四句言上天既降成命，又有什么警戒；既让某位君王治理天下，为什么又让异姓来取代他。

⑤⑥汤：商汤王。挚：伊尹。臣：以……为臣。兹：此，指伊尹。承辅：做辅佐大臣。卒：终于。官汤：为官于汤，不自取天下。尊食：庙

堂祭祀。宗绪：宗族后嗣。此四句有层层递进关系：伊尹初为汤之臣子，后来进位辅佐大臣，最后仍为官于汤，死后配享宗庙为后世尊崇。

(57)勋阖：指建有功勋的吴王阖庐。梦：寿梦，阖庐的祖父。生：通“姓”，孙。离：通“罹”，逢。散亡：离散亡失。壮：壮大。武厉：勇武猛厉。流：传播。严：应为“庄”，古代谥法“好勇致力曰庄”。阖庐是春秋时代颇有影响的吴王，曾任用伍子胥、孙武为将，大败楚师，攻破楚都郢城，威震四方。此四句言功勋显赫的阖庐是寿梦之孙，少年时代遭逢流离逃亡之难，为何长大后能勇武猛厉，使其威名传播天下。

(58)彭铿：彭祖，高寿者，传说活了八百多岁。又善于烹调，曾向帝尧进献雉羹。斟雉：舀取野鸡汤进献。帝：天帝，或曰帝尧。飨：享用。永：长久。此四句言彭祖向天帝献祭雉羹，天帝为何享用；天帝给了他长久的寿命，他到底活了多久。

(59)“中央共牧”四句，所问本事未详。或以为指周厉王后期的“共和”执政。中央：中原、中国。共牧：指周厉王被放逐，公卿、诸侯推共伯（名和）代理摄政。牧：治理。后：周厉王。蜂蛾微命：蜂蛾（蚁），喻指周厉王统治下的国民。微命，喻指其力之弱小。此四句言中央王政由诸侯共伯摄理，厉王为何发怒；国人弱小如蜂蚁，何以有推翻厉王的强固之力。

(60)“惊女采薇”四句：所问本事不详。或以为指伯夷、叔齐事。据《古史考》《烈女传》所记传说，伯夷、叔齐反对周武王伐纣，义不食周粟，隐于首阳山，靠采薇为主；有妇女责备他们说：“你们义不食周粟，这也是周之草木，怎么就吃了！”伯夷、叔齐绝食七日，天帝又派白鹿用乳汁喂养他们。“惊女”句言女子惊奇于伯夷兄弟采薇而食。薇（wēi）：野菜。鹿何佑：指鹿为什么保佑伯夷兄弟。北至回水：首阳山在华山之北、河曲之中，故称“北至”、“回水”。萃：聚集，止。此二句言伯夷兄弟聚止于首阳山一带，又有什么可喜的。

(61)“兄有噬犬”四句：所问本事不详。汉王逸以为指秦景公有噬犬，其弟鍼想要，景公不给，鍼又用百辆车交换，景公怒而夺其弟爵禄。但《左传》并无记载“噬犬”之事。清人刘梦鹏以为指赵简子梦上帝赐与翟犬，其子赵襄子、赵恒子相继夺取代国之事。但与"嫠犬"句所言亦不相同。林庚先生认为指秦先人非子居犬丘，其弟成与之争夺继承权的事，似亦牵强。嫠犬：猛犬。欲：欲求。易：交换。百两：百辆车。卒无禄：终于失去爵禄，或终于无福。

⑫薄暮雷电：指傍晚打雷闪电。归何忧：离开庙堂归去，为何忧愁。厥严不奉：指怀王的威严已不再保持。帝何求：对天帝又有何祈求。汉人王逸注《天问》，以为此四句言屈原在庙堂直至日暮，离去时恰逢雷电暴雨，故有此问。

⑬伏匿：隐藏。穴处：住在山洞里。指屈原被放逐到汉北时的生活景象。云：说。此二句言我处在放逐中，常栖身山间，还有什么可说的。

⑭荆勋：荆，楚；勋，功业。作师：兴兵。长先：长在领先地位。悟过改更：觉悟其过错，改变其所为。我：屈原自称。此言楚国历史上建有勋业之君，曾振兴武力，他们在诸侯争雄中为何能常处领先地位。现在楚怀王死了，楚国处在风雨飘摇之中。倘若继位的顷襄王能改正错误，我又何必喋喋多言。

⑮吴光：指吴国的公子光，即阖庐。争国：指吴与楚相互争战。久余是胜：常战胜我楚国。一说"争国"句指公子光与王僚争国，杀王僚而自立为吴王；而后在与楚国之战中，常胜于楚。阖庐任伍子胥、孙武为将，曾攻破楚郢都，楚昭王出奔。后昭王虽终复国，但迫于吴国进犯之势，乃迁都于鄀、郢（在今湖北宜城一带）。昭王死后，其子仍都于此，故汉北留有楚先王宗庙和公卿祠堂。"环穿问社丘陵"句：环，绕；穿，穿过；问，古代二十五家为一闾，此指村子；社，祭土地神之所，亦为建制单位，与"闾"相同。子文：楚成王之贤相。传说他是斗伯比与郧国之女的私生子。后二句即言子文的母亲环绕闾社，穿过丘陵，与斗伯比相淫，何以能生出子文这样的贤人。

⑯吾：我，屈原。堵敖：汉王逸以为指当时的楚国贤人。但大多注家以为指楚文王之子，文王死后，堵敖继位，后被其弟熊恽袭杀。熊恽代立，即楚成王。此处屈原当以堵敖为喻，告诫楚怀王。试上：让君上

身试诗人之预言。自予：肯定自己所言之正确。弥彰：更加显著。此四句言我曾告诉怀王，他将如历史上的堵敖一样国运不长。我这样做，岂是为了让君主身试其言、真的亡身失国，来显示我预见正确，让我的忠名更加显扬、彰著。

【品评】

　　夏、商、周三代的兴衰存亡，早已成为消逝而去的历史烟云。屈原面对的宗庙壁画，此刻却又将那一幕幕往事、传说，历历分明地展开在了眼前！每一代都有其艰苦创业的初始，从夏禹治水平治九州，夏启创立数百年基业，到夏康的失国和少康中兴，这其间经历了多少曲折和奋斗？从简狄吞卵而生契，王亥、王恒相继丧身有易，到上甲微的伐灭世敌，又有过几多风云翻覆？每一代当然也都有令人缅怀的辉煌：从"夏民大悦"中登上王位的商汤，到"苍鸟群飞"中决胜牧野的武王，那开国的气象不都曾如火如荼？然而，历史总要将难堪的一页留在最后，似乎哪一朝都逃脱不了这黑色的结局：横暴的夏桀被推翻了，留给他的，是孤凄流放的鸣条；乱惑的商纣垮台了，一把火烧毁了他积蓄的珠玉，却烧不尽他"伯林雉经"的烦恼；还有那位西周的幽王，早在迷恋褒姒以前很久，"妖夫曳衒，何号于市"的叫卖，即已透露了他的败亡之兆！诗人久久低回于庙堂之中，满怀悲怆向壁画叩问——"皇天集命，惟何戒之？受礼天下，又使至代之？"他难道真的相信历史兴衰取决于天命，冥冥之中有主宰世事的神明？当然不是如此："反成乃亡，其罪伊何""何恶辅弼，谗谄是服"——这才是诗人揭示的最发人深省的三代遗训。不要以为诗人只是在向默然不语的壁画诘问，他其实是在向现实中的楚王痛陈历史兴亡的真谛。可叹的是怀王骄横，信谗斥贤；顷襄昏庸，耽乐不悟，不都在重蹈着辱国亡宗的历史覆辙？历史的兴亡悲剧和楚国的现实之祸，正这样在诗人的庙堂叩问中交汇、激荡。正如清人屈复所说："事之有无，理之是非，物之变怪，三闾（指屈原）岂真昧昧哉！谗佞高张，忠贤菹醢，天地阴阳，何故如斯？千秋万代人之所欲同声一问者也。问帝王之兴废，读者已心印怀襄；问后妃之贞邪，

读者已心印郑袖（指怀王宠妃）；问人臣之贤奸，读者已心印党人（指
贵族权臣）。是《天问》之言只在天地山川、商周唐虞，而人自得于潇
湘、江汉间（指楚国）也。"（《楚辞新注》）这便是《天问》——屈
原在获悉怀王死讯的情感迷茫中，怆然写下的奇诗。"薄暮雷电，归何
忧？厥严不奉，帝何求……"当诗人在雷声隆隆中离开庙堂时，你是否
还能听到，这悲怆的问叹，已穿透庙堂屋宇，穿透满天风雨，而久久响
彻在汉北上空！

九　　章

　　《九章》是包括九篇诗歌的总题，主要是屈原放流汉北，以及迁往
江南期间所作的抒情短章。关于题名，有人认为"《九章》与《九辩》《九
歌》，皆取义于乐章，故其末皆有乱辞"（刘永济《屈赋通笺》）。倘就
《九章》单篇诗章看，确实带有歌曲的特点，而且《涉江》本身就是歌
曲名；但就总体看，则显然与《九歌》《九辩》不同，并非是连成一体
的歌曲或组歌。朱熹以为"屈原既放，思念君国，随事感触，辄形于
声。后人辑之，得其九章，合为一卷。非必出于一时之言也"（《楚辞
集注》），解说较为妥切。从现存资料推测，《九章》之题，当是汉人
刘向整理楚辞时所加。《九章》带有强烈的政治性和抒情性，与《离
骚》一样，是诗人在同贵族党人的斗争中产生的。特别是沉江前夕所作
的《惜往日》《涉江》《怀沙》等，其情感之热切、放言之无惮，甚至
超过《离骚》。《九章》较少运用瑰奇的幻想，因为大多是放逐生涯的
纪实、抒愤之作，故更多使用直接倾泻和反复咏叹的方式，以表现愤郁
哀惋之情。唐人李贺深叹"其意凄怆，其辞瓌瑰，其气激烈"（蒋之翘
《七十二家评楚辞》引）；清人刘熙载称其"沈痛常在转处"，带有"气
缭转而自缔"的特色（《艺概》）。有人认为《九章》"不工"。明人焦
竑反驳说："《九章》有泪无声，有首无尾，洒一腔之热血，而究无所
补，原真难瞑目于汨罗也！读其词，但当悲其志，亦何必向工不工耶？"

清人陈本礼亦指出："(《九章》)凄音苦节，动天地而泣鬼神，岂寻常笔墨能测!"(《屈辞精义》)可谓深得《九章》三昧。

惜　诵①

惜诵以致愍兮，发愤以抒情。②所作忠而言之兮，指苍天以为正。令五帝以折中兮，戒六神与向服。③俾山川以备御兮，命咎繇使听直。④竭忠诚以事君兮，反离群而赘肬。⑤忘儇媚以背众兮，待明君其知之。⑥言与行其可迹兮，情与貌其不变。⑦故相臣莫若君兮，所以证之不远。⑧吾谊先君而后身兮，羌众人之所仇。⑨专惟君而无他兮，又众兆之所雠。⑩壹心而不豫兮，羌无可保也。疾亲君而无他兮，有招祸之道也。⑪

思君其莫我忠兮，忽忘身之贱贫。⑫事君而不贰兮，迷不知宠之门。⑬忠何罪以遇罚兮？亦非余心之所志；行不群以巅越兮，又众兆之所咍。⑭纷逢尤以离谤兮，謇不可释；情沈抑而不达兮，又蔽而莫之白。⑮心郁邑余侘傺兮，又莫察余之中情。固烦言不可结而诒兮，愿陈志而无路。⑯退静默而莫余知兮，进号呼又莫吾闻。申侘傺之烦惑兮，中闷瞀之忳忳!⑰

昔余梦登天兮，魂中道而无杭。⑱吾使厉神占之兮，曰："有志极而无旁。""终危独以离异兮？"曰："君可思而不可恃。⑲故众口其铄金兮，初若是而逢殆。惩于羹者而吹齑兮，何不变此志也？⑳欲释阶而登天兮，犹有曩之态也。㉑众骇遽以离心兮，又何以为此伴也？同极而异路兮，又何以为此援也？㉒晋申生之孝子兮，父信谗而不好。行婞直而不豫兮，鲧功用而不就。"㉓

吾闻作忠以造怨兮，忽谓之过言。九折臂而成医兮，吾至今而知其信然。㉔矰弋机而在上兮，罻罗张而在下。设张辟以

63

娱君兮，愿侧身而无所。㉕欲儃佪以干傺兮，恐重患而离尤。欲高飞而远集兮，君罔谓汝何之？㉖欲横奔而失路兮，坚志而不忍。背膺牉以交痛兮，心郁结而纡轸。㉗捣木兰以矫蕙兮，糳申椒以为粮。播江离与滋菊兮，愿春日以为糗芳。㉘恐情质之不信兮，故重著以自明。㉙矫兹媚以私处兮，愿曾思而远身。㉚

【注释】

①惜诵：痛惜地进诵。诵：称述往事以谏的诗歌。此诗当作于楚怀王三十年。屈原谏阻怀王出赴武关之会，触怒怀王，又遭王子子兰为首的贵族党人恶毒诋毁，终于遭受放流汉北的处罚。可能在离开郢都前夕，诗人带着莫大的冤屈和不平，作此诗以剖明心志。前人疑此诗作于屈原初遭怀王疏黜以后，与诗中所称"初若是而逢殆""犹有曩之态也"所透露的再次"遇罚"背景，以及"终危独以离异"的处境不符。

②致愍（mǐn）：向君王表达忧痛之情。愍，病痛。发愤：发舒愤懑。发愤以抒情，不仅是一种情感表现，而且是屈原诗作的总体特征，成为处于逆境中的人们之所以创作诗歌的带有普遍性的理论概括。

③所作忠而言之兮：所言都是为忠于君。作：为。或以作当为"非"。正：平，评判是非曲直。五帝：五方之帝，即东方太昊、南方炎帝、西方少昊、北方颛顼、中央黄帝。折中：作公正的评断。戒：告。六神：六宗，指四时、寒暑、日、月、星、水旱之神。"六神"还有其他多种解说。向服：对质事理。向，对。服，事。

④俾：使。备御：备列而侍，犹言陪审。咎繇：即皋陶，帝舜之士官（法官），传说由他创立了法律和监狱。听直：听讼并判明曲直。

⑤竭：尽。事君：奉事于君，为君办事。离群：遭众人（指朝中佞臣）排挤。赘肬（zhuìyóu）：身上的肉瘤，喻为人所憎的多余者。

⑥儇（xuān）：轻佻。媚：谄媚事人。背众：违背众人。此句言诗人不肯谄媚佻巧，因而违背众人所好。

⑦迹：脚印。此言诗人的言和行，正如行步和脚印一样相符。情与貌其不变：内心和外貌毫无不同，即表里一致。

⑧相臣：观察臣子。莫若君：没有比得上君王的。所以证之不远：所用以证明的近在身边。臣常日事君，其言行是否一致，君王最容易验证，因为近在身边。

⑨谊：义，行为合理曰"义"。此句言我所遵行的义就是先君王、后自身。众人：指朝中的许多佞臣。仇：仇敌。

⑩专惟君：专替君王着想。惟，思。众兆：众多之人。百万为"兆"。雠（chóu）：仇敌。

⑪壹心：心志专一。不豫：果决而不犹豫。保：依仗。疾：急。"有招祸"句："有"对前句"无他"而言，言己一无他心，不料却有祸招致。

⑫"思君"句：回思当初，以为怀王会以我为最忠之臣。"忽忘"句：忽然忘记了自己贱贫的身份。屈原乃楚之同姓，列当时屈、昭、景三大宗族，出身本为贵族。但屈原之父、祖，生平无考，也许这一支族已经没落，故诗人称自身"贱贫"。

⑬不贰：没有二心。迷：心中迷糊。宠之门：得到君王宠爱的门径。此句言诗人从不曾考虑怎样取宠于君。

⑭遇罚：遭到处罚。此当指屈原遭怀王放流的处罚。志：知。行不群：所行不与群小相合。巅越：跌坠。咍（hāi）：嗤笑。楚地方言：相唰笑曰咍。

⑮纷：众多。逢尤：遭逢罪过。离谤：受到诽谤。謇：通蹇，诘屈。释：解开。沈抑：压抑沉闷。达：通。蔽：被遮蔽、堵塞。白：表达，表白。此四句言遭罪受谤无处可解释，心情郁结不通，又被壅塞而无所表白。

⑯郁邑（yùyì）：烦闷郁积。侘傺（chàchì）：失意。烦言：太多的话。结：此指把话像男女相赠的信物一样结以寄意。诒：赠。陈志：陈述心意。无路："路"与上句"情"不协韵，或以为乃"径"之误字。

⑰审侘傺：重重的失意。烦惑：困惑烦闷。闷瞀（mào）：忧闷烦

乱。忳（tún）忳：忧伤貌。

⑱杭：通"航"，船。中道无杭，以渡河为喻，言半途失去依靠而遇祸。

⑲厉神：大神，占梦以言凶吉之神。有志极：有要达到的志向。无旁：没有辅助。旁，在旁相助者，或曰即"榜"，借指船。"有志"句为厉神所占梦境之兆。"终危独"句：此乃诗人之问，言难道我从此处于与君王离异的高危孤独之境了么。"君可思"句：以下为厉神回答之辞。恃：依赖。

⑳众品铄（shuò）金：形容众多谗言之可惧。铄，熔化。"初若是"句：言诗人初始时的逢殃正与此次一样。若，如。是，这。屈原初次逢殃，指怀王十六年为上官大夫进谗而被怀王疏黜事。惩于羹：受惩于滚热的菜汤。吹齑（jī）：吹切成细末的菜。此句言被热汤烫过后，见了冷菜末也要吹一下，以喻吃过亏后遇事要更小心。

㉑释阶登天：放弃梯阶登上天，喻没有援助。犹：还。曩（náng）：以前。此言诗人若不改变态度，还会像过去那样遭殃。

㉒骇遽（jù）：惊惧。遽，惧。伴：与下"援"为双声叠韵词，即扳援，有攀引求援之意。同极异路：同事一君而其道相异，诗人正道直行，群小邪道曲行。

㉓"晋申生"句：申生为晋献公太子，遭献公宠妃骊姬之谗，被迫自杀。有人劝太子说明被谗真相，申生为了让父亲安于骊姬之宠，宁肯蒙冤而死，被赞为孝子。不好：不爱（申生）。婞（xìng）直：刚直。不豫：不动摇，不犹豫。鲧：即鲧，大禹之父，窃天帝息壤治水，被天帝流放。功：功业。用：因此。

㉔作忠：为忠。造怨：结怨。忽：忽略，不介意。过言：言过其实。"九折臂"句：言多次折臂就医，有了经验，自己也会医治折臂之伤而成为医生。比喻多次遭祸的教训，使诗人相信了"作忠造怨"的话。信然：真的如此。

㉕矰弋（zēngyì）：带丝线的箭。机：射矰弋的机括，此指发动、射出。矍（wèi）、罗：都是捕鸟之网。张：设。设张辟：设下罗网、

机关。张，指上文所说矰罗；辟，指上文引发矰弋的机关。娱君：戏弄、欺骗君王。侧身：乘隙挤身而进（以拯救君王）。此四句大抵交待了屈原此次得祸的背景：群小设下欺骗的圈套，以让怀王涉险；诗人极力拯救而没有效果。此背景正与子兰等权臣怂恿怀王赴武关之会，屈原强谏而遭放流事相符。

㉖儃佪（chánhuái）：徘徊。干傺：寻求机会。重患：多一重祸患。离尤：遭罪责。此一层设想等待君王悔悟、了解而重返朝廷，与《离骚》"求女"意较接近。"欲高飞"句：想要远走高飞，君王又会诬罔我投奔何处。集：止。罔：诬罔。此一层设想远离楚国而去，与《离骚》"远逝求女"意近。

㉗横奔而失路：不择路径而乱跑，喻改变志节、违背正道。坚志而不忍：志向坚定，不忍心这样做。此一层设想又与《离骚》"女嬃劝说"意近。背膺牉（pàn）以交痛。背与胸似乎在裂开而且痛不可言。膺，胸。牉，分。交痛，交相痛苦，即背也痛，胸也痛。纡轸（yūzhěn）：曲折缠结而隐痛。

㉘捣：捣碎。挢：通"挤"，揉碎。粢（zuò）舂米。播：种。滋：培植。糗（qiǔ）：干粮。芳：香料。此以兰蕙等芳草喻诗人志节芳洁，又与《离骚》相近。

㉙情质：内在真实之质。不信：不被相信。重著：再次表明、申说。自明：自我证明。此句说明了撰写《惜诵》的动机在剖明心迹。所谓"重著"，可作两种理解：一是当年屈原被疏后，曾著《桔颂》自明；此次被放，又作《惜诵》表明心迹。二是诗人在谏阻怀王入赴武关之会时，已表明过"作忠而言"之心，现更作《惜诵》以自明。

㉚挢（一作"桥"）：举，拥有。兹媚：这些美好心意，指爱君之心。私处：独处。曾思：高飞。曾同"翻"，高举；思同"逝"，去。远身：抽身远去。此就被放流而言，故前文既称"终危独以离异"，此又称"远身""私处"。

【品评】

突兀而发的呼告，吁请天地众神"听直"的铺排，使此诗才开笔，便涌腾起一派愤懑之气。而后在"吾"与"众人"的鲜明对照中，抒写"忠而遇罚""逢尤离谤"的震讶和不平，便愈加有力地揭露了群小的猖獗和君王的昏聩。当诗人处于"退静默而莫余知兮，进号呼又莫吾闻"的绝境之际，"余梦登天"的奇思又另辟神境，展示了一颗伟大心灵的痛苦冲突。是改变志节、以众人为援，还是"横奔失路"、以求自保？这都是危君误国的小人之行，诗人又焉能作此选择！结尾的"捣兰矫蕙"、从容整装，由此一扫阴霾，给全诗带来了明朗的晴光：这晴光照亮了诗人的过去，现在又照耀诗人义无反顾地踏上了"终危独而离异"的前路！

前人往往称《惜诵》为《离骚》的"草稿"或"前驱"（郭沫若），这当然是有道理的。《惜诵》的结撰，包括展开内心冲突的方式，"梦天"和占梦的幻境，以及芳草异卉的比兴，都可与《离骚》遥相辉映。但两者的区别也是明显的：此篇作于遭放离郢都前夕，回顾的是作忠遇罚的眼前之祸，故辞气激楚而吐语直截；《离骚》则作于放逐江南多年之后，回顾的已是平生奋斗的整个历程，故情涛雄阔而含蕴尤为深沉。诗人作《离骚》时，因为处在更痛切的绝望之中，其情感表现，也更多借助天马行空式的超现实幻境，在想象之缤纷、境界之瑰奇上，又非此篇所可企及了。

涉　江①

余幼好此奇服兮，年既老而不衰。带长铗之陆离兮，冠切云之崔嵬。②被明月兮佩宝璐。世溷浊而莫余知兮，吾方高驰而不顾。③驾青虬兮骖白螭，吾与重华游兮瑶之圃。④登昆仑兮食玉英，与天地兮比寿，与日月兮齐光。

哀南夷之莫吾知兮，旦余济乎江湘。乘鄂渚而反顾兮，欸秋冬之绪风。⑤步余马兮山皋，邸余车兮方林。乘舲船余上沅兮，齐吴榜以击汰。⑥船容与而不进兮，淹回水而疑滞。⑦朝发枉陼兮，夕宿辰阳。苟余心其端直兮，虽僻远之何伤！⑧

入溆浦余儃佪兮，迷不知吾所如。深林杳以冥冥兮，乃猨狖之所居。⑨山峻高以蔽日兮，下幽晦以多雨。霰雪纷其无垠兮，云霏霏而承宇。⑩哀吾生之无乐兮，幽独处乎山中。吾不能变心而从俗兮，固将愁苦而终穷！⑪接舆髡首兮，桑扈臝行。忠不必用兮，贤不必以。⑫伍子逢殃兮，比干菹醢。与前世而皆然兮，吾又何怨乎今之人！⑬余将董道而不豫兮，固将重昏而终身！⑭

乱曰：鸾鸟凤皇，日以远兮。燕雀乌鹊，巢堂坛兮。⑮露申辛夷，死林薄兮。腥臊并御，芳不得薄兮。⑯阴阳易位，时不当兮，怀信侘傺，忽乎吾将行兮。⑰

【注释】

①涉江：渡过江水。《涉江》乃楚地歌曲之名。屈原借来作为此篇诗题，那是因为此诗的内容也与"涉江"有关；但所涉之"江"，从诗中所述可知，当为湘江和沅江，而非大江。前人大多以为，此诗当作于屈原被楚顷襄王迁逐江南之初，显然与诗中所述"年既老而不衰"的年龄（当在56岁以后称"老"）不符。我以为此诗作于楚顷襄王十四年（前285）以后，屈原已进入56岁为始的"老年"之期。屈原初放江南在顷襄王四年，至此已在湘水汨罗一带度过了十年以上的放逐生涯。由于受到朝中贵族党人的进一步迫害，不得不离开汨罗，涉湘溯沅而上，来到了溆浦一带。此诗所述，即是对这一次行程以及在溆浦生活景象的纪实。

②奇服：即下文所述高冠、长剑之服。据刘向《说苑·善说》记"昔者荆为长剑危冠，令尹（指国相）子西出焉"，可知这种打扮乃是春秋时期楚人的爱好。屈原在战国中期仍爱此"奇服"，表达了他对古贤的向往和敬慕。不衰：不懈，不减。长铗（jiá）：此指剑。铗：剑把。陆离：长貌。冠：帽，此作动词用，即戴着之意。切云：冠名，以冠状高耸而名。切：断。"切云"形容其高可断云。崔嵬：山高貌。

③被（pī）：披。明月：珠名，珠光如月，故名。璐（lù）：玉名。溷浊：浑浊。不顾：不回头看。

④青虬：无角的青龙。骖（cān）：拉车的边马。螭（chī）：无角的龙。重华：帝舜之名。瑶：美玉。圃：园地。瑶圃，神话传说中的昆仑神境。

⑤南夷：南方未开化之地，即屈原放逐的湘水汨罗一带。旦：天明。济：渡。江湘：即湘水。古代湘水经过洞庭直注大江，为江水支流，故称"江湘"。此与汉水、沅水称"江汉""江沅"同例。乘：登上。鄂渚：地名，在洞庭湖中。唐人沈亚之《湘中怨解》、杜甫《过南岳入洞庭湖》诗均提到过它。前人以为此诗所称"鄂渚"在武昌西之江中，恐系因同名而误会。反顾：回看。此指反顾郢都方向，表明诗人对楚之国运的担忧。欸（āi）：哀叹。绪风：烈风。秋冬之绪风，指西北风。

⑥步余马：让驾车之马缓步而行。山皋：山边。邸（dǐ）：通"抵"，停止，到达。方林：地名，其地不详，当在洞庭湖一带。诗人涉湘、乘鄂渚后，即舍船车行，后又舍车船行溯沅水而上。舲（líng）船：有窗的船。上沅：溯沅水而上。齐：并举。吴榜：船桨。吴，或以为指吴地，或以为"艒"（船之别名）之借字。击汰（tài）：船桨击水。汰：水波。

⑦容与：迟缓不进貌。淹：留。回水：回旋的水流。疑滞：即凝滞，停留不动。

⑧枉陼：地名，在辰阳东。辰阳：辰水之阳（北岸），后为地名（今湖南辰溪县）。苟：诚然，果真。端直：正直。虽：即使。僻远：偏僻荒远。伤：妨害。

⑨溆（xù）浦：地名，在溆水之滨。儃佪：徘徊。迷：迷惑。如：往。杳：深远。冥冥：幽暗。猨：猿。狖（yòu）：长尾猿。

⑩峻：高而陡峭。幽晦（huì）：昏暗。霰（xiàn）：雪珠。垠（yín）：边际。霏（fēi）霏：云烟盛貌。承宇：连接着屋宇，形容云岚低垂。

⑪幽：深幽而冷清。变心：改变心志。从俗：随从世俗，此指政治上的恶俗，即贵族党人的贪婪逐利、钻营逢迎。固：固然，本来。终穷：始终处在困苦之中。

⑫接舆：春秋时期的楚国狂士，据说叫陆通，字接舆（皇甫谧《高士传》）。《论语》《庄子》曾记他作歌嘲笑孔子，《战国策》记载他与箕子一样漆身、披发而装疯。髡（kūn）：一种剃去头发的刑罚。桑扈：古隐士，《论语》称之为"子桑柏子"，《庄子》称之为"子桑户"，据说他常"不衣冠而处"。嬴（luǒ）：裸体。桑扈之裸行，大抵乃愤世嫉俗的表现，正如祢衡的裸体击鼓辱曹一样。以：用。

⑬伍子：即伍子胥，春秋时吴国贤相，后为伯嚭（Bópǐ）进谗诣害，悲愤自杀。比干：商纣王叔父（或曰庶兄），因直谏而被剖心而死。菹醢（zūhǎi）：杀死后砍为肉酱。与：举。此句言前世之贤的遭遇多是这样。

⑭董道：正道。不豫：不犹豫动摇。重昏：昏暗重重、不见光明。

⑮鸾（luán）：凤一类鸟。鸾、凤，喻贤良忠贞之士。燕雀、乌鹊：喻朝中小人。巢：筑窝。堂：殿堂。坛：此指土筑高台，国家朝会、祭祀等所用。堂坛，代指朝廷。

⑯露申：瑞香花。辛夷：香木名。林薄：草木杂生处。腥臊（sāo）：恶臭之气味，此喻龌龊小人。御：进用。薄：近。

⑰阴阳易位：阴阳交换了位置，本该阳在上、阴在下，现上下颠倒了。怀信：心怀忠信。忽：失意恍惚，与"侘傺"意近。吾将行：诗人已决定离开溆浦一带，这是诗面意，其暗寓意则为即将离开人世。

【品评】

在惨淡凄孤的放逐生涯中，照耀诗人生命的，依然是远远高于现实的理想之光。诗人服膺着高冠、长剑的古贤风范，保持着"明月""宝璐"般的峻洁操守，他完全有理由高傲和自信地宣告："世溷浊而莫余知兮，吾方高驰而不顾！"因为他是属于另一个世界的，这世界赋予生命的尊严和价值，足可与天地同存、与日月同辉。正因为如此，诗人能够坦然面对"僻远"的征路,在"猿狖所居"之地,在雨雪霏霏之中,幽然独处而无惧,愁苦终穷而无悔!现实的世界早已颠倒了很久,从比干到伍胥,从桑扈到接舆,有哪一位忠贞之士,不曾遭受迫害和杀戮?在这久远的历史中,值得悲悯的与其说是遭祸的贞士,不如说是那不知自救的"腥臊"世界。诗人对此当然是愤激的,因为这世界本不该如此;诗人对此也感到"侘傺",因为他本想改变这个世界。然而他毕竟未能改变,而且与许多古贤一样,也走上一条必须以生命证明自身尊严和价值的道路。当诗人大声宣布"忽乎吾将行兮"时,他究竟是带着怆楚和悲愤,还是慰藉和自豪?在"云霏霏而承宇"的无垠霰雪中,我们仿佛见到一个伟大的灵魂,正从"炼狱"飞升。

哀　郢①

皇天之不纯命兮,何百姓之震愆?民离散而相失兮,方仲春而东迁。②去故乡而就远兮,遵江夏以流亡。出国门而轸怀兮,甲之晁吾以行。③发郢都而去闾兮,怊荒忽其焉极?④楫齐扬以容与兮,哀见君而不再得。望长楸而太息兮,涕淫淫其若霰。⑤

过夏首而西浮兮,顾龙门而不见。心婵媛而伤怀兮,眇不知其所蹠。⑥顺风波以从流兮,焉洋洋而为客。凌阳侯之氾滥兮,忽翱翔之焉薄?⑦心絓结而不解兮,思蹇产而不释。⑧将运舟而下浮兮,上洞庭而下江。去终古之所居兮,今逍遥而来东。⑨羌灵魂之欲归兮,何须臾而忘反。背夏浦而西思兮,哀故都之日远。⑩登大坟以远望兮,聊以舒吾忧心。哀州土之平乐兮,悲江介之遗风。⑪当陵阳之焉至兮,淼南渡之焉如?曾不知夏之为丘兮,孰两东门之可芜?⑫心不怡之长久兮,忧与愁其相接。惟郢路之辽远兮,江与夏之不可涉。⑬忽若去不信兮,至今九年而不复。惨郁郁而不通兮,蹇侘傺而含慼。⑭外承欢之汋约兮，谌荏弱而难持。忠湛湛而愿进兮，妒被离而鄣之。⑮尧舜之抗行兮，瞭杳杳而薄天。众谗人之嫉妒兮，被以不慈之伪名。⑯憎愠怆之修美兮，好夫人之忼慨。众踥蹀而日进兮，美超远而逾迈。⑰

乱曰：曼余目以流观兮，冀壹反之何时？⑱鸟飞反故乡兮，狐死必首丘。信非吾罪而弃逐兮，何日夜而忘之？⑲

【注释】

①哀郢：哀念郢都（在今湖北江陵）。此诗作于屈原迁逐江南九年以后，时当顷襄王十三四年。诗之前半部分，回忆了当年离郢时的怆楚景象和远迁沅湘途中的痛切心境；后半部分激烈抨击了朝政的昏乱和君王的倒行逆施，表达了不能回返郢都的无限哀慨。自明人汪瑗《楚辞集解》提出《哀郢》作于楚顷襄王二十一年（前278），其主旨为哀悼郢都被秦将白起攻陷之后，郭沫若、游国恩等学者均从此说，并将屈原之沉江，说成是因"白起破郢"而"殉国难"。这些说法与《哀郢》内容明显不符，也与汉人记述屈原死因的材料相违背，不足为据。

②不纯命：言天命反复无常。纯，常。百姓：百官。《国语·楚语》："民之彻官百。王公之子弟之质能言能听彻其官者，而物赐之姓，是为百姓。"韦昭注《周语》"百姓兆民"曰："百姓，百官也，言有世功受氏姓也。"震愆（qiān）：震惊而过常度。愆，超过。民：人，此指屈原自己。离散：与家人分离。相失：与君王相失。仲春：春二月。东迁：向东方迁逐。屈原放逐江南的安置之地在湘江汨罗一带，位于郢都东南，故可称"东迁"。以上四句交代屈原当年放逐离郢的背景：楚襄王三年，怀王客死于秦而归葬，君王猝死可见天命不佑，故曰"皇天不纯命"；这噩耗一下震惊了楚之朝野，故曰"百姓震愆"。诗人于怀王归葬后可能回郢（他本来放流在汉北），并愤怒指斥担任令尹的子兰误国之罪，但因再次被谗而放逐江南，时间在顷襄王四年二月，故曰"方仲春而东迁"。屈原远迁，从此与君王相失、与家人离散，故曰"民离

散而相失"。

③去：离开。就远：到远方。遵：沿。江夏：即夏水。从郢都乘船沿杨水东南经路白、中、昏官三湖，即入夏水；循夏水而上可入大江。流亡：此指放流而颠沛道路。流，放流。亡，离家出走。国门：国都城门。轸(zhěn)怀：痛切怀念。甲：甲日这一天。古代以干支纪日，如"甲子""乙卯"等，含有天干"甲"的日子称"甲日"。曇：通"朝"，早晨。

④发：出发。去闾：离开所居闾里。闾，古以二十五家为闾；闾也指里巷之门。忉：惆怅。荒忽：恍惚，心神不宁。焉极：到哪里去。

⑤楫(jí)：船桨。容与：航行缓慢不进貌。君：此指楚顷襄王。长楸：高大的梓树。古以"桑梓"称故乡，诗人将离开故居，故望楸叹息。涕：涕泪。淫淫：交流貌。霰：雪珠。以上第一节，写离开郢都。

⑥夏首：夏水之首，即夏水从长江流出之口。前人有指为夏水入汉水的"夏口"，不确。西浮：诗人由复首入江，本应顺江东下。但因依恋郢都，想靠近些再看一眼龙门，故反而"西浮"。后面的"运舟"下浮，才是往东去。前人不明诗人心理，对"西浮"多有误解。龙门：郢都的"两东门"之一，或曰郢都南关三门之一。郢城在夏首西北，故诗人"西浮"以望其东门。婵媛：关切而喘息牵持貌。眇(miǎo)：望而不见貌。蹠(zhí)：脚所践踏。此言神思恍惚、心中牵怀而不知身在何处。

⑦从流：随流。焉：于是。洋洋：漂泊貌。为客：做了远离家乡的迁客。凌阳侯：乘着大波。凌：乘。阳侯：大波之神。此神原为陵阳侯，后溺死水中为神，故称。氾(fàn)滥：大水横溢貌，此指大波涌起。翱翔：船儿被大波举起，如鸟之飞。薄：迫近，至。

⑧絓(guà)结：牵念之情如绳曲结。蹇(jiǎn)产：曲折，心情不畅。释：解。

⑨运舟下浮：掉转船头东下，与上"西浮"相对。洞庭：洞庭湖。上：船头所对方向为上。古代洞庭湖通过湘水注入长江，此言溯湘水上

洞庭而去，故曰"上"。下：船尾所对为下。船溯湘水而上，故大江在"下"。终古：自古以来。逍遥：飘荡之意。东：屈原迁逐之所在郢都东南，故曰"来东"。

⑩归：归返郢都。须臾：片刻。反：同"返"。背：背对。夏浦：前人以夏浦为"夏口"，不确。据《水经注》，在夏首至武昌一带有许多水口均称"夏浦"。从此诗前数句记船行所对洞庭方向，可知此"夏浦"当为湘水入注大江处东北岸的"二夏浦"。西思：西思郢都。

⑪大坟：水边堤防。远望：远望郢都。舒：舒解。州土：指湘水、洞庭一带的土地。平乐：安定和乐。江介：江边地区。遗风：古代遗留的淳朴之风。诗人为之悲哀，乃忧虑乱政将给国家带来灾祸。

⑫当：值，逢。陵阳：即大波之神。陵，一作"凌"。淼：浩淼无际，此指南渡湘水，面对洞庭湖涌注湘水的景象。曾：乃，竟然。夏：通"厦"。夏之为丘：厦屋变为丘墟。两东门：郢都的两座东门。芜：荒废。此二句抒写迁逐途中见到江介平乐景象而生发的忧愤之思：竟然不知道大厦可以废为丘墟，郢都的两东门又怎么可以被荒废？这是对朝政荒芜的愤激之语，包含了诗人对国运逆料中的深切担忧，并非指郢都已被攻破。

⑬不怡（yí）：不乐。接：衔接不断。惟：思。江与夏：指江水和夏水。不可涉：不可渡过。疑楚顷襄王迁逐屈原，曾责令他不可涉江、夏而回郢。

⑭忽若：恍惚之中。去：离郢。不信：不相信。或以为指"不过信宿"（两三天），形容时光之快。九年而不复：迁逐九年来返郢都。惨郁郁：心情愁惨，郁塞不通。蹇（jiǎn）：发语助词。侘傺而含慼（qì）：失意悲伤。以上一段言离郢途中的思念和放逐九年的忧愁。

⑮外：外表。承欢：讨好。汋（zhuó）约：绰约，美好貌。谌（chén）：诚，实际上。荏（rěn）弱：软弱。难持：难以依靠。忠：忠贞之士。湛（zhàn）湛：厚重貌。妒：妒嫉之臣。被（pī）离：散布貌。障：阻挡、壅塞。

⑯抗行：高尚的行为。瞭（liǎo）：眼明，此指光明。杳杳：高远。

薄：迫近。被：加之于。不慈：不慈爱（子女）。伪名：诬加的恶名。战国时代有人以为尧舜禅让贤者，是对儿子的不慈。《庄子》亦有"尧不慈，舜不孝"之说。

⑰憎：恶。愠怆（wěnlǔn）：忠直而不善婉转说话貌。好：爱。夫：那些。忼（kāng）慨：表面上神情激昂。蹀蹀（qièdié）：小步奔走貌。超远：远。迈：去。

⑱曼：引，张。流观：四望。冀：希望。壹反：回返一次。

⑲狐死必首丘：狐狸死在外面，其首必朝向生养它的山丘。"鸟飞""狐死"二句，喻不忘出身之本。信：实在。弃逐：被抛弃、放逐。以上一段抨击谗臣当朝、君王昏聩，而绝望于返郢之无期。

【品评】

这是一篇血泪凝成的恋国思乡之作。在怀王归丧，国难当头之际，更遭无罪弃逐、远迁湘沅，故离郢的一幕尤其刻骨铭心、历历在目。即使在九年之后回忆起来，仍不免令诗人怆然悲哭。百姓的"震愆"和诗人"去闾"的痛怀，交汇成长楸下"淫淫若霰"的涕泗；过了"夏首"还要"西浮"望郢，到了洞庭还要"登大坟"回眺——这迁程简直是在一步一回首中捱过；浩荡的江水，也载不下诗人依恋故都的哀情。漫长的九年过去，昏乱的朝政依旧：小人在承欢中"蹀蹀日进"，忠贞之士却远斥天涯！当诗人一想到这些，愤激之情便一下冲断回忆，在诗行中振起一派抗争之音。诗之结尾尤其悲怆："曼余目以流观兮，冀壹反之何时？"这绝望的哀叹，挟带着"鸟飞反故乡兮，狐死必首丘"的长声恸泣，至今听来仍令人"情事欲绝，涕泣横集"（明人李维桢语）！此诗紧扣一个"哀"字，运用重叠往返、反复唱叹的句式，通过对流放途中一幕幕细节的具体描述，来展开情感的抒发，使全诗的情感如涨潮一般，前浪刚过，反浪又到。虽然没有《离骚》那种绚烂多彩、神奇变幻的大起大落之境，却同样激发出摄人心魄的力量。

抽　　思①

心郁郁之忧思兮，独永叹乎增伤。思蹇产之不释兮，曼遭夜之方长。②悲秋风之动容兮，何回极之浮浮。数惟荪之多怒兮，伤余心之懮懮③。愿摇起而横奔兮，览民尤以自镇。结微情以陈词兮，矫以遗夫美人。④

昔君与我诚言兮，曰："黄昏以为期。"羌中道而回畔兮，反既有此他志。⑤憍吾以其美好兮，览余以其修姱。与余言而不信兮，盖为余而造怒。⑥愿承间而自察兮，心震悼而不敢；悲夷犹而冀进兮，心怛伤之憺憺⑦。兹历情以陈辞兮，荪详聋而不闻。固切人之不媚兮，众果以我为患。⑧初吾所陈之耿著兮，岂至今其庸亡？何独乐斯之謇謇兮，愿荪美之可光。⑨望三五以为像兮，指彭咸以为仪。夫何极而不至兮，故远闻而难亏。⑩善不由外来兮，名不可以虚作。孰无施而有报兮，孰不实而有获？⑪

少歌曰：与美人之抽思兮，并日夜而无正。憍吾以其美好兮，敖朕辞而不听。⑫

倡曰：有鸟自南兮，来集汉北。好姱佳丽兮，牉独处此异域。⑬既惸独而不群兮，又无良媒在其侧。道卓远而日忘兮，愿自申而不得。⑭望北山而流涕兮，临流水而太息。望孟夏之短夜兮，何晦明之若岁！⑮惟郢路之辽远兮，魂一夕而九逝。曾不知路之曲直兮，南指月与列星。⑯愿径逝而未得兮，魂识路之营营。何灵魂之信直兮，人之心不与吾心同！⑰理弱而媒不通兮，尚不知余之从容。⑱

乱曰：长濑湍流，沂江潭兮。狂顾南行，聊以娱心兮。[19] 轸石崴嵬，蹇吾愿兮。超回志度，行隐进兮。[20] 低佪夷犹，宿北姑兮。烦冤瞀容，实沛徂兮。[21] 愁叹苦神，灵遥思兮。路远处幽，又无行媒兮。[22] 道思作颂，聊以自救兮。忧心不遂，斯言谁告兮！[23]

【注释】

①抽思：抽绎内心的情思。屈原此诗紧承《惜诵》之后，作于放流汉北期间，约当顷襄王元年。怀王三十年，屈原为谏阻武关之会，触怒怀王而遭放流。从《惜诵》结尾的"捣木兰"为粮，"愿春日以为糗芳"看，屈原放流汉北已是怀王三十年秋；此篇又有"望孟夏之短夜兮"之语，回忆在汉北思念郢都情状，而开篇则有"秋风动容"之悲，故当作于顷襄王元年秋。

②郁郁：忧思郁结。永叹：长叹。蹇产：曲折缠结。曼：长。遭夜之方长：秋后夜一天比一天长。

③动容：指草木枯黄变容。或曰动摇之意。回极：指北极星及北斗星，北斗星随四时绕北极星回旋。浮浮：摇荡不定貌。数惟：屡次想到。荪（sūn）：香草名，此喻楚怀王。慢（yōu）慢：心忧痛。

④摇起：摇身而起。一曰应作"摇赴"，远远走开。横奔：与《惜诵》"横奔失路"意同，不顾路径乱跑，喻违背正道妄行。民尤：人们所犯过失。自镇：自我镇止（相对"摇起"言）。前人对此句多有误解，或以"民"为"人民"，以"横奔"指远走高飞，均不符诗意。解此句当与《惜诵》参照。微情：谦词，指诗人的情意。结：如男女相赠信物一样，结情以寄意。矫：举。遗（wèi）：赠。

⑤诚言：即成言，约定的话。黄昏为期：以男女婚娶喻君臣相契。此言"到黄昏时我来迎娶你"，古代迎娶新娘多在黄昏。回畔：背弃期约而回车。他志：别的打算，即另娶他妇。

⑥㤭：通"骄"。览余：结我展示，向我炫耀。修姱（kuā）：美好。盖：通"盍"，何以，为什么。造怒：作怒。

⑦承间：找机会。承，趁。间，间隙，空隙。自察：自明。震悼：震动而惧。夷犹：犹豫。冀进：希望进陈己意。怛（dá）伤：伤痛。憺（dàn）憺：动荡，一说静默。此二句言悲伤、犹豫希望进陈己意，心头伤痛得动荡不定。

⑧兹历情：当作"历兹情"，列举此情。详聋：装聋。详通"佯"。不闻：听不见。从此二句可知，屈原在被放流前夕，曾向怀王陈说过自己的冤屈，但怀王不听。此"陈辞"盖即离郢前所作《惜诵》。切人：恳切之人。或曰当作"切言"。不媚：不会谄媚、讨好。众：指朝中群小。患：祸患。

⑨初：当初。所陈：所陈述的。耿著：明白。庸：遽，很快。亡：忘。乐斯：喜欢这。謇謇：忠贞直言。荪美：荪喻君王，"荪美"即美好的君王。可光：当按王逸《章句》本作"可完"。可完，即可保全自身。屈原谏阻怀王入武关赴会，正是为了保全君王。

⑩三五：三王（禹、汤、周文王）和五霸（齐桓公、晋文化、秦穆公、宋襄公、楚庄王）。像：榜样。彭咸：殷代贤大夫，直谏君王不从，自投水而死。仪：仪度、楷模。上句寄望于君王，下句自励当以彭咸的忠直为楷模。极：目标。至：达到。远闻：声名远播。亏：亏损。

⑪"善不由"句：言善行来自内在修养。"名不可"句：声名非能靠虚假造成。施：给予恩惠。报：报答。不实：不结果实。此相对"虚作"，言要靠实际功业造就名声。

⑫少歌：乐章名，小歌以总结前意。与：向。美人：指楚王。抽思：抽绎情思，诉说衷肠。并日夜：连日连夜。无正：没有评断是非的。敖：通"傲"。朕：我，我的。以上抒写得罪遭放之忧愁和忠于君王之真情，可惜不能为君王体察。

⑬倡曰：即唱曰，乐章中的又一开始。鸟：诗人自喻。南：郢都。集：栖止。汉北：汉水以北地区。姱：美好。牉（pàn）：分离。异域：相对于故都、故乡而言，即异地他乡之意。

⑭惸（qióng）独：孤单。不群：不与（众鸟）同群，不为群鸟所容。良媒：此又以男女婚娶作比，以良媒喻引荐、撮合之人。卓远：遥

远。自申：自我申诉。

⑮北山：其地不详，或以为指郢都北面之山。孟夏：初夏。晦明：从天黑到天明。初夏夜短，诗人偏感觉很长，故用"若岁"（像一年那样长）夸张形容。

⑯一夕九逝：一个晚上多次去往郢都。九，虚指，形容次数之多。曾：乃，竟然。路之曲直：前往郢都的路曲直难辨。"南指"句：指着南方的月亮、星辰辨别返郢方向。

⑰径逝：取直路前往。识路：辨识道路。营营：紧张忙碌貌。灵魂信直：指诗人自己忠信而正直。人之心：指君王之心（或朝中众臣之心）。

⑱理：使者，媒人。此处亦借喻引进、帮忙者。从《抽思》称美人为君，理、媒为撮合、引荐者，反观《离骚》"求女"及"行媒"喻意，更可证明其意在于"求遇于君"，而不是有些注家所误解的"求贤"或"求志同道合者"。"尚不知"句：尚，上，君王。从容，指美好的仪态，即上文所说"好姱佳丽。"

⑲乱曰：乐歌之卒章。长濑（lài）：流过沙石的浅水。湍流：山涧沙石之濑多从高处曲折下泄，故水流较湍急。泝（sù）：同"溯"，逆流而上。江潭：江边水深处。或曰即指汉水。此句言诗人在山濑湍流下汇的江中逆流而上。狂顾：一次次不断回看。狂，形容心情迷茫，故其行动（顾）亦近乎疯狂。许多注家不解此意，怀疑"狂"字有误。南行：南来的路。"行"读"银行"之行，路。娱心：使愁苦的心暂时欢快些。

⑳轸（zhěn）石：方直之石。崴（wēi）嵬：高耸貌。"蹇吾愿"句：此承上句石岩之高耸而言，正符合诗人忠廉刚直的心志。蹇：发语助词。超回：超越回旋之水。志度：即"踟蹰"，乍前乍却貌。指船在回水中前行困难。行隐进：前行缓慢，不觉得在前进。

㉑低徊、夷犹：犹豫。宿北姑：在北姑这地方住宿。北姑，其地不详，当在汉北附近。烦冤：烦乱忧苦。瞀（mào）容：迷乱之情现于容色。实：是。沛徂：颠沛奔走，或以为指急走。

㉒苦神：神思劳苦。灵：魂。遥思：思念遥远的郢都。处幽：往于
僻远之地。

㉓道思：路途中思念，即且行且思。作颂：即作歌，指《抽思》
之作。自救：自解愁思。不遂：不达。指不能上达于君。谁告：
告谁。
"乱曰"之后一节，主要抒写当年放流汉北途中景象，故有"沂江潭"
"狂顾南行"，以及"行隐进""灵遥思"之语。有些注家将此解为从汉
北"南行"的想象之辞，与诗意不甚相符。全诗从放逐中"秋风动容"
写起，中间展开在汉北日夜思念郢都之情，乱日回忆颠沛而来汉北的情
状，组成了抒写放流汉北生涯的相对完整的内容。

【品评】

如果说《惜诵》是蒙冤遭放之际，怆楚愤激之气的直接喷发；《抽
思》则是放流汉北后，念国怨君之情的凄凄抽绎。秋天是怀归的季令，
在"动容"的秋风中仰望回转的星斗，想到一年前的遭祸放流，诗人
的心中便涌起痛切的怨情：他怨恨君王的反复无信，怨恨其骄横"佯
聋"而不察贞臣之心。但怨恨终究敌不过关切：在"望三五以为像兮"
"孰不实而有获"的诚挚规劝中，正诉说着辅弼之臣对君王的一片真
情。无罪受罚的愤慨，也终究压不住对郢都的思念：那"望北山而流涕
兮""魂一夕而九逝"的伤叹和奇思，又将这凄切的恋情表现得多么深
沉！一叶孤舟，在长濑湍流的江潭颠沛而进；一个凄清的身影，在愁苦
中不断"狂顾南行"——崔嵬的山石是他廉贞不屈的化身，而与这位
伟大逐臣相辉耀的，则有天上那皎洁的明月和列星……

怀　沙①

滔滔孟夏兮，草木莽莽。伤怀永哀兮，汩徂南土。②眴兮
杳杳，孔静幽默。郁结纡轸兮，离慜而长鞠。③抚情效志兮，

冤屈而自抑。④

刓方以为圜兮，常度未替；易初本迪兮，君子所鄙。⑤章画志墨兮，前图未改；内厚质正兮，大人所盛。⑥巧倕不斲兮，孰察其拨正。⑦玄文处幽兮，矇瞍谓之不章；离娄微睇兮，瞽以为无明。⑧变白以为黑兮，倒上以为下。凤皇在笯兮，鸡鹜翔舞。⑨同糅玉石兮，一概而相量。夫惟党人之鄙固兮，羌不知余之所臧。⑩

任重载盛兮，陷滞而不济。怀瑾握瑜兮，穷不知所示。⑪邑犬之群吠兮，吠所怪也。非俊疑杰兮，固庸态也。⑫文质疏内兮，众不知余之异采。材朴委积兮，莫知余之所有。⑬重仁袭义兮，谨厚以为丰。重华不可遌兮，孰知余之从容！⑭古固有不并兮，岂知其故也！汤禹久远兮，邈不可慕也。⑮惩连改忿兮，抑心而自强。离愍而不迁兮，愿志之有像。⑯进路北次兮，日昧昧其将暮。舒忧娱哀兮，限之以大故。⑰

乱曰：浩浩沅湘，分流汩兮，修路幽蔽，道远忽兮。⑱怀质抱情，独无匹兮。伯乐既没，骥焉程兮。⑲万民之生，各有所错兮。定心广志，余何畏惧兮。⑳曾伤爰哀，永叹喟兮。世溷浊莫吾知，人心不可谓兮。㉑知死不可让，愿勿爱兮。明告君子，吾将以为类兮！㉒

【注释】

①怀沙："怀沙砾自沉"之意。有人理解为怀念长沙，并以为长沙乃楚之先王熊绎的始封地，恐不确。长沙之名起于秦汉，亦非熊绎始封之地。此诗作于屈原沉江之年孟夏，约当楚顷襄王十六七年。楚顷襄王十四年后，屈原曾被迫从汨罗一带，前往更僻远的溆浦。在那里度过了一年多时间，历尽荒林雪雨之苦，《涉江》诗中对此曾有大略的记述，并在结尾透露了决心离开溆浦的消息（"忽乎吾将行兮"）。此诗大抵

作于《涉江》之后，诗人已离开溆浦，正经由湖、湘前往汨罗途中。当时诗人已作出殉身沉江的决定，但心中却仍依恋着可爱的祖国。他不能涉江返归郢都，便只能"汨徂南土"，诗中的"浩浩沅湘，分流汨兮"，正指明了这次远行，走的是从沅水到湘水的路线。

②滔滔：阳气抒发貌，或以为当作"慆慆"，悠长之意。莽莽：草木丛生。伤怀：伤心。汨（gǔ）：当作"汩"，疾速。徂：往。南土：指长沙一带，在楚之南，故称。

③眴（shùn）：同"瞬"，看。杳杳：深远貌。孔：很。幽默：幽清而静默。纡轸：委曲痛苦。纡：曲。轸：痛。离：通"罹"，遭逢。愍（mǐn）：同"愍"，忧患、病痛。鞠：困穷。

④抚情效志：体验、反省自己的情志。抚，把抚、体验。效：考核、验证。自抑：强自按抑（冤屈之情）。以上一节抒写途中景象和忧伤心情。

⑤刓（wán）：削。圜：同"圆"。常度：正常的法度。未替：未废。易初：改换初志。本迪：当如闻一多说作"卞迪"，即变其立身之道。卞，变。迪，道。此四句言削方为圆，虽然未废弃常度（方需"矩"，圆需"规"），但毕竟改变了初志和立身之道，乃是君子所鄙视的。前人将上四句分开解说，以为尚肯定"刓水为圆"（即"和光同尘"之意），而否定的只是"易初本迪"，显然误解了诗意，且与"大人所盛"的下面四句不相对应。

⑥章画志墨：线画得章明，墨记得清楚。此以木匠取直为喻。章，明；志，记。前图未改：先前的（取直）意图未改变（而不像"刓方为圆"那样改变了意愿）。内厚质正：内在质料厚实而正直（仍以木匠取直为喻，指所用质料又朴厚方正）。大人：即与"小人"相对的君子。盛：赞美。

⑦巧倕（Chuí）：名叫倕的巧匠，传说为帝尧时人。不斫（zhuó）：不砍削。察：看清。拨正：曲和直。拨：弯。此二句言判断曲直与否，必须看事后结果与原先的意图是否一致。即使是巧倕，倘若不砍削，谁又能察知改变了原先所画之线没有。

⑧玄文：黑色花纹。处幽：放在暗处。曚（méng）：有眼珠而盲者。瞍（sǒu）：无眼珠而盲者。章：鲜明。离娄：传说中眼力特别好的人，能在百步之外，看清秋天兽毛的头端。睇（dì）：微视。瞽：瞎子。

⑨篓（nú）：竹笼。鹜（wù）：鸭。此以凤、鸡为喻，抨击忠贞之士被迫害、拘禁，小人却飞扬跋扈的颠倒世道。

⑩糅：混杂。概：量米时用来刮平装米之斗的横木。此二句言把玉和石混杂一起，不分美恶、相提并论。鄙固：鄙陋而顽固不化。一本作鄙妒，嫉妒之意。臧：善。此二句言那些贵族党人就是这样鄙固（即"一概相量"玉石），又哪了解我的美善。以上一节抨击世道颠倒，慨叹忠贞之士无人了解。

⑪任重：负担很重。载盛：装载得多。陷滞：陷没沉滞。济：渡。此二句喻诗人的处境。怀瑾握瑜：喻怀抱美好品质。瑾、瑜，均为美玉。穷穷迫：示：给人看。

⑫邑：人所聚居之地。邑犬，喻群小。非俊疑杰：诽谤、疑忌才能出众者。庸态：庸人之态。

⑬文质疏内：即文疏质内，纹色稀疏、美质内隐。异采：异常的文采。朴：未加工的木料。材：有用的木料。委积：抛弃堆积。所有：指所具有的美好内质。

⑭重（chóng）仁袭义：不断积累仁义之德。谨厚为丰：丰富（充实）以谨慎、淳厚。重华：帝舜。逜（è）：同"迕（wǔ）"，遇。从容：美好的仪度。

⑮古：古代。不并：指圣君贤臣不并世而生。汤：商汤王。邈：久远。慕：思慕。

⑯惩连：当从一本作"惩违"，戒止怨恨。违通"怼"，怨恨。改忿：改变、克制愤怒。抑心：压抑不平之情。自强：使自己坚强。不迁：不改变。像：榜样，即以古贤为榜样。

⑰进路：走上前路。北次：住宿时向北而宿。表达内心对故都的怀念（与"狐死首丘"之意近）。昧昧（mèimèi）：昏暗貌。舒忧娱哀：

在哀忧中强作欢愉。限：限制。大故：死亡。以上一节自伤于生不逢时，表达了不改志节的临死之哀。

⑱汨：当作"汩"，水流疾速发出汩汩之声。修路：长路。幽蔽：幽暗。忽：远而望不尽貌。

⑲怀质：怀有美好品质。抱情：抱有真挚之情。"情"相对于"伪"而言，有"真"的意思。匹：比。一说匹为"正"之误，"正"即判定是非曲直。伯乐：古善相马者。骥：千里良马。程：评量。

⑳错：通"措"，安排、处置。万民之生：一作"民生禀命"。定心广志：坚定心意，宽广胸志。

㉑曾：通"增"。曾伤：重重忧伤。爰哀：无止的悲哀。爰，哀泣不止。谓：说。

㉒"知死"句：深知死是不可避免的。勿爱：不爱生恶死。类：与之同类，指以古贤、君子为榜样。

【品评】

一位伟大哲人，在遭受迫害的绝境中离开尘世前夕，他的心境将是怎样的？《怀沙》为人们提供了一份悲壮的自白。当屈原带着深深的忧伤，辗转于草木莽莽的"南土"时，世界竟变得一片静寂，它难道也在为诗人的离去哀伤？但诗人却是平静的，因为他在"抚情效志"之际，对自己所遵循的"前图"、坚守的志节，既深信无疑，故面对死亡的选择，也就无恨无悔。此刻，那"变白以为黑"的世道，固然仍令他愤慨；"非俊疑杰"的党人"庸态"，固然仍令他不平。但诗人的美好追求，本非小人所可理解，则自己的所作所为，又何须由他们评量！诗人即将离去时，又是异常骄傲的——他对这个"日昧昧其将暮"的世界，已不抱更多的希望，所以向"吠所怪也"的"邑犬"们，也只投去了悲悯的一瞥。"惩违改忿""抑心自强"，诗人自有古贤做榜样，在离去时本不须再"畏惧"什么！他留在诗中的只有深深的遗憾，那就是未能得遇"重华""汤禹"的盛世，未能在可爱的祖国再造"美政"之辉煌。关于这一点，当诗人临绝的时刻，将在《惜往日》中，迸发成更加痛惜的呼喊。

思 美 人①

思美人兮，擥涕而竚眙。媒绝路阻兮，言不可结而诒。②蹇蹇之烦冤兮，陷滞而不发。申旦以舒中情兮，志沈菀而莫达。③愿寄言于浮云兮，遇丰隆而不将。因归鸟而致辞兮，羌迅高而难当。④

高辛之灵盛兮，遭玄鸟而致诒。欲变节以从俗兮，媿易初而屈志。⑤独历年而离愍兮，羌冯心犹未化。宁隐闵而寿考兮，何变易之可为！⑥知前辙之不遂兮，未改此度。车既覆而马颠兮，蹇独怀此异路。⑦勒骐骥而更驾兮，造父为我操之。迁逡次而勿驱兮，聊假日以须时。⑧指嶓冢之西隈兮，与纁黄以为期。⑨

开春发岁兮，白日出之悠悠。吾将荡志而愉乐兮，遵江夏以娱忧。⑩擥大薄之芳茝兮，搴长洲之宿莽。惜吾不及古人兮，吾谁与玩此芳草？⑪解萹薄与杂菜兮，备以为交佩。佩缤纷以缭转兮，遂萎绝而离异。⑫吾且儃佪以娱忧兮，观南人之变态。窃快在中心兮，扬厥凭而不竢。⑬芳与泽其杂糅兮，羌芳华自中出。纷郁郁其远蒸兮，满内而外扬。⑭情与质信可保兮，羌居蔽而闻章。⑮

令薜荔以为理兮，惮举趾而缘木。因芙蓉而为媒兮，惮褰裳而濡足。⑯登高吾不说兮，入下吾不能。固朕形之不服兮，然容与而狐疑。⑰广遂前画兮，未改此度也。命则处幽吾将罢兮，愿及白日之未暮也。⑱独茕茕而南行兮，思彭咸之故也。⑲

【注释】

①思美人：美人，喻楚王。从《抽思》"又无良媒在其（诗人）

侧"、此诗"媒绝路阻"等句判断，此"美人"与《离骚》一样，也指女性。《思美人》的写作时间，上与《抽思》相承，下与《离骚》相接，故在抒情用语、比兴方式上较多共通之处。且诗中有"开春发岁""遵江夏以娱忧""独茕茕而南行""思彭咸"等语；与《哀郢》回忆离郢东迁"方仲春"时令，"遵江夏以流亡"路线，以及《渔父》所表达的"宁赴湘流"，《离骚》所述"从彭咸之所居"均可互为印证。故我以为《思美人》当作于楚顷襄王四年（前295）迁往江南途中，所思"美人"当为顷襄王而非楚怀王。

②擥：同"揽"。揽涕，拭泪。竚眙（zhùchì）：站立直视。竚：同"伫"，久立。眙：直视。媒绝：以男女婚娶喻君臣。求娶美女而没有媒人，喻求遇于楚顷襄王而没有荐引之臣。路阻：道路阻隔。言不可结而诒：不能将心中话结于信物相赠与美人。

③謇謇：同"謇謇"，忠直之言。烦冤：烦恼冤屈。陷滞：如车之陷于路、船之滞留于水。发：本意承上"陷滞"之词，指行进；此喻烦恼冤屈积留胸中不能抒发。申旦：反复明白。沈菀（yù）：沉闷郁结。沈：同"沉"。菀：通"蕴"，积。达：通达。

④寄言浮云：诗人身被放逐，冤屈无以自达，故欲借天上浮云捎带到君王那里去。丰隆：云神。不将：不肯捎带。将，持。归鸟：春来鸟儿北归。郢都在北，故可依靠归鸟"致辞"于君王。此可证诗人已在放流江南途中。前人有以为此诗作于放流汉北时期，则郢都在南，春鸟北归，方向正好相反。难当：难以遇到归鸟。当，值，遇也。遇上归鸟以请它代为致言。但鸟儿飞得又高又急（"迅高"），难以相托。以上一节言冤屈难申，也无法寄言于君王。

⑤高辛：帝喾。灵盛：灵气丰盛。"遭玄鸟"句：故能遇燕子而代为送致聘礼给简狄。此二句明文赞慕高辛有遇，而暗含自身求君之无助。媿（kuì）：同愧。易初：改变初志。屈志：委屈其志。

⑥历年：经历多年。离愍（mín）：遭忧。诗人从怀王三十年被放汉北，今又远迁沅湘，已经有四年多时间。冯（píng）心：愤懑之心。冯，满，愤懑。未化：未消。隐闵：忧痛。寿考：老死。此二句言不能

做那种改变志向的事，而宁肯忍受痛苦到死。

⑦辙：车轮印迹。不遂：不顺利。车覆马颠：车翻了，马倒了。此喻诗人遭祸放逐。独怀此异路：我独自怀抱走此与众不同之路的志向。

⑧骐骥：千里马。更驾：重新驾车。造父：周穆王时的善御车者。操：操鞭御马。迁逡：迁延。次：止不进。勿驱：不快驰。假日：借时光。须时：等待时机。

⑨嶓冢（Bōzhǒng）：山名，在甘肃天水、礼县之间，是秦最初的封地。西隈：西山角。纁黄：黄昏之日。纁（xūn），浅红色。此四句与《离骚》"望崦嵫而勿迫"意同，言暂且慢些行进，姑且等待时机，并与太阳约定，在嶓冢西山角沉落之前，让诗人有时间继续寻求为王效力的机会，正与下文"令薛荔以为理""愿及白日之未暮"相接。前人附会"嶓冢"句为图谋报秦之意，"纁黄"句为约定的报秦时间，与上下文意不符。以上一节言诗人决不因遭祸而改变志节。

⑩开春发岁：即一年的春天又开始了。悠悠：缓缓日出貌。荡志：舒荡心情。江夏：夏水。娱忧：以忧为娱，消除忧愁。

⑪擘：采摘。大薄：草木丛生的广阔之所。搴（qiān）：拔取。长洲：水中较大的洲渚。宿莽：冬天不枯的草。不及古人：不与古人同时。谁与：与谁。玩：观赏。此四句以芳草象征美好的品性或追求，以无人共赏写无人知己的悲慨。

⑫解：折。萹（biān）薄：成丛的萹竹草。萹：萹蓄，又名萹竹，卧生野草。杂菜：恶菜。交佩：左右相交的佩带。缭转：互相缠绕。菱绝：枯萎而灭。离异：离弃。以上四句言君王佩用的都是野草恶菜，我这样的芳草美质因此枯萎而被弃。

⑬僮佪：徘徊。南人：当为"南夷"，指放逐所到的土著聚居之地。变态：与郢中不同的风俗。窃快：心中本来愤懑，在途中观览南夷的奇异风俗中略微感到欢快。扬：抛扬，捐弃。厥凭：我的愤懑之情。不竢：不再等待。

⑭杂糅：混杂一起。"羌芳华"句：言芬芳的花自能在被混杂中卓然而出。纷郁郁：指芳华的香气郁盛。远蒸：芬芳播散很远。满内：芳

美之质充满于内。外扬：芳美之气自能散发于外。

⑮情：真情。质：蕴藏的美好内质。信可保：诚然可以保持。或以保作"宝"解。居蔽：处在被掩蔽之境。闻章：声闻一样能彰明显露。以上一节言诗人远迁江南，来到南夷风俗奇异之地，仍坚守美好品性不为困穷而改变。

⑯薜荔：藤蔓植物，香草。理：媒人。惮：惧，此当解为不愿。举趾缘木：提起脚上树。芙蓉：荷花。褰裳：即"褰（qiān）裳"，揭起下衣。濡（rú）：沾湿。此四句言想要让薜荔、荷花充当媒理，但我又不愿抬脚上树去采摘（薜荔），也不愿提起衣裳下水（摘芙蓉）而沾湿脚。

⑰登高：喻指攀附权贵。不说（yuè）：不高兴。入下：喻指降格变节。联形：我的作风。不服：不事，不用。此句指那种攀附、降格而求人的事，非我作风所肯做。容与：迟疑。狐疑：怀疑、犹豫。

⑱广遂前画：广求实现从前图谋的目标。遂，实现。画：图谋。命则处幽：我的命运就这样处于幽蔽之中。罢（pí）：尽，此指生命将尽。"愿及"句：以日暮喻生命将尽，希望在生命结束前还能做些事。

⑲茕（qióng）茕：孤单貌。南行：前往南方的谪迁之地。思彭咸：思慕彭咸的立身准则。彭咸忠贞敢谏，不从则死。屈原所思慕的正是这种处世原则，此句隐含愿效法彭咸忠谏而死之意。

【品评】

怀王的客死，使诗人极为伤痛。顷襄王的再迁屈原，更令他冤屈无诉。诗人此刻还天真地以为，顷襄王不过是受了群小的蒙蔽，只要辨明真相，终究还有冤屈昭雪的时候。所以在《哀郢》的回忆中，诗人离郢时还痛切地挂念着君王；所以在此诗中，还一次次托"浮云"寄言、因"归鸟"致辞，表达了对"美人"的多少思念和寄望。但诗人的寄望决不是乞求；企盼有"媒""理"撮合，更不意味着变志降节。身虽遭祸，"异路"独怀；芳泽杂糅，"情质"依旧！又岂能为求进身而攀附权臣，为脱困境而沾濡恶浊？诗人这样做是否太过孤傲？不！人生中实在有太多的诱惑，倘若不能像砥柱一样孤傲耸峙，便只有浊浪崩云，而没有雄嶂插天了。"宁隐闵而寿考兮，何变易之可为""独茕茕而南行兮，思彭咸之故也"！——当诗人走向谪迁之地时，无疑是悲苦和凄怆的。但同时，他又展示着怎样一种人生的尊严和价值！请好好记取诗人的告诫："情与质信可保兮，羌居蔽而闻章"——唯其如此，你才能摆脱卑琐和怯弱，并气宇轩昂地走向勇毅和崇高……

惜 往 日①

惜往日之曾信兮，受命诏以昭时。奉先功以照下兮，明法度之嫌疑。②国富强而法立兮，属贞臣而日娭。秘密事之载心兮，虽过失犹弗治。③心纯厖而不泄兮，遭谗人而嫉之。君含怒而待臣兮，不清澂其然否。④蔽晦君之聪明兮，虚惑误又以欺。弗参验以考实兮，远迁臣而弗思。⑤信谗谀之溷浊兮，盛气志而过之。⑥

何贞臣之无罪兮，被离谤而见尤？慙光景之诚信兮，身幽隐而备之。⑦临沅湘之玄渊兮，遂自忍而沈流。卒没身而绝名兮，惜壅君之不昭。⑧君无度而弗察兮，使芳草为薮幽。焉舒情而抽信兮，恬死亡而不聊。⑨独鄣壅而蔽隐兮，使贞臣而无由。⑩

闻百里之为虏兮，伊尹烹于庖厨。吕望屠于朝歌兮，甯戚歌而饭牛。⑪不逢汤武与桓缪兮，世孰云而知之？⑫吴信谗而弗味兮，子胥死而后忧。⑬介子忠而立枯兮，文君寤而追求；封介山而为之禁兮，报大德之优游。⑭思久故之亲身兮，因缟素而哭之。⑮或忠信而死节兮，或訑谩而不疑。弗省察而按实兮，听谗人之虚辞。⑯芳与泽其杂糅兮，孰申旦而别之。何芳草之早殀兮，微霜降而下戒。⑰谅聪不明而蔽壅兮，使谗谀而日得。⑱

自前世之嫉贤兮，谓蕙若其不可佩。妒佳冶之芬芳兮，嫫母姣而自好。⑲虽有西施之美容兮，谗妒入以自代。⑳愿陈情以白行兮，得罪过之不意。情冤见之日明兮，如列宿之错置。㉑乘骐骥而驰骋兮，无辔衔而自载；乘氾泭以下流兮，无舟楫而自备。㉒背法度而心治兮，辟与此其无异。㉓宁溘死而流亡兮，恐祸殃之有再。不毕辞而赴渊兮，惜壅君之不识！㉔

【注释】

①惜往日：这首诗当作于《怀沙》之后，也就是屈原沉汨罗前的最后一首诗作。前人称此诗为诗人绝笔（如蒋骥、郭沫若等），大抵不错。

②曾信：曾被楚怀王信用。命诏：诏命。昭时：使时世光明。此指屈原参与改革朝政之事。奉无功：继承先王的功业。照下：照耀后世，或曰照耀下民。嫌疑：指法令制度订立中的疑惑不明之处。明：阐明，明确。

③属：托付。贞臣：忠臣之臣，此指怀王将朝政重任托付屈原。娭：同"嬉"，娱乐。日嬉，指怀王自己可从政务中解脱出来日享安乐。秘密事：指国家机密大事。载心：放在心上。或以为"秘密"即"黾（mǐn）勉"：之意，勤勉从事、不敢告劳。弗治：不加治罪。此言怀王信任屈原，即使有小过失也不计较。

④纯厖（máng）：纯厚。厖：厚也。不泄：不泄漏国家机密。清澄（chéng）：清明澄净，此作动词用，意为澄清事实。然否：是或不是。

⑤蔽晦：遮蔽而使之昏暗，此指蒙蔽君王耳目。虚惑误：无中生有、以假乱真、使人失误。欺：欺骗。以上连用虚、惑、误、欺，极言谗臣手段多端。参验：比较验证。考实：考察、核实。远迁：指把屈原放逐到僻远之地。

⑥谗谀：进谗言和阿谀逢迎之臣。溷浊：此指混浊、肮脏之言。盛

91

气志：怒气逼人。过：责罚。

⑦被离谤：当作"反离谤"，反而遭受诽谤。或曰被、离同义，均为遭遇之意。见尤：被定罪。光景：即太阳的光影。诚信：真实。幽隐：幽深隐蔽处。备：收藏，或曰当为"避"。此二句言自惭于有着阳光一样的诚信之心，却被责为有罪，而在幽蔽的放逐生涯中隐藏。

⑧玄渊：深渊。自忍：自我忍受。沈流：沉身江流。雍君：雍塞不明之君，即昏君。不昭：不明。

⑨无度：没有标准，不遵法度。"使芳草"句：使芳草隐没在沼泽幽暗处。此喻忠贞之士被摧残。薮：泽。抽信：拔出诚信以示人。恬死亡：安于死亡。不聊：不聊于生，不苟且偷生。

⑩鄣雍：遮阻、雍塞。无由：无路可进。

⑪百里：指春秋时虞国贤大夫百里奚，在战争中为晋国俘虏，晋献公将他当做女儿的陪嫁奴隶送给秦国。后又逃走，在楚国边境被抓。秦穆公知其乃贤才，因用五张羊皮将他赎回，任为大夫。伊尹：商汤王之辅臣。先前曾为有莘氏奴隶，做过厨师。庖厨：厨房。吕望：文王之师姜子牙，先前在商都朝歌做过屠夫。甯戚：春秋时卫之贤士，曾充任贩牛商而至齐都，扣牛角而歌，得到齐桓公重用。

⑫汤武：商汤王、周武王。桓缪：齐桓公、秦穆公。缪，同"穆"。世孰云而知之：世上又有谁知道他们。云：句中语气词。

⑬弗味：不能理解（体味）伍子胥的忠言。

⑭介子：即介子推。晋文公未返国继位的流亡期间，介子推始终追随左右，曾因途中断食，割下自己的股肉给文公充饥，后文公返国为君，介子推未得封禄，乃与母亲一起隐居于绵山。文公知道后，再请他出山为官，介子推坚持不出。文公放火烧山，希望能逼他出山，介子推抱木烧死。文公为之穿素服哭吊，改绵山为"介山"，禁止人们去山中采樵。立枯：指介子推抱木烧死。寤：悟。禁：禁止采樵。优游：指恩德之深广。

⑮久故：故旧之臣。亲身：亲近自己。缟素：穿着白色丧服。

⑯死节：死于气节。訑谩（tuómán）：欺蒙。按实：核实。虚辞：

假话。

⑰申旦：申明，明白。别：分辨。殀：同"夭"，早死。戒：戒备。"微霜"句：言芳草为什么早夭，乃在于下了微霜才戒备，已不及救其所受摧残。"而"字当作"乃"解。

⑱谅：信，实在是。日得：一天比一天得志。以上一节以历史上明君用贤故事，反衬楚王的信谗斥贤之过。

⑲蕙若：蕙草、杜若，均香草。佳冶：美好的人。嫫母：传说中长得丑陋之女。姣而自好：以丑为美、自我欣赏。

⑳西施：春秋时越国的美女。入以自代：谗妒之女（喻谗臣）入身取代西施（喻忠贤）。

㉑白行：表白自己的行为。不意：不曾意料到。情冤：真伪曲直。情，真；冤，屈。见之日明：一天比一天明白显现。列宿：天上布列的星宿。错置：布列。

㉒骐骥，朱熹疑当为"驽骀"，即劣马。辔衔：马缰绳和勒住马口的铁。自载：意为以自身驭马。氾淋（fànfú）：浮水的竹木筏。下流：顺流下驶。舟楫：船桨。自备：意为以自身为桨。这两句以无辔驱马、无楫驾舟为喻，揭露君王不遵法度、随心所欲。

㉓心治：背弃法度，只凭个人心意治理朝政。辟：譬如，此二句言君王所为正如无辔驭马、无楫驾舟一样，将不可收拾。

㉔溘（kè）：突然。流亡：随流而去（即死于水流之中）。恐祸殃有再：担忧会有灾祸再次降临。有，又。怀王入秦而死，是楚国遭遇的一大祸殃；屈原担心会有比怀王失国更大的祸殃降临。屈原沉江后只数年，便发生了秦将白起攻破郢都、烧毁楚先王陵墓并占领洞庭、江南、五渚等地的大灾难。不毕辞：不将话说完。不识（zhì）：不记住。或以"识（shí）"作"认识"解。此二句谓倘若不把自己的心志说清楚就投水而死，惜乎昏君永远不能理解我的死因。王逸解此句为诗人没有把话说完就投渊了，恐与句意恰正相反：诗人正是要在投水前说完己意，否则于心不甘，才有《惜往日》之作。

【品评】

诗人的生命已临近最后时刻。深沉的夜中伴着他的，只有玉笥山（屈原在汨罗的居住之地）茅屋中一炷遥曳的烛火和月光下呜咽的汨罗江声。明天太阳将依然升起，而诗人却将沉身江流永不回返！死去原无悔恨，因为诗人在这个昏浊的世界，已见够太多的污秽和耻辱。唯有祖国大地上的清澈江水，方能一洗冤屈，还他的清正和洁白。往日却又令他无限依恋：那辅助怀王改革朝政的短暂岁月，曾带给他多少鼓舞和希望！法度的"嫌疑"已为诗人辨明，"富强"的前景，正如火如锦铺展眼前。然而，这曾经将诗人生涯照耀得一片灿烂的辉光，却在群小"进谗"、君王"含怒"中倏然熄灭。随之而来的，则是"或忠信而死节兮，或訑谩而不疑"的大昏乱和"无舟楫而自备""背法度而心治"的大祸殃！生命的支柱崩折于希望的丧失，但诗人却要在它的毁灭中留取永久的确信：死并不值得痛惜，倘若这种死能换得一个世界的反省和自救。最可痛惜的是诗人在死前，曾用了撼天动地的呼喊，竟也未震醒这个世界。这便是诗人临绝前所怀有的最深切悲哀。他那苍楚的语声，从此挟着汨罗江滚滚的涛浪，年年岁岁搅动着大地长天，而不再宁息……

桔　　颂①

后皇嘉树，桔徕服兮。受命不迁，生南国兮。②深固难徙，更壹志兮。绿叶素荣，纷其可喜兮。③曾枝剡棘，圆果抟兮。青黄杂糅，文章烂兮。④精色内白，类任道兮。纷缊宜修，姱而不丑兮。⑤

嗟尔幼志，有以异兮。独立不迁，岂不可喜兮？⑥深固难徙，廓其无求兮。苏世独立，横而不流兮。⑦闭心自慎，终不失过兮。秉德无私，参天地兮。⑧愿岁并谢，与长友兮。淑离不淫，梗其有理兮。⑨年岁虽少，可师长兮。行比伯夷，置以为像兮。⑩

【注释】

①桔颂：赞颂桔树。"颂"是一种诗体，取义于《诗经》"风、雅、颂"之"颂"，所谓"美盛德之形容"也。前人多以此诗作于诗人早年或放逐江南期间，唯清人姚鼐"疑此篇尚在怀王朝初被谗时所作"（《古文辞类纂》）。我以为姚说较为妥当。诗称桔"年岁虽少，可师长兮"，可知诗人自己非必少年；又称"闭心自慎""苏世独立"，似与诗人遭谗被疏心境较为切近；大抵乃自励之作。

②后皇：皇天后土，即天地之间。嘉：美，或曰指"生育"。徕服：生来服习当地水土。徕：同"来"。受命：秉受天地之命。不迁：不可迁移他方。据《周礼》称"桔逾淮而化为枳"，唯生南方才能保持芳美之性。南国：此指楚国。《汉书》称"江陵千树桔"，楚都郢城正盛产桔树。

③深固：根扎得深而牢固。徙：迁移。壹志：其志专一。素荣：白花。

④曾枝：层层枝叶。曾通"层"。剡（yǎn）棘：尖刺，桔树枝间有刺。抟（tuán）：通"团"，圆。青黄杂糅：所结果实因成熟有先后，故有青有黄，相互错杂。文章：文采，此指桔子色彩。烂：灿烂。

⑤精色：桔子外表颜色鲜明。内白：桔子内瓤洁白。类：好像。任道：能担当重任的有道之士。纷缊：义同"氤氲"（yīnyūn），香气盛貌。宜修：美好。姱（kuā）：美。以上一节赞颂桔树的习性和外在形态之美。

⑥嗟：叹美。幼志：幼年之志。异：与众不同。

⑦廓：空阔宽广，此指胸怀。无求：恬然自足、无所欲求。苏世：在世上保持清醒。横而不流：横立于世不从流俗。

⑧闭心：自持心志，不为外物改易。自慎：自我谨慎。失过：过失。秉：持，执。参：合。参天地，上合天地之德（天地无私）。

⑨岁：岁暮。并谢：百花同时凋谢。与长友：做长期的朋友。桔树四季常青，不因岁寒而凋。淑离：美善。淑：善。离：通"丽"，美。

不淫：不放荡。梗：直，指桔树枝干。理：文理，指树干有纹理，比喻人之坚守直道、符合正理。

⑩师长：老师、长者。此句言可将桔树作师长效法。行：品行。比：比美。伯夷：商代末期孤竹君之子。周灭商，伯夷与其弟耻食周粟，饿死首阳山中，是后世称道的有节之士。置：植，指种植桔树。像：榜样。此节由对桔树的外美赞颂，转入对其精神品格的讴歌。

【品评】

屈原重视"外美"的修治，更注重"内美"的坚持。他最痛恨的，是"外承欢之汋约兮，谌荏弱而难持"的"无实而容长"，是"委厥美以从俗"的毫无操守（见《哀郢》《离骚》）。于是这"独立不迁"的南国之桔，便成了诗人心目中最完美人格的体现：它既具绿叶素荣、精色内白的美好形态，又兼廓其无求、横而不流的仁正情怀；特别是爱恋乡土、至死不移的伟大秉性，更带有伯夷、叔齐那样的古贤之风。诗人以如许深情地讴歌着南国的桔树，正因为这桔树的美德，恰与诗人自己息息相通！这是屈原首创的一首咏物诗，"看来两段中句句是颂桔，句句不是颂桔，但见原与桔，分不得是一是二，彼此互映，有镜花水月之妙"（林云铭《楚辞灯》）。宋人刘辰翁称它为"咏物之祖"，亦指明了它在咏物诗方面的开创意义。

悲 回 风①

悲回风之摇蕙兮，心冤结而内伤。物有微而陨性兮，声有隐而先倡。②夫何彭咸之造思兮，暨志介而不忘！万变其情岂可盖兮，孰虚伪之可长！③鸟兽鸣以号群兮，草苴比而不芳。鱼葺鳞以自别兮，蛟龙隐其文章。④故荼荠不同亩兮，兰茝幽而独芳。惟佳人之永都兮，更统世而自贶。⑤眇远志之所及兮，怜浮云之相羊。介眇志之所惑兮，窃赋诗之所明。⑥

惟佳人之独怀兮，折若椒以自处。曾歔欷之嗟嗟兮，独隐伏而思虑。⑦涕泣交而凄凄兮，思不眠以至曙。终长夜之曼曼兮，掩此哀而不去。⑧寤从容以周流兮，聊逍遥以自恃。伤太息之愍怜兮，气於邑而不可止。⑨纠思心以为纕兮，编愁苦以为膺。折若木以蔽光兮，随飘风之所仍。⑩存仿佛而不见兮，心踊跃其若汤。抚珮衽以案志兮，超惘惘而遂行。⑪岁曶曶暨其若颓兮，时亦冉冉而将至。蘋蘅槁而节离兮，芳以歇而不比。⑫怜思心之不可惩兮，证此言之不可聊。宁逝死而流亡兮，不忍为此之常愁。⑬孤子唫而抆泪兮，放子出而不还。孰能思而不隐兮，昭彭咸之所闻。⑭

登石峦以远望兮，路眇眇之默默。入景响之无应兮，闻省想而不可得。⑮愁郁郁之无快兮，居戚戚而不可解。心鞿羁而不形兮，气缭转而自缔。⑯穆眇眇之无垠兮，莽芒芒之无仪。声有隐而相感兮，物有纯而不可为。⑰藐蔓蔓之不可量兮，缥绵绵之不可纡。愁悄悄之常悲兮，翩冥冥之不可娱。凌大波而流风兮，托彭咸之所居。⑱

上高岩之峭岸兮，处雌蜺之标颠。据青冥而摅虹兮，遂倏忽而扪天。⑲吸湛露之浮源兮，漱凝霜之雾雾。依风穴以自息兮，忽倾寤以婵媛。⑳凭昆仑以瞰雾兮，隐岷山以清江。惮涌湍之礚礚兮，听波声之汹汹。㉑纷容容之无经兮，罔芒芒之无纪。轧洋洋之无从兮，驰委移之焉止。㉒漂翻翻其上下兮，翼遥遥其左右。氾潏潏其前后兮，伴张弛之信期。㉓观炎气之相仍兮，窥烟液之所积。悲霜雪之俱下兮，听潮水之相击。㉔

借光景以往来兮，施黄棘之枉策。求介子之所存兮，见伯夷之放迹。㉕心调度而弗去兮，刻著志之无适。㉖

曰：吾怨往昔之所冀兮，悼来者之愁愁。㉗浮江淮而入海兮，从子胥而自适。望大河之洲渚兮，悲申徒之抗迹。㉘骤谏

君而不听兮，任重石之何益！心绪结而不解兮，思蹇产而
不释。㉙

【注释】

①悲回风：此与《思美人》《惜往日》等诗一样，取篇首之语为
题。可知屈原当年未标诗题，乃后人整理时所加《悲回风》的写作年
代较难确定，大抵作于《离骚》前后，故有"时亦冉冉其将至"之语，
与"老冉冉其将至"相近；且诗中充满活跃的想象力，不断幻出虚境，
也与诗人创作《离骚》时的缤纷之思相似，而与沉江前夕的直抒胸臆
异趣。清人蒋骥称此诗作于自沉汨罗的前一年秋天，恐怕不确。

②回风：回旋的秋风。"物有微"句：微小的蕙草凋陨了。陨性，
即陨生。"声有隐"句：隐微的风声往往成为先兆。倡：唱。先倡，开
始的意思。

③造思：追思。暨：与。志介：志节。此句言为何要追思彭咸呢，
是要与他一样不忘志节。盖：掩盖。情：与"虚伪"相对的"真"，故
下句有"孰虚伪之可长"之反诘。长：长久。此二句言真挚之情纵遇
万变不可掩盖。虚伪又哪能久长。

④号群：叫唤其群，草苴（jū）：生草曰"草"，枯草曰"苴"。
比：紧挨一起。此二句以鸟兽、草苴，喻贵族党人爱好结党成群。葺
（qì）鳞：鱼鳞编次整齐。自别：自别于异类。文章：文采，此指蛟龙
的鳞甲富有文采。此二句以鱼、龙为喻，言君子贤人自与小人有别而不
肯混杂。

⑤荼（tú）：苦菜。荠：甜菜。不同亩：不种在一起。幽：处在幽
僻的地方。佳人：诗人所思慕的古贤，如彭咸等。永都：永远美好。更
统世：经历许多朝代。古以一个朝代为一统。自贶（kuàng）：贶通
"况"，比。自贶：自比。此言虽已相隔多少世代，仍要以美好的古贤
自励。

⑥眇：遥远。怜：悲悯。相羊：徘徊不定。此二句言自己高远的志
向可及先贤，却如浮云在高处飘荡。介眇志之所惑：有所惑于志向遥远

而孤独。介：孤独。"窃赋"句：私下赋诗以明其所以。诗人说明志向远大者之所以孤独的道理，已在上文"茶荠不同亩"、"草苴比而不芳"等句中体现。

⑦独怀：怀抱独异。若椒：杜若、香椒。自处：独自相处。曾：增，多。歔欷（xūxī）：哀叹抽泣。嗟嗟：叹息声。隐伏：隐身在野。

⑧涕泣交：涕泪交流。凄凄：哀伤。曼曼：漫漫，长貌。掩：掩抑。

⑨寤：醒。从容：舒缓。周流：周游。自恃：依靠自己。此指靠自己排解哀伤。悢悢：忧悯。於（wū）邑：气促而难以舒散。

⑩纠（jiū）：同"纠"，交缠。纕（xiāng）：带。膺（yīng）：胸，此指胸兜。此二句极言忧思之交缠不去，简直可编结成衣带、胸兜。若木：神话中生于西方的神木。蔽光：遮蔽日光。仍：因，引。此二句谓遮住日光，无须考虑辨别方向，随飘风带到哪里。

⑪存：眼前的存在。踊跃：跳荡。若汤：像热水之沸。衽：衣襟。案志：按捺心志。超：通"怊"，怅恨。惘（wǎng）惘：失意。遂行：远行。

⑫智智：同"忽忽"，快。颓：坠落，此指岁月逝去如崩颓一样疾速。时：此指生命的衰老之期。冉冉：慢慢。蘍（fán）、蓠：均为香草。节离：枝节断离。"芳以歇"句：香气已消散，不再聚集。以，已。不比：不连接、不紧挨。

⑬怜：悲怜。思心：忧思之心。惩：止。不可聊：不可依赖。此句言连证明自己忧思难止也觉得无聊。逝死：一作"溘死"，突然死去。

⑭孤子：屈原自称。唫，古吟字。抆（wěn）泪：拭泪。放子：放逐之人。不慐：不悲痛。昭：明。所闻：所为人传播的声闻。此二句言谁能思及而不悲痛呢，我由此更明白了彭咸为人称扬的原因。

⑮峦：山小而尖曰峦。眇眇：遥远。默默：幽寂无声。入：身入其境。景：即"影"。响：声响。人入其中有影有声，却无相应者，极言其境孤寂。闻省（xǐng）想：听闻、思虑和想象。不得：不能得其声容形貌（指远望故国中，希能闻想其声容）。

⑯无快：没有愉悦；戚戚：忧伤貌。"居"疑作"思"。靮（jī）
羁：马缰绳马络头，比喻束缚。不形：不解。"形"一作"开"。缭转：
缭绕转曲。缔：结。

⑰穆眇眇：远而幽寂。莽芒芒：空旷无际貌。仪：像。无仪，即无
边际。"声有隐而相感"句：隐微之声（指秋风）而可感人以秋来之
悲。"物有纯"句：纯洁的事物（指芳蕙一类）即将凋陨而无所作为。

⑱蔼曼曼：远而无际貌。量：估量其远。缥绵绵：愁思缥缈悠长。
纡：缠绕。悄悄：不乐貌。翾冥冥：指灵魂在黑暗中飘飞。娱：乐。以
上二节描述诗人在悲苦无诉中的神魂飘游，一会儿登石峦远望，一会儿
凌大波飘荡。凌：乘。流风：顺风而流。此句说要乘风波而流行。托：
依，从。此句是说要从彭咸而居，即投水而死。

⑲峭岸：陡峭的高岸，此指下临深幽之江的山壁高处。雌蜺：虹分
内外两重，内者鲜丽为雄虹，外者素白为雌蜺。标颠：指山最高的峰
巅。据：依据。青冥：青天。摅（shū）虹：舒发气息即成虹霓，形容
其高。扪天：摸到天。此四句极言身登峭岸之高。

⑳湛露：浓厚的露气。浮源：疑作"浮浮"，露气重貌。漱
（shù）：漱口。雰（fēn）雰：霜露盛貌。风穴：传说在昆仑山上的风
聚之处。自息：独自休息。倾寤：翻身而醒。婵媛：喘息牵念。

㉑冯：同"凭"，依靠。瞰：俯视，一本瞰作"澂"澄清。隐：隐
伏，或曰依据。岐：即岷山。古以岷山为大江发源处。惮：惊惧。涌
湍：汹涌的急流。磕（kē）磕：水石撞击之大声。洶洶：波涛声。

㉒纷容容：波乱貌。无经、无纪：没有秩序。罔芒芒：迷离广阔。
罔，同"惘"，迷离。轧洋洋：盛大的波涛互相挤压貌。无从：不知其
所来。委移：同"逶迤"，婉曲曼长。

㉓漂翻翻：波涛上下翻动飘荡。翼遥遥：在两翼摇荡不定。遥，通
"摇"。氾潏（yù）潏：泛滥喷涌貌。伴张弛之信期：伴随潮涨潮落之
期。信期：潮水涨落受月亮吸引力控制，有一定之期，故曰"信期"。

㉔炎气：夏季郁蒸之气。相仍：相继。烟液：云烟和雨液。积：积
于云气之中。以上一节描述在想象中上登昆仑、下瞰江涛的奇观。

100

㉕光景：即四时的云光雨雪。往来：指神魂来去。施：用。黄棘：神话中树名。枉策：弯弯的马鞭。此二句言凭借云光雨景，施用神奇的马鞭，让神魂迅速来去。宋人洪兴祖以"黄棘"指怀王与秦之"黄棘之会"，"枉策"指错误决策，完全不符合此诗上下文意。介子：即介子推。所存：存身之处。放迹：放浪于首阳山之行迹。此二句表述了对古贤的追慕。

㉖调度：调整安排，此指按抑、改变原先的忧痛之心。刻著：在心中刻下。志：此指效法介子、伯夷之志。无适：不去他方，不改其志。此四句表达了效法古贤以死节之志。

㉗曰：疑为"乱曰"之省。冀：希望。悼：悲。来者：未来的时光。惄（tì）惄：同"惕惕"，惧。

㉘从：随从。自适：顺适己意。申徒：申徒狄，殷纣王时贤臣，谏君不听，抱石沉水而死。抗迹：高尚的行迹。

㉙骤：屡次。任：怀抱。何益：有何补益于事。此二句深悲申徒狄之死未能挽救商朝之亡，也表明诗人虽已立下以死殉节之志，但对是否就采取行动犹有所迟疑。与《怀沙》《惜往日》之临绝而无所反顾状况，尚有不同。绖结：缠结牵挂。蹇产：愁思曲折纠缠。一本无最后两句。

【品评】

在漫长的放逐生涯中，孤独和凄清正如撩拨不去的阴影，时时追随着诗人。特别是在秋风萧萧、鸟兽哀鸣的季节，更于伤痛和愁思中倍增凄凉！在这样的时刻，古贤"彭咸"的伟大身影，便穿过历史的烟云，常来与诗人相许相慰，并遥遥引导着诗人之魂，孤独但又高傲地在天地间驰行：诗人升登高高的石峦，眼际展开着"景响"无应的一派渺茫；诗人掠过冥冥的夜色，耳畔只伴随"大波""流风"。转眼间，诗人已来到"倏忽扪天"的峭岸"标颠"，休憩于虹霓可揽的昆仑"风穴"。在这里俯瞰雾气弥漫的尘世，也不曾给诗人带来任何慰藉——江波汹汹，乱浪倾轧，潮涨潮落，霜雪俱下！世界仿佛从来就这样混沌和冷漠，幸好这其间还坚毅挺立着几位古贤：谏君而死的申徒，不食周粟的伯夷，交迭着伍胥的耿介、介子的坚贞，至今还令诗人无限怀想！他们的志节早已"刻著"在诗人心上，但这样的选择又能对世界带来多少补益？"吾怨往昔之所冀兮，悼来者之愁愁"——凄怆的喟叹发自诗之结尾，吐露着一个伟大灵魂，在报国无门中选择死节的不胜哀愤和遗憾。诗中几乎无一处实写，全凭痛苦中引发的奇思，展开神游天地的幻境：或登石峦，或上峭岸，或瞰清江之涛涌，或借光景以往来。其幻境之隐现，正与灵魂之飘行相伴，抒写得凄清辽阔、缥缈纷纭。郭沫若曾称此诗"最为悲愤"，他当然还可加上一句：此诗在整个《九章》中，也写得最为奇特。

远　　游

　　《远游》也是一首充满浪漫主义奇思的抒情长诗。汉代以来的楚辞注释家，大多根据传说，而定其作者为屈原。清人胡浚源《楚辞新注求确》则以为："屈子一书，虽及周流四荒，乘云上天，皆设想寓言，并无一句说神仙事。虽《天问》博引荒唐，亦不及之。……《远游》一篇，杂引王乔、赤松，且及秦始皇时之方士韩众。则明系汉人所作。可知旧列为原作，非是。"吴汝纶《古文辞类纂·校勘记》也以为："此篇殆后人仿《大人赋》托为之，其文体格平缓，不类屈子。"我以为此篇所表达的思想情志，多与屈原相去甚远，且诗中多称道家之言和神仙之说，其中有些句式也不同于屈原之辞，而与贾谊之后、司马相如之前的骚体赋家相似。故判断其为汉人伪托之作，较为确当。《远游》虽未必为屈原之作，但拟托者却从《离骚》往观四方、溘风上征得到启发，展开远游天地的缤纷铺排，申说"时俗迫阨"之悲和登遐成仙之乐；在艺术表现上大量融汇神仙传说，思致纷纭，辞采绚烂。元人祝尧称它为"后来赋家为闳衍钜丽之词"所取法，倒是一点不错。本书收录此篇，既以保持原来《楚辞》之制，亦以令读者窥其全豹也。

悲时俗之迫阨兮，愿轻举而远游。质菲薄而无因兮，焉托乘而上浮？[1]遭沈浊而污秽兮，独郁结其谁语？夜耿耿而不寐兮，魂营营而至曙[2]。惟天地之无穷兮，哀人生之长勤。往者余弗及兮，来者吾不闻[3]。步徙倚而遥思兮，怊惝怳而乖怀。意荒忽而流荡兮，心愁凄而增悲[4]。神倏忽而不反兮，形枯槁而独留。内惟省以端操兮，求正气之所由[5]。

漠虚静以恬愉兮，澹无为而自得。闻赤松之清尘兮，愿承风乎遗则[6]。贵真人之休德兮，美往世之登仙。与化去而不见兮，名声著而日延[7]。奇傅说之托星辰兮，羡韩众之得一。形穆穆以浸远兮，离人群而遁逸[8]。因气变而遂曾举兮，忽神奔而鬼怪。时髣髴以遥见兮，精晈晈以往来[9]。绝氛埃而淑尤兮，终不反其故都。免众患而不惧兮，世莫知其所如[10]。

恐天时之代序兮，耀灵晔而西征。微霜降而下沦兮，悼芳草之先零[11]。聊仿佯而逍遥兮，永历年而无成！谁可与玩斯遗芳兮？长向风而舒情[12]。高阳邈以远兮，余将焉所程？[13]

重曰：春秋忽其不淹兮，奚久留此故居？轩辕不可攀援兮，吾将从王乔而娱戏[14]。飧六气而饮沆瀣兮，漱正阳而含朝霞，保神明之清澄兮，精气入而粗秽除[15]。顺凯风以从游兮，至南巢而壹息。见王子而宿之兮，审壹气之和德[16]。

曰：道可受兮，而不可传。其小无内兮，其大无垠[17]。无滑而魂兮，彼将自然。壹气孔神兮，于中夜存[18]。虚以待之兮，无为之先。庶类以成兮，此德之门[19]。

【注释】

①时俗：此指世道。迫阨（è）：局促、狭隘。轻举：轻身高举，

103

即飞升。远游：游于远离尘世之境。质：指凡人之质性。菲薄：粗陋、微弱。无因：没有神仙气质之因依。焉：哪里。托乘：托于云气而上。浮：游于神境。

②沈浊：即沉浊，混浊。此指时世不清。污秽：污浊不洁。郁结：愁思郁积缠结。谁语：语（告）于谁。耿耿：心绪烦躁不安。寐(mèi)：睡着。营营：忙碌貌；或作"茕茕"，孤独貌。

③惟：思虑。穷：尽。长勤：常处于艰难劳苦。往者：过往的历史，此指历代圣王明君。弗及：没能赶上。来者：未来的盛世。不闻：不及见闻。此四句深叹天地无尽，而个人在世之短暂且劳苦。

④徙倚(xǐyǐ)：徘徊不定。遥思：情思摇荡不安。遥通"摇"。怊(chāo)：惆怅。惝怳(chǎnghuǎng)：失意。乖怀：长久忧伤。怀，伤。乖当作"永"。荒忽：神思恍惚。流荡：如水流飘荡。增悲：愈加增添悲伤。

⑤神：神魂。倏忽：突然。形：形体、身躯。枯槁(gǎo)：干枯。独留：指留于尘世。内：内心。惟省：思考、省察。端操：正其操守。操，情操。正气：天地之元气。所由：所进入之道。求正气以修炼自身。

⑥漠：冷漠、不动情。虚静：虚其心、静其志。此皆道家修身之道。恬愉：安乐。澹(dàn)：心境淡泊。无为：顺应自然而无所为。自得：有所得其真意。赤松：传说乃神农时代的仙人，能入火自烧，常止于西王母石室，随风雨上下。清尘：洒道。言赤松正随风伯、雨师洒道飞升。承风：承受其仙风。遗则：遗留下的法式。

⑦真人：道家所称道的达到至高境界之人。休德：美德。往世：过去的世代。登仙：升登天界而成仙。化去：指解脱形骸而去。著：显扬。日延：一天比一天延长不灭。

⑧傅说：殷代贤相，原为傅岩一带筑墙的奴隶，为武丁访查觅得，拔擢为辅臣，使殷王朝出现中兴气象。托辰星：传说傅说死后，其神"乘东维，托辰尾"，化为天上的辰星（即水星）。奇：惊异。羡：慕。韩众：《列仙传》称"齐人韩终为王采药，王不肯服，（韩）终自服之，

遂得仙也"。传说他常"骑白鹿""从玉女"而显身于人间。按：《汉典》解"韩终"，说是后代小说家加以附会，与"韩众"合二为一。得一：得到宁静专一的为仙之道。穆穆：静寂。浸远：渐渐远于尘俗。遁逸：隐迹逃遁于尘世。

⑨气变：指求得正气修炼其身，而逐渐变化、成仙的过程。即由"外天下""外生""外古今"，而进入"不死不生"的境界。曾举：即"翻举"，飞升之意。"忽神奔而鬼怪"句：倏忽这间如神奔行无止，如鬼变怪莫测。髣髴：见不真切貌。精：神气。皎皎：形容神仙灵光熠耀。

⑩绝：超越。氛埃：指尘世的喧嚣之气。淑：善。尤：过失。尤一作"邮"，驿站。此句言超越于善恶和尘俗。反：返。故乡：故国之都。免众患：脱离众多忧患。如：往。

⑪天时：此指春秋四时。代序：互相更替，指岁月流逝。耀灵：太阳。晔（yè）：光明。西征：太阳西行。下沦：指草木凋落、枯没。悼：悲伤。零：零落。

⑫聊：姑且。仿佯（fǎngyáng）：徘徊、游荡。逍遥：义同"仿佯"。永：长久。历年：经历多年。无成：学仙不成。玩：观赏。斯：此。遗芳：承上文"芳草先零"言，指不能成仙而凋零衰老之人。长：久。"长"一作"晨"。向风舒情：对着风舒发忧伤之情。

⑬高阳：即五帝之一颛顼，号高阳氏。邈（miǎo）：远。焉所程：到哪里去接受评量。程：古度量名，此作动词，估量。

⑭重曰："重"是乐章之名，乐意中有数遍，一遍终而更作。忽：疾速。淹：停留。奚：何，为什么。故居：尘世旧居。轩辕：即黄帝，据《史记·五帝本纪》，黄帝姓公孙，名轩辕；或以为黄帝居轩辕之丘，因以为名，又以为号。攀援：攀执、牵引。王乔：传说中之古仙名，本为周灵王太子晋，好吹笙，能作凤凰之鸣。在游历伊洛间时，被仙人浮丘公接上嵩高山，后乘鹤登仙。娱戏：游乐。此二句言黄帝轩辕氏早已仙去（传说黄帝封禅后乘龙成仙），难以攀引，我将随从王子乔学仙为乐。

⑮湌：即餐，吃。六气：天地四时之气。沆瀣（hàngxiè）：夜间的露气。漱：漱洗口腔。正阳：南方日中之气。朝霞：日欲出时赤黄之气。保：保持。神明：指人之神志、精气。精气：先天之气、胎息之本。粗秽：后天之气，指受到尘浊沾污之气。

⑯凯风：南风，夏日之风。南巢：南方远国。或以为即今巢县（在安徽）。壹息：休息一下。王子：即王子乔。宿：通"肃"，恭敬而问。审：讯问。壹气：即先天元气，以其纯一不杂，故称。和德：得以和合的秘要。此二句言向仙人王子乔询问何以得到和合壹气的要诀。

⑰曰：此下王子乔回答之辞。"道可受"二句：语见《庄子·大宗师》。言养气之道可以心受而不可言传。传，解说。"其小无内"二句：语见《庄子·天下》。言道之小到再不能容纳任何微小之物，大到再没有事物可以置身其外。极言道之包容一切，无所不在。垠：界，边。

⑱无滑（gǔ）：不要使之纷乱。滑：乱。而魂：你的神魂。而，尔、你。彼：指魂。自然：顺乎天地自然之道。孔神：很神奇。孔，甚。中夜：半夜。此言壹气存乎中夜静虚之时。因为中夜静虚之时，尘俗俱息，万虚俱去，正是元气无所受扰、自然凝一之际。

⑲虚以待之：元气是虚而待物者。无为之先：不为外物之先，即自然感应而生。庶类以成：众多物类由此而成。此德之门：这就是得道的门径。德，得。

【品评】

　　此诗前半部分叙"远游"的因由和得道之奥秘。开口吐言就是一位仰慕成仙的道家口吻：他哀伤尘世的局促隘塞，悲叹人生的短暂劳苦，唯恐哪一天"神"去不返，只留得枯槁之躯在污秽的世上。他因此独夜"不眠"、愁思"荒忽"，企羡着能像赤松子一样"随风雨上下"，仰慕着能随傅说"骑辰星"往来。据说这才是超越善恶的无患之境，"神奔鬼怪"的奇妙生涯！可叹的是，自身徒具一副"菲薄"凡躯，根本找不到轻举飞升的"托乘"之气。于是天天减却人世的饮食，只吞食清露、夜气，含茹正阳、朝霞，却还是无法修炼成"壹气之和德"。绝望中总算遇见了王子乔，这才讨教到"虚以待之""无为之先"的诀窍，从此就可以像庄子吹嘘的那样，驾御着天地正气，而游于宇宙之无穷了。这一段叙人生苦恼，笔底充溢着哀思和愁情；慕神仙之逍遥，诗行中便浮满了眉飞色舞的夸叹。诗情之展开，伴随着浊世的"迫阸"常显得山穷水尽；而在刹那间，又因成仙奥秘的揭橥，而变得柳暗花明。其情志虽远非能与《离骚》相比，思致却也还葱茏可喜。

闻至贵而遂徂兮，忽乎吾将行。仍羽人于丹丘兮，留不死之旧乡。①朝濯发于汤谷兮，夕晞余身兮九阳。吸飞泉之微液兮，怀琬琰之华英。②玉色颏以脕颜兮，精醇粹而始壮。质销铄以汋约兮，神要眇以淫放。③嘉南州之炎德兮，丽桂树之冬荣。山萧条而无兽兮，野寂漠其无人。④载营魄而登霞兮，掩浮云而上征。命天阍其开关兮，排阊阖而望予。⑤召丰隆使先导兮，问大微之所居。集重阳入帝宫兮，造旬始而观清都。⑥朝发轫于太仪兮，夕始临乎於微闾。⑦

屯余车之万乘兮，纷溶与而并驰。驾八龙之婉婉兮，载云旗之逶蛇。⑧建雄虹之采旄兮，五色杂而炫耀。服偃蹇以低昂兮，骖连蜷以骄骜。⑨骑胶葛以杂乱兮，斑漫衍而方行。撰余辔而正策兮，吾将过乎句芒。⑩

历太皓以右转兮，前飞廉以启路。阳杲杲其未光兮，凌天地以径度。⑪风伯为余先驱兮，氛埃辟而清凉。凤皇翼其承旗兮，遇蓐收乎西皇。⑫擥彗星以为旍兮，举斗柄以为麾。叛陆离其上下兮，游惊雾之流波。⑬

时暧曃其曭莽兮，召玄武而奔属；后文昌使掌行兮，选署众神以并毂。⑭路曼曼其修远兮，徐弭节而高厉。左雨师使径侍兮，右雷公以为卫。⑮欲度世以忘归兮，意恣睢以担挢。内欣欣而自美兮，聊媮娱以自乐。⑯涉青云以泛滥兮，忽临睨夫旧乡。仆夫怀余心悲兮，边马顾而不行。⑰思旧故以想像兮，长太息而掩涕。氾容与而遥举兮，聊抑志而自弭。⑱指炎神而直驰兮，吾将往乎南疑。览方外之荒忽兮，沛罔象而自浮。⑲祝融戒而还衡兮，腾告鸾鸟迎宓妃。张咸池奏承云兮，令海若舞冯夷。⑳使湘灵鼓瑟兮，二女御九韶歌。玄螭虫象并出进兮，形蟉虬而透蛇。㉑雌蜺便娟以增挠兮，鸾鸟轩翥而翔飞。音乐博衍无终极兮，焉乃逝以徘徊。㉒

　　舒并节以驰骛兮，逴绝垠乎寒门。轶迅风于清源兮，从颛顼乎增冰。㉓历玄冥以邪径兮，乘间维以反顾。召黔嬴而见之兮，为余先乎平路。㉔经营四荒兮，周流六漠。上至列缺兮，降望大壑。㉕下峥嵘而无地兮，上寥廓而无天。视倏忽而无见兮。听惝恍而无闻。㉖超无为以至清兮，与泰初而为邻。㉗

【注释】

①至贵：最为贵妙者，此指上文王子乔所说的贵妙之道。遂徂（cú）：于是前往。忽：迅速。仍：因依、就。羽人：仙人，古代以为仙人生有羽翼，故能飞升。丹丘：神话传说中昼夜长明的神仙居处之地。留：停留。不死之旧乡：指仙人所居长生不老之乡。

②濯（zhuó）发：洗头发。汤谷：即"旸谷"，神话传说日出之处。晞（xī）：晒干。九阳：指扶桑树九个太阳栖息之处；或以为指"天地之涯"；或以为指"至阳"。飞泉：传说在昆仑西南的飞谷，乃日入后六气所化。微液：指细微的飞泉液气。琬琰（wǎnyǎn）：美玉。华英：玉之精美者。据传说，周穆王巡游天下时，西王母即曾进"清澄琬琰之膏以为酒"（《拾遗记》），盖采服之可养气厚精。

③頩（pīng）：气上充于颜面，呈浅赤色，是神色美好的样子。睕（wàn）颜：颜面有光泽。醇（chún）粹：味不变曰醇，质不杂曰粹。此指精神气质。壮：体魄壮健。质：此指凡俗之质。销铄（shuò）：熔化而尽。灼（zhuó）约：即"绰约"，柔美貌。要眇：精微深远貌。淫

放：飘荡无拘。

④嘉：赞美。南州：南方之州土。炎德：温暖美好。丽：清丽。冬荣：冬季依然茂盛。桂树冬来不凋。萧条：冷落寂寞。野：四野、田野。

⑤载：身载负着（神魂）。营魄：魂魄、神魂。登霞：升登于云霞之上。或以霞通"遐"，远。掩：掩蔽（于浮云）。征：行。天阍（hūn）：天关的守门人。排：推。阊阖：神话中的天门之名，又昆仑山神境中亦有"阊阖"之门。望予：远望而待我之来。此与《离骚》"倚阊阖而望予"不同：《离骚》中的"帝阍"不肯开关，只靠在门边冷眼相望。

⑥丰隆：云神，一说雷神。先导：在前面引路。大微：即太微宫，天帝宫廷。集：止。重阳：天积阳气而有九重，故称。造：造访。旬始：皇天名。清都：天帝宫阙。

⑦轫（rèn）：止车木。发轫：即撤去止车木启行。太仪：天帝习威仪之庭。於微间：即医无间山，神话传说中之"东方玉山"。

⑧屯（tún）：聚集。纷：众多。溶与：水盛貌，此指车从之众盛。婉（wǎn）婉：龙之伸展、盘曲貌。云旗：以云为旗。逶蛇（wēiyí）：舒卷貌。

⑨建：树立。雄虹：虹之内环，色彩鲜明者称雄虹。此处用雄虹来作云旗之旌。采旄（máo）：彩色旗旌。旄，旗杆顶尖处的牦牛尾装饰。炫耀：光彩鲜明。服：居中驾车的两马称"服"。偃蹇（yǎnjiǎn）：高大威武貌。低昂：马奔行时高低起伏貌。骖：驾车的边马称"骖"。连蜷（quán）：身子蜷曲貌。骄骜（ào）：恣意怒奔貌。

⑩骑：车骑。胶葛：交错纠缠貌。斑：杂色马。漫衍：连绵不尽。方：本指两船并行，此指并驾齐驱。撰（zhuàn）：攥，持。正策：端正地拿着马鞭子。过：过访。句芒：东方青帝之佐，主管树木之官。以上写上游天庭及东游青帝居所的景象，以下转入遨游西方。

⑪历：经过。太皓：即太皞，五方之帝中之东帝，原为古代部族长，亦称伏羲氏。右转：由东转向西。飞廉：神话中的风神。阳：太

阳。杲（gǎo）杲：明亮貌。未光：还未大放光芒，指日始出的景象。凌：越过。径度：径直飞渡。天地：当为"天池"，即日出之地"咸池"。

⑫风伯：即风神飞廉。氛埃：尘埃。辟（pì）：扫除。翼：展开翅翼。承旗（qí）：承托着云旗。旗，画有交龙的旗。蓐收：西方白帝之佐，主管金属之官。西皇：即西方白帝少皞。

⑬擥：同"揽"。旍（jīng）：同"旌"，有羽饰的旗。斗柄：北斗七星中第五、六、七颗星，称为"斗杓（biāo）"，即斗柄。麾（huī）：指挥用的旗。叛：分散貌。陆离：繁盛貌。惊雾：云雾四起、飘游不定。流波：云雾如水波涌流。

⑭此节开始描述南游景象。暧曃（àidài）：昏暗貌。晻（tǎng）莽：朦胧不明貌。玄武：北方太阴之神，其形为龟蛇。位于北方，故曰"玄"；身有鳞甲，故曰"武"。奔属：奔随。文昌：星官名，在紫微宫，包括北斗魁前的六颗星。掌行：掌领随从车骑。选署：选择、安排。并毂（gǔ）：并车而行。

⑮徐：徐缓。弭（mǐ）节：止车。高厉：策马升登高处。厉，鞭马。雨师：神话中的雨神。径侍：径相待卫。卫：警卫。雷公：神话中的雷神。

⑯度世：越尘世而仙去。恣睢：自得貌。担挢：即"揭矫"，意态放肆。媮（yú）娱：娱戏，喜乐。

⑰涉：渡。泛滥：随云流漂泊。云流如水而盛，故喻之为"泛滥"。临睨：高处俯瞰。旧乡：指主人公未升仙时所居乡土。怀：伤怀。

⑱故旧：故友旧交。想像：想见其貌。氾容与：浮行云中从容不迫。遰举：远去仙乡。抑志：按抑其念旧之心。自弭：自止其悲伤。

⑲炎神：南方炎帝及其佐祝融。南疑：南方九疑山。方外：指有别于中原的边远之区。荒忽：神思恍惚。沛：流水疾速。罔象：汪洋一片无涯无际貌。自浮：自由浮荡。

⑳祝融：高辛氏帝喾的火正（火官），又神话中南方炎帝之佐神，兽身人面，乘龙而行。戒：前戒，在前清道警卫。还衡：旋转车衡，不

使驰往别处。"还衡"一作"踔御",禁止行人以御卫。腾告:传告。
宓妃:伏羲氏之女,死为洛水之神。张:张设。《咸池》《承云》:均为
古乐名。《咸池》:尧乐;《承云》:黄帝之乐。海若:北海之神。冯夷:
黄河之神。按:此二句及下二句原为"张咸池奏承云兮,二女御九韶
歌,使湘灵鼓瑟兮,令海若舞冯夷"。闻一多以为第二与第四句误倒,
今为调整。

㉑湘灵:湘水之神,即帝舜。二女:即帝舜之妃、尧之二女娥皇,
女英。御:侍奉。九韶:传说中的舜乐舞,有韶乐九章,故称。玄螭:
传说中的黑色无角龙。象:即罔象,水中神怪。蟉虬(liúqiú):盘曲
貌。逶蛇:即"逶迤",盘曲伸展貌。

㉒雌蜺:副虹,即虹之外环色彩较淡者。便(pián)娟:轻丽貌。
增:增生,增添。挠:妖娆、婀娜。或曰"增挠",连续,指舞态裹
娜。轩鹜(xuānzhù):举翼高飞。博衍:广博舒延。终极:穷尽。焉
乃:于是。逝:往。

㉓舒:舒缓。并节:犹言"骈驾",即两马驾一车。驰鹜(wù):
纵马奔驰。此句言放松车驾双马的缰绳,让车乘恣意奔驰。逴
(chuò):远。绝垠:天之边际。寒门:北方极寒处之门。轶:后车超
越前车。此指车速超越迅急之风。清源:清澈的水源,此指北极寒水之
源。颛顼:北方黑帝,亦即古帝高阳氏。增冰:层层冻结的坚冰。

㉔玄冥:水神。邪径:本指大道斜出之小路,此言大道穷绝,只有
小径(但无法通过车骑)。乘:登。间维:神话传说中的天空划分之
区。据洪兴祖引《孝经纬》,"天有七衡六间,相去合十一万九千里";
又《淮南子》称"两维之间九十一度",即分天空圆周为四维(东北、
东南、西南、西北),合起来为三百六十五度。"乘间维",即登上六间
四维。黔赢(Qiánléi):天上的"造化之神",亦作"黔雷""黔赢",
或以为乃"水神"。见:来见。先乎平路:在前铺平道路。

㉕经营:历遍。四荒:四方极远之处(即前文所述游历东、西、
南、北所到之地)。周流:周游。六漠:即"六合",指天地四方。列
缺:天上的裂隙,亦指闪电。大壑:大海。据说在渤海之东有大壑,其

深无底，叫做"归虚"（《列子·汤问》）。

㉖峥嵘：深邃无底。无地：入地之下。寥廓：空阔无际。无天：出天之上。倏忽：此指眼目瞑眩，看不清。惝恍（tǎnghuǎng）：此指耳间模糊，听不清。

㉗"超无为"句：意为进入无为自化的至清之境。泰初：太始，化生万物的太始元气。为邻：与泰初同道。

【品评】

此诗后半部分，才真正进入了超越尘世的酣畅"远游"。主人公在南方"丹丘"洗涤去凡质，吸食过"飞泉"之液、"琬琰"之英，便获得了"载营魄而登霞"的壮气，开始了绚烂神奇的天地间畅游。他排云直上、入观帝宫"清都"，屯车万乘、过访东方木神；而后飞凌霞光喷薄的"天池"，喜逢西皇之佐"蓐收"。最愉快的是揽彗举斗、挥斥众神，在南方"旧乡"的故土之游：听宓妃奏乐，聆《九韶》清歌，还有海若、冯夷的舞蹈，玄螭、虫象的娱戏。这神仙的逍遥，全遣散了"临睨旧乡"的怀思。就是在北极"寒门"的车道受阻，也终竟被造化之神黔嬴排除！诗之结尾恰如众音俱息的突然"定格"——主人公已遍游天地四方，而今猛然升腾到"无地""无天""无见""无闻"的至高境界：那便是绚烂之极所归返的真朴之境，令无数修炼者企羡的混沌"泰初"。此诗之构思，显然多从《离骚》"上下求女"中化出。但因为缺少了忧愤深挚的情志，读来便如烟花绽放般过眼即逝，激不起多少共鸣和回味。其中较有创造性的，也许还是西巡和南游二节。叙主人公"凌天地以径度"的景象，境界壮奇；状"擥彗星""举斗柄"指挥众神意态，亦摇曳有致；特别是"使湘灵鼓瑟"、海若起舞之境，展开在"南疑"洞庭之天，更有一种余音袅袅、缥缈不尽的韵致。唐人钱起《省试湘灵鼓瑟》，那"曲终人不见，江上数峰青"的奇妙之思，大抵正得益于《远游》的这一创造。

卜　居

　　《卜居》传说乃屈原所作，其实可能是熟悉屈原事迹的楚人之追记。由于记述的内容，主体部分是屈原问卜之语，署屈原为作者，当也可以成立。此篇所记之事，大抵发生在楚顷襄王三年间。当时屈原放逐汉北已三年多，怀王却已客死于秦。由于子兰唆使上官大夫再次进谗，顷襄王于大怒之中，下令将屈原迁逐江南。屈原在远迁沅湘前，得以在郢都稍事停留，故有于烦懑之际问卜郑詹尹事。"卜居"，即卜问如何处世立身之道。在"宁……，将……"的两疑之中，抒泄着小人得志、忠贞遇害的深切愤懑和不平；同时显现着这位伟大志士，在世道溷浊、是非颠倒的非常时刻，对人生正道的孤傲而又坚定的选择。唐代诗人李贺称《卜居》为"骚之变体"，深叹其"辞复宏放，而法甚奇崛。其宏放可及也，其奇崛不可及也"（引自蒋之翘《七十二家评楚辞》）。清人沈德潜以为，《卜居》《渔父》"设为问答，以显己意"，乃后世东方朔《答客难》、扬雄《解嘲》"之所从出也"（《说诗晬语》），正从艺术特色和文体的开创意义上，对《卜居》的成就作了高度评价。

　　屈原既放，三年不得复见。竭知尽忠，而蔽鄣于谗。①心烦虑乱，不知所从。乃往见太卜郑詹尹曰：②"余有所疑，愿因先生决之。"詹尹乃端策拂龟，曰："君将何以教之？"③

　　屈原曰："吾宁悃悃款款朴以忠乎？将送往劳来斯无穷乎？④宁诛锄草茅以力耕乎？将游大人以成名乎？⑤宁正言不讳以危身乎？将从俗富贵以媮生乎？⑥宁超然高举以保真乎？将哫訾栗斯、喔咿儒儿以事妇人乎？⑦宁廉洁正直以自清乎？将突梯滑稽、如脂如韦，以洁楹乎？⑧宁昂昂若千里之驹乎？将氾氾若水中之凫，与波上下、偷以全吾躯乎？⑨宁与骐骥亢轭

113

乎，将随驽马之迹乎？⑩宁与黄鹄比翼乎？将与鸡鹜争食乎？⑪此孰吉孰凶？何去何从？⑫世溷浊而不清：蝉翼为重，千钧为轻；⑬黄钟毁弃，瓦釜雷鸣；谗人高张，贤士无名。⑭吁嗟默默兮，谁知吾之廉贞？⑮"

詹尹乃释策而谢，曰："夫尺有所短，寸有所长；⑯物有所不足，智有所不明；数有所不逮，神有所不通。⑰用君之心，行君之意，龟策诚不能知此事。"⑱

【注释】

①三年：屈原初次流放于怀王三十年，至怀王客死于秦、顷襄王再迁屈原于江南，已过三年。竭知：尽其智慧。知通"智"。蔽鄣：蒙蔽、遮隔。

②心烦虑乱：心情烦闷，思虑紊乱。所从：依从。太卜：朝廷中掌管卜筮之官。郑詹尹：太卜的姓名；或曰郑为姓，詹尹乃太卜属官之名。

③疑：困惑。因：通过。决：解决，判定。端策：摆正占卜用的蓍（shī）草。拂龟：拂拭占卜用的龟甲。古代占卜分"卜"和"筮"，卜用龟甲，筮用蓍草。"君将"句：您将用什么指教我。这是客气之辞，其意言："您将让我占卜什么"。

④宁：宁可，宁愿。悃（kǔn）悃款款：忠恳诚实貌。朴：朴实。将：还是。与"宁"组成选择句式。送往劳来：去者恭送，来者慰劳。实际上是巧于周旋和谄媚者的处世方式。斯：这样。无穷：不使自己困穷，或曰"没有穷尽"之意。

⑤诛锄：剪除，锄去。草茅：杂草。力耕：尽力于耕耘。此句以种田锄草喻靠自己的力量为生。游：交结。大人：此指达官贵人。

⑥正言：说话正直。无讳：没有隐瞒、忌讳。危身：危害自身。从俗：顺随时俗。富贵：追求富足贵显之位。媮（yú）生：使生活欢愉。媮：通"愉"。

⑦超然高举：超出时俗、举身高处，喻保持高洁的操节。保真：保守纯真的品性。前人以"高举"为"退隐""出世"，似不符屈原之意。呫訾（zǔzī）：媚俗之言，或以为怩怩之态。栗斯：受宠若惊貌。喔咿（yī）：强颜欢笑貌。儒兒（ní）：嗫嚅，欲言又止貌。事：侍奉。妇人：当指怀王宠姬郑袖之类。

⑧自清：保持自身清正。突梯：圆滑。滑稽：原指一种"转注吐酒，终日不已"的酒器，喻指应付不穷、善于逢迎之言。如脂如韦：像油脂、熟牛皮一样柔滑。洁：一作"絜"，度量圆围。洁楹，即度量堂前的楹柱，以喻迎合他人之意。

⑨昂昂：气宇轩昂。千里之驹：少壮的千里良马。氾氾：同"泛泛"，随水漂流。凫（fú）：野鸭子。偷：苟且偷生。与波上下：即随波逐流之意。

⑩骐骥：骏马。亢（kàng）：通"伉"，并，对等。轭（è）：套在驾车马颈上的曲木。此句喻与贤才同列。驽（nú）马：劣马。迹：此指马足之印迹。

⑪黄鹄（hú）：天鹅，其飞高远。比翼：翅翼相并，即齐飞之意。鹜（wù）：鸭。黄鹄喻志向高远之士，鸡鹜喻争名逐利之辈。

⑫孰吉孰凶：占卜乃在预卜凶吉，上面铺排了种种对立的处世准则，请郑詹尹卜决哪种为吉、哪种为凶。何去何从：哪种该避开，哪种该遵从。

⑬溷浊：即混浊。蝉翼为重：蝉翼极轻，却被说成极重。千钧：形容极重的分量。一钧为三十斤。

⑭黄钟：古乐十二律中，音调最洪亮者称黄钟。瓦釜：瓦锅。雷鸣：如雷一样大声鸣奏。此二句言君王用人之颠倒，贤贞之臣被迫害、斥逐，平庸之人被宠爱、信用。高张：高据上位、自我张扬。无名：没有名位。

⑮吁嗟：叹息之辞。默默：沉默无声。廉贞：廉洁忠贞。

⑯释策：放下卜筮的蓍草。谢：辞谢，表示推辞之意。"尺有所短"二句：尺本比寸长，但用来丈量更长的事物，便显得短了；寸比尺

短，但用来量那更短的事物，便又显得长了。

⑰"物有所不足"二句：物总有其不足处；再有智慧的人，也会遇到不明白的难题。"数有所不逮"二句：卦数有不能料及的情况，神灵也有不通晓的问题。以上极言屈原提出的重大疑问，并非能靠占卜解决。这正显示了诗人对占卜的怀疑态度。

⑱"用君之心"三句：言按您的心意，选择您想要遵行的处世准则吧。龟甲和蓍草的占卜，实在无法判明这凶吉之疑。

【品评】

一篇奇峭的问卜之辞，展示了"溷浊"世界中必须面对的两种人生选择：你是愿做悃款敢言、风骨凛凛的廉贞之士呢？还是做巧于逢迎、屈节折腰的卑俗庸人？即使是在清平之世，这选择也未必容易面对。因为势利的获得，实在是一种莫大的诱惑，谁又肯舍却"与鸡鹜争食"之利，而甘效黄鹄的超然高飞？何况诗人身处的又是那样一个"黄钟毁弃""谗人高张"的黑暗世界，而且遭受了"正言不讳以危身"的放逐之祸，他难道还不能汲取教训？本篇的问卜虽多是两疑式的疑问，但鲜明的褒贬，早已显示诗人的坚定选择：他根本鄙弃那"喔咿儒兒"的鸡鹜人生，而宁肯在"吁嗟默默"中，走坚持"与骐骥亢轭"的崎岖途程。"从俗富贵"固然可以逍遥终身，毕竟掩盖不了灵魂的卑琐和屈辱；而唯有孤身抗恶的伟大志行，才是照耀人生的不灭塔灯！正因为如此，我们读这篇《卜居》，已不必为它吐语的奇峭、设喻的警醒，以及在一问到底的对立铺排中那悱郁之气的排纛震荡之力惊叹。因为这不是一篇寻常的文章，而是两千年前一位伟大哲人的心灵搏动。他以自己哀愤而孤傲的选择，留给了我们对人生意义的严肃思考……

渔 父

《渔父》与《卜居》一样，也当是楚人追记屈原事迹之作。屈原与渔父的对话，发生在迁逐江南期间。从渔父认出屈原"三闾大夫"的身份看，他当曾在楚都江陵生活过，也许是从仕途退隐的高士。渔父对诗人的劝说，既出于关心，亦不妨看作是对屈原志节的一种试探。因为就是主张退隐的清廉之士，也并不愿意与世共其醉、同其浊的，否则他们又何必归隐于山泉、林下？屈原则不仅主张坚持清峻高洁，而且不能容忍世道之溷浊。因此他所选择的，不是退隐，而是不惧迫害、放逐的挺身抗恶。他宁愿在这斗争中伏清白以死直，也不肯容忍、退让以苟活——这大抵正是与渔父的不同之处。

屈原既放，游于江潭，行吟泽畔，颜色憔悴，形容枯槁。①

渔父见而问之曰："子非三闾大夫欤？何故至于斯？"②屈原曰："举世皆浊我独清，众人皆醉我独醒，是以见放。"③渔父曰："圣人不凝滞于物，而能与世推移。④世人皆浊，何不淈其泥而扬其波？众人皆醉，何不餔其糟而歠其醨？⑤何故深思高举，自令见放为？⑥"屈原曰："吾闻之：'新沐者必弹冠，新浴者必振衣。'⑦安能以身之察察，受物之汶汶者乎？⑧宁赴湘流，葬于江鱼之腹中。安能以皓皓之白，而蒙世俗之尘埃乎？⑨"

渔父莞尔而笑，鼓枻而去，⑩歌曰："沧浪之水清兮，可以濯吾缨；沧浪之水浊兮，可以濯吾足。"⑪遂去，不复与言。

【注释】

①放：放逐。游：游荡。江潭：凡江边水深处均称江潭，此当指湘江一带。行吟：边走边吟诵。颜色：面色。憔悴：神情困顿。形容：指面容体态。枯槁：枯瘦而无润泽。

②三闾大夫：官名，屈原放逐前担任的官职，据说是掌管三姓（均为王族）的官。至于斯：来到这里。

③举世：整个世道。浊：浑浊。清：清澄。以上喻指人之品德，"醉""醒"喻指人之识见。见放：被放逐。

④凝滞：凝结、固定，不流动。物：外物。与世推移：与时势一起推荡移动。

⑤淈（gǔ）其泥而扬其波：搅起泥沙颠扬波澜，意谓同流合污。铺（bǔ）其糟而歠（chuò）其醨（lí）：食酒滓、饮薄酒，意谓与世同醉。淈：搅乱。扬：掀扬。铺：吃。歠：同"啜"，饮。醨：同"醨"，薄酒。

⑥深思：忧思深切。高举：举止清高。

⑦"新沐者"二句：此盖当时俗谚之语，亦见《荀子·不苟》。其意谓刚洗过头发的，戴帽时必注意弹去其灰尘；刚洗过身子的，穿衣时必注意抖去尘垢。此以沐浴者都重视保持清洁，比喻人在品行上更不能丝毫苟且。沐：洗发。浴：洗澡。振衣：抖动衣衫。

⑧察察：洁白貌。汶汶：不洁貌。

⑨赴：投身。湘流：湘江水流。皓（hào）皓：明洁清亮。蒙：蒙受。尘埃：比喻污秽的品行。

⑩莞尔：微笑貌。鼓：此指摇橹划动水波。枻（yì）：短桨。

⑪沧浪：水名。一指汉水支流（或以为即汉水入江一段）；一指沅水支流，出沧山、浪山而入远。濯（zhuó）：洗。缨：帽带。按：《沧浪歌》早在春秋时期即已传唱，孔子当年听到"孺子"唱此歌，即告诫弟子说："小子听之，清斯濯缨，浊斯濯足，自取之也。"（见《孟子·离娄上》）渔父歌此之意，似乎在说明：水有清、浊之分，人亦有濯缨、濯足的不同之用。倘要清而洗足，则污水矣；倘要浊而洗缨，则污缨矣。显然同意了屈原区分清、浊，坚持操守的意见。

【品评】

无论是在顺境还是逆境之中，人们都得面对如何处世、如何生活的重大选择。所谓"饱暖思淫欲"，顺境中少了操守，很容易玩物丧志；所谓"饥寒生盗心"，逆境中坚持清正，才不会迷失真性。只不过坚持后者，要更艰难得多。此文叙屈原见放，特意勾勒其"颜色憔悴，形容枯槁"之貌，以揭示其所受摧残、折磨之深。由此展示诗人"宁赴湘流"。而不愿玷污平生清操的坚定心迹，便愈加辉映出诗人"穷且益坚，不坠青云之志"的高洁。在屈原"弹冠""振衣"的哲理阐述间，再听一曲"濯缨""濯足"的"沧浪之歌"，真可以解除你人生的无数疑惑，而勇敢面对前路的崎岖和困厄了！

宋玉

宋玉，生卒年不详，楚之鄢郢（今湖北宜城）人，战国著名的辞赋家。关于他的生平，史籍记载极少。从散见于《史记》、《韩诗外传》、《襄阳耆旧记》、《新序》等书的片断记录看，他当出生于楚怀王中前期。屈原放逐汉北时，宋玉或师事过他，故有"屈原弟子"的说法。后经友人推荐，在楚顷襄王身边充任侍从之臣，终身不甚得志。宋玉很有才华，且自视甚高，但政治上缺乏屈原的耿介刚直之风，只学得了屈原之"从容辞令"，而"终莫敢直谏"。在文学上却富于创造才情，其传世之作有《九辩》《招魂》《风赋》《高唐赋》《神女赋》《对楚王问》《登徒子好色赋》等（也有后人怀疑后五篇非宋玉所作），是屈原之后成就较大的辞赋家，故后人常以"屈宋"并称。

九　　辩

《九辩》与《九歌》一样，也是传说由夏启从天上偷来的天帝乐曲之名。宋玉借此为题，写了这篇抒情长诗。关于此诗的创作缘由，汉人王逸以为乃宋玉"闵惜其师"屈原"忠而放逐"，"故作《九辩》以述其志"，是一篇代为屈原述志之作。但从诗之内容看，应是宋玉自述其"贫士失职"的抒哀之诗。诗中主要抒写了诗人落拓不遇的悲愁和哀愤，也在一定程度上揭露了当时世道之黑暗。诗有承袭屈原作品的不足之处，但仍有宋玉自己艺术上的独创性。它善于将诗人的内心情感，融入于对客观景物、氛围的描摹之中，使读者受到深深的感染。闻一多先生称此诗"灵敏""细密"，"结构诗篇用的是先说客体后说主体的章法……已接近于近代的写法"，"它造句的错综复杂，好像是图案一般"（闻一多论楚辞），即指明了宋玉在诗歌表现艺术上的新开拓。

悲哉秋之为气也！萧瑟兮，草木摇落而变衰。①憭慄兮，若在远行，登山临水兮，送将归。泬寥兮，天高而气清；寂寥兮，收潦而水清。②憯凄增欷兮，薄寒之中人；怆怳懭悢兮，去故而就新。③坎廪兮，贫士失职而志不平。廓落兮，羁旅而无友生；惆怅兮，而私自怜。④燕翩翩其辞归兮，蝉寂漠而无声。雁廱廱而南游兮，鹍鸡啁哳而悲鸣。⑤独申旦而不寐兮，哀蟋蟀之宵征。时亹亹而过中兮，蹇淹留而无成。⑥

悲忧穷戚兮，独处廓；有美一人兮，心不绎。去乡离家兮，徕远客；超逍遥兮，今焉薄？⑦专思君兮，不可化；君不知兮，可奈何！蓄怨兮积思，心烦憺兮忘食事。⑧愿一见兮道余意，君之心兮与余异。车既驾兮朅而归，不得见兮心伤悲。⑨倚结轮兮长太息，涕潺湲兮下霑轼。⑩忼慨绝兮不得，中瞀乱兮迷惑。私自怜兮何极？心怦怦兮谅直。⑪

皇天平分四时兮，窃独悲此廪秋。白露既下百草兮，奄离披此梧楸。⑫去白日之昭昭兮，袭长夜之悠悠。离芳蔼之方壮兮，余萎约而悲愁。⑬秋既先戒以白露兮，冬又申之以严霜。收恢台之孟夏兮，然欿傺而沈藏。⑭叶菸邑而无色兮，枝烦挐而交横。颜淫溢而将罢兮，柯仿佛而萎黄。⑮萷櫹椮之可哀兮，形销铄而瘀伤。惟其纷糅而将落兮，恨其失时而无当。⑯揽骐骥而下节兮，聊逍遥以相佯。岁忽忽而遒尽兮，恐余寿之弗将。⑰悼余生之不时兮，逢此世之俇攘。澹容与而独倚兮，蟋蟀鸣此西堂。⑱心怵惕而震荡兮，何所忧之多方？仰明月而太息兮，步列星而极明。⑲

【注释】

①悲：哀伤。秋之为气：秋天形成的气息。萧瑟：风吹草木之声。

摇落：撼摇而脱落。变衰：变得一片衰微。

②憭慄（liáolì）：凄怆、寒栗。远行：远出旅行。送将归：在外为即将归乡者送行。泬寥（xuèliáo）：高旷空虚。宗寥（jìliáo）：寂静空虚。宗：同"寂"。寥：同"寥"。潦（lǎo）：雨后的地面积水。收潦而水清：指秋来水潦退尽，江河清澄。

③憯（cǎn）凄：悲痛。憯同"惨"。增欷（xī）：增生感叹。欷：叹息声。薄寒：寒气尚微。中（zhòng）人：袭人。怆怳（chuànghuǎng）：失意的样子。圹埌（kuànglǎng）：惆怅。去故：离开故地。就新：来到新的地方。

④坎廪（kǎnlǐn）：即"坎坷"之意，遭遇不顺利。失职：失去官职，削职。志：心意。廓落：孤独冷落。羁旅：留滞在异乡客旅之中。友生：知心朋友，语出《诗经·棠棣》"虽有兄弟，不如友生"。惆怅：失意悲伤。私自怜：暗暗怜惜自己。

⑤翩（piān）翩：展翅飞行貌。辞归：秋来辞离北方而南归。宗漠：同"寂寞"。雝（yōng）雝：即"雍雍"，大雁和谐的鸣叫之声。鹍（kūn）鸡：一种像鹤的黄白色鸟。啁哳（zhōuzhā）：声音或大或小的鸣叫。

⑥申旦：从夜到明，犹言"通宵"。宵征：深夜犹在鸣叫。征，行，此指蟋蟀振翅而鸣。时：时光，此指年岁。亹（wěi）亹：运行不息貌。过中：过了中年。蹇（jiǎn）：发语助词。淹留：停留。无成：事业无所成就。

⑦穷戚：穷困迫促。戚：通"蹙"（cù）。廓：空虚。有美一人：有一美人。美人，诗人自喻。绎（yì）："怿"之假借字，愉悦。不绎，不愉快。徕：同"来"。徕远客：来此远方作客。超：远。超逍遥：游荡于遥远之地。焉薄：到哪里去。

⑧专：一心一意。化：变化。奈何：怎么办。蓄怨积思：哀怨和忧思层层聚积。烦憺（dàn）：烦闷忧虑。食事：饮食之事，一说饮食和做事。

⑨"愿一见"二句：希望见一次君王，陈说自己的心意；然而君

王的心思却与我不同。朅（qiè）：离去。此二句言驾了车去见君王，却见不到君王伤心而归。

⑩结軨（líng）：车箱前和左右相交的栏木，此代指车。軨，车箱栏木。涕：此指眼泪。潺湲（chányuán）：水流貌，此形容泪水如流。霑：同"沾"。轼（shì）：车前供人乘登时凭依的扶手。

⑪忼慨：同"慷慨"，情绪激荡。绝：断绝。此句言情绪愤激之中想与君王断绝关系，但又不能。或以"绝"作"抑制"解，指按抑愤激之情而无法做到。中：内心。瞀（mào）乱：迷乱。何极：何有终极。忳忳：忠诚貌，或以为心跳貌。谅直：忠信正直。

⑫"皇天"句：上天将一年平分为四季。窃：私下。廪秋：寒秋。廪：同"凛"。下：降。奄（yǎn）：忽然。离披：分布。梧：梧桐。楸（qiū）：落叶乔木名。

⑬昭昭：光明貌。袭：承，继。此二句言阳光明亮的夏日离去了，又进入了日短夜长的漫漫秋冬。芳蔼（ǎi）：芳美旺盛。蔼：云盛貌。方壮：正当壮年。萎约：枯萎而收缩。

⑭先戒：先为警戒。申：加，重。严霜：肃杀百草之霜。严，此指肃然无情。收：收敛。恢台：广大繁盛貌。台，一作"炱"。孟夏：初夏，闻一多疑"孟"为"盛"字之误。然：于是。欿傺（kǎnchì）：陷落停止。沈藏：沉埋蔽藏。此二句言秋冬之来，收敛了夏日的广大繁盛气象，将它都沉埋掩藏了起来。

⑮菸邑（yūyì）：黯淡无光。烦挐（rú）：枝桠纷乱撑拒貌。颜：枝叶的容颜。淫溢：逐渐，或曰颜色过于常度（即深暗枯黄）。罢（pí）：凋零。柯：树枝。仿佛：此指感觉上的突然变化，即树枝一下变得枯黄了。

⑯萷（xiāo）：同"梢"，树梢。槮（xiāosēn）：树枝无叶孤耸貌。形：树形。销铄（shuò）：熔化，此指树木原有的葱茏形体（因叶落而）一下消损了。瘀伤：内部受伤，形成血瘀，此指树木枯残如受内伤。惟：思。纷糅（róu）：杂乱，错杂，此指枝叶枯黄纷杂。落：殒落，凋零。失时：失去生长的时节。无当：没有好际遇。当：值、遇。

⑰擎：同"揽"。騑（fēi）：驾车的边马，也称"骖"。下节：按下车节以减缓车速。节，相当于车闸。相佯：即"徜徉"（chángyáng），自在地游荡，徘徊。忽忽：迅速貌。遒（qiú）：迫近。遒尽：将尽。余寿：我的年寿。弗将：不长。

⑱悼：悲伤。不时：不逢好时世。俇攘（kuāngrǎng）：混乱貌。澹：同"淡"，水波微貌，此形容心情平淡。容与：安闲。

⑲怵惕（chùtì）：惊惧。"何所忧"句：为什么所忧虑的事那么多。何，为何。多方：许多方面。"步列星"句：在满天星光下漫步到天明。极：至。明：天明。

【品评】

宋玉的身世不详，但从诗中所述看，在他刚步入衰飒的老年，即遭到了顷襄王的废斥，应是毫无疑问的。如果说人生也有"四季"的话，那么"时亹亹而过中"之期，便该是生命的秋日降临了吧？以人生之黯淡秋日，面对大自然澎湃袭来的秋气，又处在遭废"羁旅"的异乡，该会增生怎样一种"薄寒中人"的哀情！此诗开笔即以陡发的啸叹，展出天地间草木萧瑟的"摇落"全景，使全诗顿然为一派悲凉所笼盖。然后以一唱三叹之辞，逐层描摹秋空之虚旷，秋江之凄凄，秋鸟、秋虫辞归之哀声，真有胡应麟赞叹的"模写秋意入神"（《诗薮》）之妙！当诗人突然揽入自身遭废而不得见君的忧伤后，再看诗中对梧楸凋落的惨淡描述，你便会恍然而悟：那既沾"白露"，又遭"严霜"，终于在凛冽寒气中"萎黄""销铄"的高树，不正是暮年诗人自身的凄凉写照？其中传达着诗人身处悲凉之世的多少伤感和不平！这三节以悲秋起，又以伤秋结，中间交织以自身的身世坎坷之叹。直写得郁郁纷纷，淋淋漓漓，终于令你分不清秋物、秋人，究竟何者更悲了。"摇落深知宋玉悲"（杜甫语），此段确实堪称中国古诗中的"悲秋"奇文！

窃悲夫蕙华之曾敷兮，纷旖旎乎都房！何曾华之无实兮，从风雨而飞飏！①以为君独服此蕙兮，羌无以异于众芳。闵奇思之不通兮，将去君而高翔。②心闵怜之惨凄兮，愿一见而有明。重无怨而生离兮，中结轸而增伤。③岂不郁陶而思君兮，君之门以九重。猛犬狺狺而迎吠兮，关梁闭而不通。④皇天淫溢而秋霖兮，后土何时而得漧！块独守此无泽兮，仰浮云而永叹。⑤

何时俗之工巧兮，背绳墨而改错！却骐骥而不乘兮，策驽骀而取路。⑥当世岂无骐骥兮，诚莫之能善御。见执辔者非其人兮，故蹻跳而远去。⑦凫雁皆唼夫粱藻兮，凤愈飘翔而高举。圜凿而方枘兮，吾固知其鉏铻而难入。⑧众鸟皆有所登栖兮，凤独遑遑而无所集。愿衔枚而无言兮，尝被君之渥洽。⑨太公九十乃显荣兮，诚未遇其匹合。谓骐骥兮安归？谓凤皇兮安栖？⑩变古易俗兮世衰，今之相者兮举肥。骐骥伏匿而不见兮，凤皇高飞而不下。⑪鸟兽犹知怀德兮，何云贤士之不处？骥不骤进而求服兮，凤亦不贪餧而妄食。⑫君弃远而不察兮，虽愿忠其焉得？欲寂漠而绝端兮，窃不敢忘初之厚德。⑬独悲愁其伤人兮，冯郁郁其何极？⑭

霜露惨凄而交下兮，心尚幸其弗济。霰雪雰糅其增加兮，乃知遭命之将至。⑮愿徼幸而有待兮，泊莽莽与野草同死。愿自往而径游兮，路壅绝而不通。⑯欲循道而平驱兮，又未知其所从。然中路而迷惑兮，自压桉而学诵。⑰性愚陋以褊浅兮，信未达乎从容。窃美申包胥之气盛兮，恐时世之不固。⑱何时俗之工巧兮，灭规矩而改凿？独耿介而不随兮，愿慕先圣之遗教。⑲处浊世而显荣兮，非余心之所乐。与其无义而有名兮，宁穷处而守高。⑳食不媮而为饱兮，衣不苟而为温。窃慕诗人之遗风兮，愿托志乎素餐。㉑蹇充倔而无端兮，泊莽莽而无垠。无衣裘以御冬兮，恐溘死不得见乎阳春。㉒

125

【注释】

①悲夫：悲伤那。蕙华：蕙草之花。曾敷：曾经开放。敷：铺展，此指花之绽放。旖旎（yǐnǐ）：本指旗旌在风中舒展貌，此指美盛。都房：华美的花房。都，华丽。曾华：层层叠叠的花。曾，通"层"。无实：没能结出果实。飞飏：向上飘扬。飏，通"扬"。此句言花之所以无实，乃为风雨所摧残。

②君：君王。独服：独自偏爱此蕙而佩戴它。"羌无异"句：哪知对待它与对众多花草没有什么不同。闵：同"悯"，怜伤。奇思：与众不同之思，此指贤士忠信之情。不通：不能通达于君上。将（qiāng）：请。高翔：指离君远去。

③闵怜：悲伤。惨凄：凄怆。一见：见一见君王。有明：对自己心迹有所表白。重：心情沉重。无怨：无有可怨之错，即无罪。生离：与君王分离。此句言无怨而生离特别令诗人沉痛。中：内心。结轸（zhěn）：痛苦郁结。

④郁陶（yùyáo）：愤念积蓄满胸。九重：天子所居有九重门：关门、远郊门、近郊门、城门、皋门、库门、雉门、应门、路门。此极言君之居处深远难见。或以"九重"指"九重天"，以极言其高远。狺（yín）狺：狗争吠之声。迎吠：迎人而吠。关：门关。梁：桥梁。

⑤淫溢：过多而满溢，此指秋雨下得过多。霖（lín）：雨下三日以上为"霖"，此指久雨连日。后土：即土地。漧：同"乾"，干燥不湿。块：孤独。无泽：芜泽，荒芜的水洼。无：通"芜"。仰浮云而永叹：长叹天雨不晴，故"仰浮云"。

⑥工巧：工于取巧。绳墨：木匠锯木用的取直之具。背绳墨：指不取直道而行邪曲。改错：改变正确的措施。错：通"措"，措施。却：斥退、拒绝。骐骥：骏马，喻贤才。策：本指竹制马鞭，此作动词"鞭打"用。驽骀（nútái）：劣马，喻小人。取路：上路。

⑦当世：当代。诚：实在。莫之能善御：没有人善于驾驭良马。御：驾驭。执辔者：掌握马缰绳的人。非其人：不是善御之人。蹄

(jú) 跳：曲身跳跃。

⑧凫 (fú)：野鸭。唼 (shà)：唼喋，鸟、鱼吃食貌。粱：小米。藻：水草。此以凫雁喻追逐食禄的小人。凤：凤凰，此喻贤才。圜：同"圆"。圜凿：圆的榫 (sǔn) 眼，用以装柄。方枘 (ruì)：方的榫头。钮铻 (jǔyǔ)：同"龃龉"，不相契合。此以"圜凿"喻君王之爱好小人的巧于逢迎，以"方枘"喻忠贞之士的耿介刚正，两者恰正格格相拒，又怎能契合。

⑨众鸟登栖：喻群小皆得升登朝廷高位。遑遑：心神不安貌。无所集：无所栖止。此喻忠贞"失职"而漂泊。衔枚：嘴里含着一根短竹条（或木条）。本指行军时为免喧哗，而让士卒含枚而行，此指诗人沉默不言。尝：曾经。被：身受，蒙受。渥洽 (wòqià)：恩德深厚。言诗人曾受君之深恩，不忍"衔枚"不言。

⑩太公：即姜太公吕尚，传说他垂钓于渭水之滨时，已垂暮老年。显荣：显达、荣耀。吕尚遇周文王，被任为文王之师，反又辅武王灭纣，被封于齐。匹合：指可相配合的君王。"谓骐骥"二句：言让良马归依于何处，让凤凰到哪里栖止？

⑪变古易俗：指当世改变了古代重贤的风俗。世衰：世道已衰颓、不再兴旺。相者：相马之人。举肥：举荐、挑选的是肥马。按：古语有"相马失之瘦，相士失之贫"之说，言相马的往往忽略了瘦马之良，选士的往往瞧不起贫士之贤。此句即揭露诗人之世只知道选用肥富者为辅。伏匿 (nì)：隐藏。不见 (xiàn)：不现身。

⑫鸟兽：此指凤凰、骐骥。怀德：怀恋有德之君。不处：不留。此言贤士当然更懂得留处于时君之朝。骤进：急于进身。求服：求驾车之用。服：驾车四马中位于中间的马。贪餧 (wèi)：贪求于喂养。餧："喂"之异体字。妄食：乱吃东西。此二句以骥、凤喻贤士不会贪求禄位而改变操守。

⑬弃远：将贞臣弃逐远方。不察：不审察贞臣的冤屈。焉得：哪能得尽其忠。寂漠：寂寞。绝端：断绝其思绪。端：思念的头绪，此指对君王之思。初：当初。厚德：君王的深厚恩德。

127

⑭伤人：悲愁令人伤身。冯（píng）：愁懑满胸。何极：哪有终极。

⑮交下：交降。尚幸：还希望。弗济：不成功，此指不造成对草木的摧残。霰（xiàn）雪：雪珠。雰糅（fēnróu）：盛而错杂，此指雪珠、雪花纷盛相杂。遭命：遭遇命中厄运。此四句言当霜露齐降之时，还怀着不至于危害草木的希望；待到霰雪纷杂而下，才知道草木的厄运将要到来。

⑯徼（jiǎo）幸：即"侥幸"，意外的幸运。有待：有所期待。泊（bó）：止息。莽莽：野草无际。此二句言诗人本希望能侥幸逃过厄运，因而有所等待；现在却如置身在莽莽草野，将与野草一样在寒雪中死去。自往：即"径游"之意。径游：据闻一多当作"径逝"，即直接往见君王。壅绝：阻塞、断绝。

⑰循道：顺着大道。平驱：平稳驱车。又未知所从：不知道平路究竟在哪里。然：乃。中路：半路。自压桉：自我压制。桉：同"按"，抑制。学诵：指后文所说的诵读《诗经》，一说"压桉学诵"犹"伏案读书"。

⑱愚陋：愚笨而少见闻。褊（biǎn）浅：狭隘浅薄。信：实在。达：达到。从容：容止舒闲，不慌不忙。美：赞美。申包胥：春秋时楚大夫，本姓公孙，封于申。当吴师攻破楚国郢都、楚昭王逃亡在外的紧急关头，申包胥赴秦求救，在秦廷哀哭七天七夜，终于感动秦哀公答应出兵，挽救了楚之危亡。气盛：救国之志气壮盛不衰。不固：据朱熹注，固当作"同"。此句言恐怕现今的国势，已与申包胥时代不同；或以为此二句连读，言赞美申包胥救国之气如此壮盛，乃为担忧楚国之势不能自固。

⑲改凿：当为"改错"之误。改错，改变措施。耿介：光明正大。不随：不随从时俗。先圣：前代的圣贤。

⑳浊世：混浊之世。乐：视为快乐。穷处：处身穷困。守高：坚守高尚操节。

㉑媮：此同"偷"，苟且。衣：穿衣。此二句言决不为饱、暖而苟且求食或穿衣。诗人：指下文《伐檀》之诗的作者。遗风：遗留下来

的高尚风节。托志：寄志。素餐：即"不素餐"之略文。《伐檀》结句有"彼君子兮，不素餐兮"之语，按当时人们的理解，是赞美君子不尸居其位、不白吃饭。宋玉在此正以此诗结句自励，不愿做白吃饭的小人，而寄志于做勤于国事的君子。

㉒寒：通"骞"，发语助词。充倔：同"裗裾"，破旧而无边缘的布衣。这里指诗人衣着之破旧。无端：没有涯际。此与下句言诗人穿着破旧无边幅的衣衫，停留在莽莽无际的荒野。裘：皮衣。御冬：抵御寒冬。溘死：突然死去。阳春：暖和的春日。

【品评】

宋玉没有屈原那种"婞直亡身"的直谏勇气，却也不忘以正道讽谏顷襄王，这可从他的名作《风赋》得到证明。宋玉才高气傲，决不肯向世俗屈节折腰，这也可从辞情瑰玮的《对楚王问》窥其一斑。也许正是这两方面，使宋玉既遭受宵小所攻讦，也为楚顷襄王所疾恶，并且在对世道昏暗的感受上，有了与屈原的相似相通之处。《九辩》第二部分，正以酸楚激愤之辞，抒写了诗人思君九重之深，而遭"猛犬狺狺迎吠"的哀怨；抨击了"时俗工巧""相者举肥"，而骥、凤斥远的黑暗。当诗人面临"霰雪雰糅其增加"的冷冽，而处于"泊莽莽与野草同死"的绝境时，悲惨的境遇并没能摧折他追慕古贤的傲骨，他依然高声地宣布："与其无义而有名兮，宁穷处而守高。"这发自茫茫雪野的誓言，一扫前文的悲秋之哀，使辞情顿然振起，风骨凛然。一位衣衫破旧的老臣，由此如兀立雪中的挺拔高树。他虽然未能见到深心渴望的"阳春"，却以坚挺的志士之躯，抵挡过澎湃来袭的严冬……

靓杪秋之遥夜兮，心缭悷而有哀。春秋逴逴而日高兮，然惆怅而自悲。①四时递来而卒岁兮，阴阳不可与俪偕。白日晼晚其将入兮，明月销铄而减毁。②岁忽忽而遒尽兮，老冉冉而愈弛。心遥悦而日幸兮，然怊怅而无冀。③中憯恻之凄怆兮，长太息而增欷。年洋洋以日往兮，老嵺廓而无处。④事亹亹而觊进兮，蹇淹留而踌躇。⑤

何氾滥之浮云兮，猋壅蔽此明月！忠昭昭而愿见兮，然霠曀而莫达。⑥愿皓日之显行兮，云濛濛而蔽之。窃不自料而愿忠兮，或黕点而汙之。⑦尧舜之抗行兮，瞭冥冥而薄天。何险巇之嫉妒兮，被以不慈之伪名？⑧彼日月之照明兮，尚黯黮而有瑕。何况一国之事兮，亦多端而胶加。⑨被荷裯之晏晏兮，然潢洋而不可带。既骄美而伐武兮，负左右之耿兮。⑩憎愠怆之修美兮，好夫人之慷慨。众踥蹀而日进兮，美超远而逾迈。⑪农夫辍耕而容与兮，恐田野之芜秽。事緜緜而多私兮，窃悼后之危败。⑫世雷同而炫曜兮，何毁誉之昧昧！今修饰而窥镜兮，后尚可以窜藏。⑬愿寄言夫流星兮，羌倏忽而难当。卒壅蔽此浮云兮，下暗漠而无光。⑭

尧舜皆有所举任兮，故高枕而自适。谅无怨于天下兮，心焉取此怵惕？⑮乘骐骥之浏浏兮，驭安用夫强策？谅城郭之不足恃兮，虽重介之何益？⑯遭翼翼而无终兮，忳惛惛而愁约。生天地之若过兮，功不成而无效。⑰愿沈滞而不见兮，尚欲布名乎天下。然潢洋而不遇兮，直怐愗而自苦。⑱莽洋洋而无极兮，忽翱翔之焉薄？国有骥而不知乘兮，焉皇皇而更索？⑲宁戚讴于车下兮，桓公闻而知之。无伯乐之善相兮，今谁使乎誉之？⑳罔流涕以聊虑兮，惟著意而得之。纷纯纯之愿忠兮，妒被离而鄣之。㉑愿赐不肖之躯而别离兮，放游志乎云中。㉒乘精气之抟抟兮，骛诸神之湛湛。骖白霓之习习兮，历群灵之丰丰。㉓左朱雀之茇茇兮，右苍龙之躣躣。属雷师之阗阗兮，通飞廉之衙衙。㉔前轻辌之锵锵兮，后辎乘之从从。载云旗之委蛇兮，扈屯骑之容容。㉕计专专之不可化兮，愿遂推而为臧。赖皇天之厚德兮，还及君之无恙。㉖

【注释】

①靓（jìng）：通"静"；或曰为"靖"，思也。杪（miǎo）秋：暮秋。"杪"指树之末梢。遥夜：长夜。缭悷（liáolì）：缠绕郁结。缭：绕。悷：悲结。春秋：此指年龄。逴（chuò）逴：远，愈见其远。此指过去的岁月愈来愈长。日高：年龄日益见老。后二句言岁月悠远、年纪一天比一天老，于是惆怅失意深自悲伤。

②递来：递接而来。卒岁：一年又过尽。阴阳：古人将万物均看成由阴、阳二气交会而成，四时的变化亦由阴、阳的运行变化造成。俪（lì）偕：并行、并存。俪：成对。偕：一起。晼（wǎn）晚：日落时的昏暗貌。销铄：指月亮由圆而缺的销损景象。减毁：缺损。

③忽忽：迅速。遒：迫近。冉冉：逐渐。愈弛：此指年老而愈来愈见衰懈无力。弛：松懈。遥悦：心意动荡，偶然喜悦。日幸：天天心怀侥幸。此句言年老了，犹侥幸有得遇君王的机会，故心旌摇荡时怀喜悦。怊怅（chāochàng）：惆怅、失意。无冀：无所希冀，失望。

④中：内心。憯恻：悲伤。憯：同"惨"。凄怆（chuàng）：悲戚伤痛。增欷（xī）：叹息不断。洋洋：广大无际，此指岁月的没有穷尽。日往：一天天流逝。嘹廓（liáokuò）：空旷。嘹：通"寥"。无处：没有托身之所。

⑤事：国事。亹（wěi）亹：运行貌，或曰此指勤勉。觊（jì）：希望。此句言国事变化，诗人希冀着进用之机。淹留：久留。踌躇（chóuchú）：犹豫、徘徊。此句言只能在久留异乡中徘徊。

⑥汜滥：同"泛滥"，水流漫溢，此指浮云纷乱貌。猋（biāo）：本指犬奔貌，此喻迅速、突然。壅蔽：遮掩。昭昭：明亮貌。见：被召见，现身。霠曀（yīnyì）：阴云密布而昏暗。霠：同"阴"。曀：暗。此四句言为什么纷乱的浮云遮盖了明月（浮云喻小人，明月喻君王），使忠心昭昭的贞臣，在昏暗中不能上达其心。

⑦皓（hào）日：光明的太阳。显行：显身运行，光明显耀地运行。漾漾：云气迷蒙。窃：私下。不自料：不估量自身的能力，此自谦

之词。或：有人。黕（dǎn）点：污垢玷染，以喻谗人诽谤、污辱。汙之：污辱我。汙："污"的异体字。

⑧此四句与屈原《九章·哀郢》中相似。抗行：高尚的品行。瞭冥冥：光明高远。薄：迫近，至。险巇（xī）：本指山势险峻，此喻险恶的小人。被：加上。不慈：对子女不慈爱，此指尧舜禅让其位而不传子。伪名：假造的恶名。

⑨彼：指尧舜。日月照明：尧舜如日月照耀天下。尚：尚且。黯黮（àndàn）：昏暗。黮：黑。瑕：玉之斑点，喻缺点。多端：头绪繁多。胶加：胶葛，缠结难理。此四句言尧舜光明如日月照耀，尚且还被中伤有缺点；何况我这样事奉一国之君的小臣，面对着缠结不清的繁多头绪（就更会遭受诽谤了）。

⑩被（pī）：此指身穿。荷裯（dāo）：荷叶短衣。裯：祇裯，短衣。晏晏：鲜明貌。潢（huǎng）洋：披散不着体貌。带：衣带，此用作动词，"束上衣带"之意。骄美：以美自骄。伐武：以勇武自夸。负：依仗。左右：楚王任用的侍卫之臣。耿介：当依于省吾之说，"耿介"为"重介"之讹。"重介"即武士所披铠甲。此四句言楚王披着色彩鲜明却不可束带的短衣而自骄其美，又依仗有左右带甲之士而自夸勇武。句中以"荷裯"喻辅臣之中看不中用，以"重介"喻依仗勇武而不知修德。

⑪此四句又与《哀郢》同。憎：憎晋。愠怆（wěnlǔn）：忠诚貌。好夫：爱好那些。慷慨：此指表面上言辞激昂的小人。蹀躞（qièdié）：小步快走貌。美：忠正之士。超远：遥远。迈：去。

⑫辍（chuò）耕：停止耕作。容与：安闲而无所事事。芜秽（huì）：荒芜、败坏。緜緜：连绵不断。緜：同"绵"。多私：指朝中小人多怀私心。悼：悲伤。后：以后，将来。危败：指国家将受危害而败亡。以上四句以农夫辍耕使田野荒芜，喻朝臣多不顾国事将导致国家败亡。

⑬雷同：雷声之发，四山同应，喻世俗之人云亦云、互相唱和。炫曜（xuànyào）：光彩缭乱貌。毁：诽谤。誉：赞美。眜（mèi）眜：

昏暗貌。此二句言世俗小人互相称举、乱人眼目,他们对人的毁言和美誉何其昏暗不明。修饰:打扮、装饰。窥镜:照镜子。窜藏:窜伏、藏身。此二句以照镜、修容喻指楚王整顿朝政、改正缺点,以后或许还可逃过灾难。

⑭寄言流星:托流星向楚王捎带去自己的心意。倏忽:忽然之间,形容其迅疾。难当:难以遇上。当:值、遇。卒:终于。下:指下土、天下。暗漠:暗淡不明。

⑮举任:选拔、任用。高枕:高枕无忧之意。自适:尧舜有贤臣处理国事,自身就很舒适。谅:实在。无怨:没有怨恨他们的人。焉取:哪会取获,即"哪会"之意。怵(chù)惕:惊惧。

⑯浏(liú)浏:如水流顺畅无阻。驭:驾驭。强策:强硬的马鞭。此二句承上,言尧舜任用贤臣,正如驾车选用骏马,跑得本就顺畅,哪需要用硬鞭驱赶。城郭:内城为"城",外城为"郭"。恃:依赖。重介:此指穿着铠甲的部队。此二句言治理好国家靠的是举贤用能,城防、重兵都不足依赖。

⑰亶(zhān)翼翼:回旋不进、小心谨慎。无终:没有终止。忳(tún)惛惛:忧愁郁积。愁约:为忧愁所束缚。生:生活。若过:好像过客。无效:没有成效。此四句言诗人始终小心谨慎,被聚积的忧愁所裹束,生于天地间正如过客一样,(时光流逝)却至今功业未成。

⑱沈滞:沉埋、隐没。不见:不现。布名天下:名声传布天下。此二句言甘愿埋没自己而不现身吧,却还想建立功业名传天下。潢洋:浩荡无边际。不遇:未遇君王信用。直:只是。怐愗(kòumòu):愚昧貌,或曰"心愦乱"。此二句言时势浩荡无所遇合,只不过愚昧而自寻苦恼。

⑲莽洋洋:荒凉无际,如水流之无尽。极:尽头。焉薄:何处可止。皇皇:通"遑遑",慌张匆忙。更索:另外寻找。

⑳宁(Nìng)戚:春秋时卫国贤士,贩牛至齐国都城,齐桓公出城,宁戚扣牛角而歌,为齐桓公赏识,擢为辅臣。讴:歌。车:牛车。伯乐:古之善相马者。后二句言没有伯乐那样善于相马的,今世的良骏

又有谁能令它得到赞誉。

㉑恫：通"恫"，恫怅。聊虑：暂且思虑一下。惟：唯。著意：用心。得之：得贤人。此二句在流泪恫怅中姑且思考一下，唯有用心求贤者才能得到贤人。纷纯纯：形容忠心之专一、纷盛。被离：分散四布貌。郭：遮挡。

㉒赐：给予。不肖：不贤，诗人自谦之词。此句言希望君王赐予恩德，让我这不贤之躯离开您吧（即乞求退身归去）。放：放任。游志：散心而游。云中：指下文的神游四方，超越尘俗之游，故曰"云中"。

㉓精气：阴阳之气。抟（tuán）抟：元气团聚貌。骛（wù）：追逐。湛（zhàn）湛：厚集貌。骖：边马，此作动词用。白霓：虹之外环色彩素白，称白霓。习习：飞动貌。历：经过。群灵：众多神灵。丰丰：众多貌。此四句言乘上团聚的阴阳元气，追随云气氤氲的诸神，以白霓为驾飞驰而去，遍历众多神灵的处所。

㉔朱雀：星座名，南方七宿之总称。茇（pèi）茇：飞扬之貌。苍龙：星座名，东方七宿的总称。躣（qú）躣：行走貌。属（zhǔ）：连属、跟随。阗（tián）阗：象声词，雷声阗阗。通：一作"道"，在前开路引导。飞廉：神话传说中的风神。衙衙：行走之貌。此四句描述诗人"游志云中"的车从侍卫，左有朱雀之神，右有苍龙之神，前有飞廉先驱，后有雷师紧随。

㉕轻辌（zhìliáng）：一作"轻辌"，即轻便的有窗之车。锵锵：车铃声。辎乘（zīshèng）：重车，装载辎重并可卧息的车。从从：车上所悬玉饰碰击之声。委蛇（wēiyí）：旗旄舒卷貌。扈（hù）：扈从，即侍从、护卫者。屯骑：聚集的车骑。容容：众盛貌，一说从容貌。

㉖计：心志、思虑。专专：专一。不可化：不改变。遂：于是，终于。推：推重、推行。臧（zāng）：善。赖：依赖、仰仗。"还及"句：从"游志云中"返回，还能赶上君王无忧无灾。恙（yàng）：忧，病。此四句言我心志专一不可改变，甘愿就这样推行而成善。仰仗皇天的厚德，还能赶上君王健康无忧。

【品评】

此诗第三部分又闪回到凄寒的秋夜。岁月匆匆,令诗人更增生"嶙峋无处"的衰老之哀!于是明月的减毁、浮云的壅蔽,无不激起诗人对朝政昏乱的联想,诗中又涌腾起一派愤懑之气:他指斥群小的险峨和嫉妒,他抨击楚王的"骄美而伐武",他慨叹"国有骥而不知乘"的时世,并以哲人的深思预感着国家危败之将临。"谅城郭之不足恃兮,虽重介之何益!"——这究竟是老臣的哲理思考,还是对国运的不祥预言?总之,诗人是带着深切的悲忧,像屈原一样,进入了"放游志乎云中"的缥缈神游。这神游表面上也依然车骑雍容,却再没有《离骚》那跨越时空的"求索"激情。诗人似乎早就失去了信心,所以也不再对迷蒙的旧乡回望一眼。"赖皇天之厚德兮,还及君之无恙",诗人当然还是要从云中回返现实的,但是否能赶得上君王的健在无恙,却连他自己也说不清了。在眷恋的绝望中,决心以一死成其"独立不迁"的高节,这便是《离骚》;在委婉的祈愿中,倾诉着无望的期待,这便是《九辩》——宋玉毕竟不是屈原,在同样富于独创性的长诗结束处,人们亦可找到二者的相似和区别……

招　　魂

据汉人王逸所记,《招魂》的创作缘起,是"宋玉怜哀屈原,忠而斥弃,愁懑山泽,魂魄放佚(散失),厥命将落,故作《招魂》,欲以复其精神,延其年寿,外陈四方之恶,内崇楚国之美,以讽谏怀王,冀其觉悟而还之(召还屈原)也。"但《史记·屈原列传》的论赞中却有"余读《离骚》、《天问》、《招魂》、《哀郢》,悲其(屈原)志"语,故明清以来许多研究者,定《招魂》乃屈原所作,其所招对象应是楚怀王。我以为司马迁时代流传的"《招魂》"起码有两篇,其中传为屈原所作且为太史公提到的,当是后来定名为《大招》的那一篇。倘非如此，读过《屈原列传》的王逸，便不会不顾司马迁提到屈原《招魂》，却仍明确断此篇《招魂》为宋玉所作。当然，王逸以为此篇所招乃屈原离失之魂，也不准确。从本文"乱曰"可知，宋玉所招对象，应是云梦"射兕"中受惊而病的楚顷襄王之魂。《招魂》以丰富的想象和缤纷的辞采，铺叙天地四方的神怪之奇，楚宫生活的堂皇奢华，表现了古人对死亡的疑惧和生存之眷恋，展示了楚文化在意识形态领域里所弥漫的神怪观念，以及在物质文明方面的辉煌成就和宏伟气派。它"文极刻画，然鬼斧神工，人莫窥其下手处"（明人陆时雍语），具有极高的艺术刻画技巧。特别是以"招魂"为主线，将对宫室、饮食、女乐、娱戏、射猎等生活景象的描绘，融汇一气，构成宏伟巨制，"浑如天际浮云，自起自灭"，以极"作文之变"（清人蒋骥语），更直接启迪了汉代赋家枚乘、司马相如，并呼唤着《七发》、《上林赋》等瑰玮大赋的诞生。它与《离骚》等屈原作品一起，开辟了汉赋发展的新天地。

朕幼清以廉洁兮，身服义而未沬；主此盛德兮，牵于俗而芜秽。①上无所考此盛德兮，长离殃而愁苦。②

帝告巫阳曰："有人在下，我欲辅之。魂魄离散，汝筮予之!"③巫阳对曰："掌梦! 上帝命其难从!"④"若必筮予之，恐后之谢，不能复用。"⑤

巫阳焉乃下招曰：魂兮归来! 去君之恒干，何为四方些? 舍君之乐处，而离彼不祥些。⑥

魂兮归来! 东方不可以托些。长人千仞，惟魂是索些。⑦十日代出，流金铄石些。彼皆习之，魂往必释些。归来归来! 不可以托些。⑧

魂兮归来! 南方不可以止些。雕题黑齿，得人肉以祀，以其骨为醢些。⑨蝮蛇蓁蓁，封狐千里些。雄虺九首，往来倏忽，吞人以益其心些。归来归来! 不可以久淫些。⑩

魂兮归来! 西方之害，流沙千里些。旋入雷渊，靡散而不可止些。^⑪幸而得脱，其外旷宇些。赤蟓若象，玄蠭若壶些。^⑫五谷不生，藂菅是食些。其土烂人，求水无所得些。^⑬彷徉无所倚，广大无所极些。归来归来！恐自遗贼些。^⑭

魂兮归来！北方不可以止些。增冰峨峨，飞雪千里些。归来归来，不可以久些。^⑮

魂兮归来！君无上天些。虎豹九关，啄害下人些。^⑯一夫九首，拔木九千些。豺狼从目，往来侁侁些。^⑰悬人以娭，投之深渊些。致命于帝，然后得瞑些。^⑱归来归来！往恐危身些。

魂兮归来！君无下此幽都些。土伯九约，其角觺觺些。^⑲敦脄血拇，逐人駓駓些。参目虎首，其身若牛些。^⑳此皆甘人。归来归来！恐自遗灾些。^㉑

魂兮归来！入修门些。工祝招君，背行先些。^㉒秦篝齐缕，郑绵络些。招具该备，永啸呼些。^㉓魂兮归来！反故居些。

【注释】

①朕：我。此"我"乃托为惊失其魂的顷襄王口吻，向上帝申说其曾有"盛德"，却遭遇失魂之祸，以求上帝为其寻回失魂。幼：年轻时。清以廉洁：自夸品德之好。"不求曰清，不受曰廉，不污曰洁。"身：指自身。服义：行义。未沬（mèi）：未终止。或曰沬通"昧"，昏暗不明；"未沬"即不迷失方向之意。主：尊信而服从，或曰坚守。盛德：德行丰茂。牵于俗：为世俗所牵累。联系"乱曰"可知，此指耽于游猎之乐。芜秽：荒芜败坏，此指德行败坏。

②上：上天，上帝。考：考察。离殃：遭受灾祸。联系"乱曰"可知，乃指射咒受惊而"魂魄离散"。

③帝：天帝。巫阳：神话传说中的神巫。有人：即指上文之"朕"，失魂者楚顷襄王。魂：灵魂。魄：体魄。魂魄离散，指灵魂离开躯体而散失在外。筮（shì）：用蓍草占卜，确定魂失何方。予之：将

灵魂重新给予失魂之躯。

④掌瘳（mèng）：此言寻找灵魂乃执掌占梦者之职守。古人以做梦为灵魂离体，故找寻游魂当由占梦者负责。"上帝命"句：言上帝之命（我去招魂），我难以遵从。

⑤此后三句为天帝之语。若：你，指巫阳。恐后之谢：恐怕耽误了时间，躯体就会腐坏。谢：萎谢、损坏。不能复用：不能再返魂复生。

⑥焉乃：于是。下招：降临下土招魂。去：离去。恒干：躯体。恒：常。干：躯体。躯体乃人魂常住之所，故曰"恒干"。何为：为何。些：语尾词，楚地巫师念禁咒，句尾皆称"些"或"只"。舍：抛弃。乐处：快乐的处所，指楚宫故居。离：遭受。不祥：不吉之事。

⑦托：托身，寄寓。长人：巨人。千仞：极言其人之高大。仞：八尺，或曰七尺。索：搜索。此言东方长人专搜寻人魂来吃。

⑧代出：一本作"并出"，指十个太阳同时升起，故下文极言其热。流金：金属被晒得熔化而流。铄（shuò）石：石头也销熔了。彼：指居于东方的长人。习：习惯于。释：熔解、销释。

⑨雕题：在额上刻刺花纹，涂上颜色。南方有"断发文身"之俗，"文身"即与"雕题"相类。黑齿：牙齿用漆染黑。蒋骥引《南土志》："黑齿在永昌关南，以漆漆其齿。""得人肉"句：得人之肉用来祭神。醢（hǎi）：肉酱。此句言用人的骨头做骨酱吃。

⑩蝮蛇：毒蛇。《山海经》记载它"色如绶文，大者百余斤"。蓁（zhēn）蓁：草木茂盛丛聚貌，此指蝮蛇之多。封狐：大狐。千里：指封狐妖魅，顷刻间可至千里。雄虺（huǐ）：本是一种毒蛇，此指传说"九首人面"的大蛇。倏忽：迅疾、快速。益其心：滋补大蛇的心，为毒更甚。淫：淫游，或曰淹留。

⑪流沙：神话传说中的西方之地，沙行如流。旋：指随风旋转的飞沙。雷渊：神话传说中的西海。靡（mí）：烂。散：碎散。此两句言人魂若被流沙旋转挟裹入雷渊，就会碎散靡烂而不能自止。

⑫脱：脱身。旷宇：空旷的天宇，此指旷野无际。赤螘（yǐ）：红蚂蚁。螘：同"蚁"。玄蠭：黑蜂。蠭：同"蜂"。壶：通"瓠"，葫

138

芦。蒋骥引《八纮译史》："蚁国在极西，其色赤，大如象，其聚千里。"又引《五侯鲭》："大蜂出昆仑，长一丈，其毒杀象。"

⑬藂：同"丛"。菅（jiān）：野茅草。烂人：令人体焦烂。"求水"句：言西方旱漠，没有任何水源。

⑭彷徉（pángyáng）：飘荡、徘徊。此指楚顷襄王之游魂。极：终，尽。无所极，无边无际。自遗（wèi）：给自己带来。遗，赠予，给。贼：残害，灾害。此句言顷襄王魂若不回返，恐怕会自遭其害。

⑮增冰：累积层层的坚冰。增：通"层"。峨峨：高耸貌。据蒋骥引《译史记余》："北有冰海，凝冰如山。又持弥国有大凝山，千年不释。"

⑯无：毋，不要。虎豹九关：天有九重，九重天关均由虎豹把守。《山海经》记昆仑为天帝"下都"，有九门，均有"虎身人面九首"的"开明兽"把守。啄：这里指咬。

⑰"一夫九首"二句：指天上有九首的巨人，一下能拔九千株大树。从（zòng）目：竖直眼睛，形容怒目相对貌，从通"纵"。侁（shēn）侁：即"莘莘"，众多貌。

⑱悬人：把人倒悬起来。娭：同"嬉"，玩耍。投：投掷。致命：复命。由此句可知，让豺狼悬人并投掷深渊，乃是天帝所下的命令。瞑：睡觉。

⑲幽都：相当于后世所说的阴曹地府。土伯：后土之伯，即幽都之王。九约：肚腹下垂形成九堆肥肉；或曰九约即"纠钥"，把关之意。觺（yí）觺：角锐利貌。

⑳敦脄（méi）：幽都的另一种魔怪名，或曰背肉隆起貌。血拇（mǔ）：染血的指抓。拇：手足的大指。逐：追逐。駓（pī）駓：野兽奔走迅速貌。参目：三只眼睛。参：同"叁"。

㉑此皆甘人：这些（指土伯、郭脄）都以人为甘美之食。疑此句下脱漏一句。恐自遗灾：恐怕会给自己带来灾祸。

㉒修门：楚国郢都（在今湖北江陵）南关的三座城门之一。伍端休《江陵记》："南关三门，其一名龙门，一名修门。"按：楚顷襄王射

猎受惊"失魂",病于郢都,故需为他招魂。因"失魂"之所在江南云梦泽,按古代习俗,当从失魂之所引导灵魂回返病躯,故由南门（修门）而入。工祝:擅于接魂之巫。背行:背向故居倒退而行。先:先导,走在魂之前,为其引路。

㉓秦篝（gōu）:秦地所产招魂的竹笼。齐缕:齐地所产的笼系,用以提挈。缕:线绳。古代招魂习俗,由巫拿着被招者穿过的贴身衣服,放在竹笼里,以供游魂栖止,而后引导它回返故居病躯。郑绵:郑地所产棉絮。络:编制成的笼衣,用以围盖竹笼。招具:招魂所需器具。该备:完备。永:长声。永啸呼:长声呼叫（即"叫魂"）。

【品评】

古代"招魂"有其固定的套数,即先外陈"四方之恶",以吓唬离失之魂不可乱跑;而后"内崇"故居之乐,以诱导游魂回返所离之躯。宋玉此文的第一部分,正以丰富的想象,融汇着楚人对"天地四方多贼奸"的神怪之思,在无比广大的空间上,铺展出一幅幅"十日代出"、"流沙"旋飞、"赤蚁如象"、"敦脄"食人的森怖画境。这境界适应着灵魂飘荡不定的特点,从天地、四方重重围逼而来,真有令游魂无所遁逃的威慑之力!这境界同时又是缤纷神奇的——层出不穷的铺陈和惊人的夸张,使它远远超出了"招魂"的实用需要,而跨入了艺术展现的宏伟殿堂。因为当它的巫术宗教背景,在穿越悠长的历史中逐渐消淡以后,读者从中领略到的,便不再是神秘和恐惧,而是一种艺术观赏中伴随的惊叹和赞美。宋玉以他的如椽之笔,为后世创造了带有多么浓郁的荒古神怪气息,而又气象恢宏的"狰狞之美"!

天地四方,多贼奸些。像设君室,静闲安些。①高堂邃宇,槛层轩些。层台累榭,临高山些。②网户朱缀,刻方连些。冬有突厦,夏室寒些。③川谷径复,流潺湲些,光风转蕙,氾崇兰些。④经堂入奥,朱尘筵些。砥室翠翘,挂曲琼些。⑤翡翠珠被,烂齐光些。蒻阿拂壁,罗帱张些。⑥纂组绮缟,结琦璜些。

140

室中之观，多珍怪些。^⑦兰膏明烛，华容备些。二八侍宿，射递代些。^⑧九侯淑女，多迅众些。盛鬋不同制，实满宫些。^⑨容态好比，顺弥代些。弱颜固植，謇其有意些。^⑩姱容修态，絚洞房些。蛾眉曼睩，目腾光些。^⑪靡颜腻理，遗视矊些。离榭修幕，侍君之闲些。^⑫翡帷翠帐，饰高堂些。红壁沙版，玄玉梁些。^⑬仰观刻桷，画龙蛇些。坐堂伏槛，临曲池些。^⑭芙蓉始发，杂芰荷些。紫茎屏风，文缘波些。^⑮文异豹饰，侍陂陁些。轩辌既低，步骑罗些。^⑯兰薄户树，琼木篱些，魂兮归来！何远为些？^⑰

室家遂宗，食多方些。稻粢穱麦，挐黄粱些。^⑱大苦醎酸，辛甘行些。肥牛之腱，臑若芳些。^⑲和酸若苦，陈吴羹些。胹鳖炮羔，有柘浆些。^⑳鹄酸臇凫，煎鸿鸧些。露鸡臛蠵，厉而不爽些。^㉑粔籹蜜饵，有餦餭些。瑶浆蜜勺，实羽觞些。^㉒挫糟冻饮，酎清凉些。华酌既陈，有琼浆些。^㉓归反故室，敬而无妨些。^㉔

肴羞未通，女乐罗些。陈钟按鼓，造新歌些。^㉕涉江采菱，发扬荷些。美人既醉，朱颜酡些。^㉖娭光眇视，目曾波些。被文服纤，丽而不奇些。^㉗长发曼鬋，艳陆离些。二八齐容，起郑舞些。^㉘衽若交竿，抚案下些。竽瑟狂会，搷鸣鼓些。^㉙宫庭震惊，发激楚些。吴歈蔡讴，奏大吕些。^㉚士女杂坐，乱而不分些。放陈组缨，班其相纷些。^㉛郑卫妖玩，来杂陈些。激楚之结，独秀先些。^㉜菎蔽象棋，有六簙些。分曹并进，遒相迫些。^㉝成枭而牟，呼五白些。晋制犀比，费白日些。^㉞铿钟摇簴，揳梓瑟些。娱酒不废，沈日夜些。^㉟兰膏明烛，华镫错些。结撰至思，兰芳假些。^㊱人有所极，同心赋些。酎饮尽欢，乐先故些。^㊲魂兮归来！反故居些。

【注释】

①贼：伤害、败坏。奸：为恶之行。此指上文所述害人的四方之怪。像：失魂的楚顷襄王画像。按：巫风"招魂"之俗当与降神相似：降神时须"像神"，神物方能附身；招魂时，需图画失魂者之像，置之居室病躯旁，被招之魂方能"认出"是己之躯干而附魂返体。静闲安：指居室的清静、宽舒和安乐。

②邃宇：指屋宇幽深。槛（jiàn）：栏杆。层轩：一层层走廊，或以为指堂前的层层檐敞，或以为指层层楼板。台：高而无屋的建筑，以供登观。榭（xiè）：台上有屋者为榭。层、累：形容台榭层次之多。临高山：台、榭建于山上，而下临其山。

③网户：刻有网状花格的门。朱缀：门上所刻网状花格，涂以红色使之连缀成纹。刻：雕刻。方连：连接的方格图案。突（yào）厦：结构重深可以御寒的大屋。突：通"窔"，深屋。夏室寒：指夏日凉快的房室。

④川谷：指宫苑中的大小溪流、水潭。径复：直曰径，曲曰复。潺湲（chányuán）：水畅游之貌，亦可指流水声。光风：阳光下的微风。转：吹动，摇动。氾：同"泛"，此指花草在风中如微波之状。崇兰：丛丛兰草。崇：聚。

⑤奥：房屋的西南角。朱尘：红色的"承尘"。承尘，承接屋顶灰尘的顶棚。筵：铺在地上的竹席，亦用红色涂饰。砥室：用磨平的石板砌墙或铺地的房室。翠翘：用翠鸟尾羽做成的拂尘之具，或曰翠尾羽所制装饰品。曲琼：美玉制成的曲钩，用以悬衣物。

⑥翡翠：鸟名，雄者羽色红名翡，雌者羽色青名翠。珠被：用翡翠羽做成被褥，又镶有明珠。烂：光明貌。齐光：翡翠羽和明珠互相辉映。蒻（ruò）：同"弱"，蒲之柔弱者，此形容柔软。阿：阿锡，轻细的丝织品。拂壁：遮壁而飘拂状。罗帱（chóu）：丝织的帐子。张：张设。

⑦纂（zuǎn）：纯红丝带。组：五色丝带。绮（qǐ）有花纹的丝

带。缟（gǎo）：白色丝带。琦（qí）：美玉。璜（huáng）：半圆形的玉璧。这二句言罗帐四周有各色丝带装饰，丝带上结有美玉、半璧。观：玩赏之物。珍怪：奇异珍宝。

⑧兰膏：加有兰草香料的油脂，用以制烛。华容：容貌如花的美人。二八侍宿：侍候夜宿的美女，以八人为列共有二列，轮流当夕。射递代：有所厌腻即更相替代。射（yì）：厌。此句一作"夕递代些"，即晚上轮替着侍宿。

⑨九侯：即列侯，楚王所封有侯爵的贵族；或曰当时各国之君，即诸侯。从楚王婚姻关系看，当时所娶多为诸侯之女。淑女：品德善美之女。淑：善。迅众：出众；或以"迅"为"洵"之假借，"洵众"，即真多之意。盛鬋（jiǎn）：鬓发丰满浓密。鬋：鬓发。不同制：所梳发式多有不同。实满宫：充实后宫毫不缺乏。

⑩容态好比：容貌姿态美好齐整。比：齐，并。顺："洵"之假借字，真。弥代：犹言"盖世"。弱颜：容貌柔美。固植：心志坚贞不移。謇（jiǎn）：发语词。有意：有情意，多情。前两句言九侯淑女容貌盖世，后二句言其贤贞有情。

⑪姱：美。修：修长美好。絚（gèng）：原指绳索，此通"亘"，连续、不绝。洞房：深房，指卧室。蛾眉：眉毛如蛾一样细弯，形容其美。曼睩（lù）：眼睛柔美，眼珠灵转。目腾光：形容眼光明媚。

⑫靡颜：面颜细腻。腻理：皮肤纹理细致柔滑。遗（wèi）：赠。遗视：投送的眼光。睸（mián）：含情脉脉。离榭：君王外出时歇宿的宫馆台榭。修幕：高长的帐幕。闲：此指君王闲暇外出游览，亦有美女陪侍。

⑬翡帷翠帐：指像翡翠一样或红或青的帐帷。堂：厅堂。红壁：红色的壁墙。沙版：丹砂涂色的门窗之版。玄玉梁：屋梁以黑玉为饰，或曰屋梁漆黑发亮如玄玉。

⑭仰观：仰头而观。刻桷（jué）：雕刻有花纹的方椽。桷：方形的屋椽。画龙蛇：指方椽上雕刻着龙蛇之形。坐堂伏槛：坐于堂中，伏倚于栏杆。临曲池：下临曲折盘绕而过的水池。

⑮芙蓉：荷花。芰（jì）荷：本指菱角与绿荷，此指碧绿的荷叶。紫茎屏风：叶茎紫色的屏风。屏风，水葵，又名凫葵。文：波纹，此指水葵晃动成纹。缘波：随水波一起晃动。缘一作"绿"，则指绿波。此二句言紫茎的水葵随绿波晃动形成极美的纹色。

⑯文异豹饰：指待卫所穿之服，以斑纹各异的豹皮作装饰。豹性猛烈，用其装饰卫士之服，取其勇壮之气。侍：侍卫。陂陁（pōtuó）：山坡、山冈。轩、辌（liáng）：皆为轻车。轩：曲辕有轓（fān，有蔽障）之车，大夫所乘。辌：卧车，有窗，又称辒辌车。低：通"抵"，到达。步骑：步行、骑马的随从。罗：布列。

⑰兰薄：丛生之兰。薄，草木丛生之处。户树：种植于门边。琼木篱：以名贵的树木相连而成的篱笆墙。琼：玉。何远为些：即"何为远些"，为什么要远离不返呢。

⑱室家：指公室、家庭。遂宗：于是以为宗。宗：尊崇。此句言顷襄王之魂若返，整个王室公族都将尊崇他。食多方：食物丰富多样。粢（zī）：即稷，小米。穛（zhuó）：麦。麦种植时如稻一样聚为一束，长得就更肥美，称为"穛麦"。挐（rú）：掺杂。黄粱：一种味香的黄米。此二句言用稻米、小米、麦和黄粱掺杂煮成的美味饮食。

⑲大苦：即苓，苦味较大。咸（xián）：盐。酸：醋。辛：有辛辣味的作料。甘：甜味作料。行：用。腱（jiàn）：筋。肥牛之腱，即牛蹄筋。臑（ér）：煮烂。若：而。芳：香。此四句言配以大苦、盐、醋、辣、甜各种作料，煮成又香又烂的牛蹄筋。

⑳和：调合。若：与。陈：陈列。吴羹（gēng）：用吴地方法做成的肉菜浓汤。胹（ér）：煮。鳖：甲鱼。炮：用火烤制。羔：小羊。柘（zhè）：同"蔗"，甘蔗。将甘蔗汁调合在甲鱼、羊羔食品里。

㉑鹄（hú）：天鹅。鹄酸：当作"酸鹄"，即用醋烹制天鹅肉。臇（juàn）：少汁的羹。凫（fú）：野鸭。鸿：大雁。鸧（cāng）：一种似鹰的水鸟。露鸡：风干的腌鸡。臛（huò）：一种不加菜的肉羹。蠵（xī）：一种大龟。此句言用龟肉做羹，还有风鸡。厉：味道浓烈。不爽：不伤口味。爽，楚方言，败。

㉒粔籹（jùnǔ）：用蜜和米面油煎的圆饼。饵（ěr）：糕饼。张偟（zhuānghuáng）：饴糖。瑶浆：美酒。用瑶（玉）以形容其名贵。蜜勺：饮酒时加蜜其中。勺：通"酌"，饮酒，或曰酒斗。实：充满。羽觞（shāng）：饮酒器，其形如雀，有头有羽翼状，故称羽觞；又名爵（雀）。

㉓挫糟：从酿酒缸中压去酒糟所取清酒。挫：挤压。冻饮：用冰镇过的酒，夏日饮服，取其清凉。战国时代有夏日冰酒之器"冰鉴"或"冰釜"，其内置冰块，以镇饮食。酎（zhòu）：春酒。华酌：有华美装饰或雕饰的酒斗。陈：陈列。琼浆：美酒。

㉔反：返。敬而无妨：言王魂归返后，大家都会恭敬献饮献食，而没有任何妨害。

㉕肴（yáo）：熟食荤菜。羞：精美食品。通：遍设。女乐：歌舞的女子乐队。陈钟：用力去打编钟。陈：通"旅"，用力。按鼓：击鼓。造：制作，此指演奏。新歌：新创作的歌乐。

㉖涉江、采菱、扬荷：均楚地歌曲名。发：发声齐歌。扬荷、采菱为和声，故须齐声而发。酡（tuó）：喝酒后脸色转红。

㉗娭（xī）：同"嬉"，耍弄。娭光，即美人挑逗、嬉耍的目光。眇视：眯着眼看人。目曾波：目光如层层水波流转。曾：通"层"。被：同"披"。文：有花纹的彩衣。纤：细，此指精细轻软的丝织品。不奇：不怪诞。

㉘曼：细腻有光泽。鬋：鬓发下垂貌。艳陆离：形容美人容貌娇艳、光彩照人。陆离：盛貌，既可形容长，亦可形容色彩缤纷。二八：指女乐分为八人一列，共有二列。齐容：服色容态齐一。起郑舞：跳起郑地的舞蹈。

㉙衽（rèn）：衣襟，此特指衣袖。交竿：竹竿交错。此形容舞蹈中衣袖飘甩如同众竿相交。抚案：按着节拍收敛动作。下：退场。狂会：指吹竽、鼓瑟，众乐竞奏交鸣。搷（tián）：用力敲鼓。鸣鼓：响鼓。

㉚宫庭：楚王之宫。震惊：震动。激楚：一种声调高亢、节奏快急的歌舞乐曲。歈、讴：均指歌曲。吴歈：吴地之歌；蔡讴：蔡地之歌。

大吕：乐律之名。古乐分十二律，声律由低沉洪亮到高而尖厉，有黄钟、大吕、太簇、夹钟、姑洗、中吕、蕤宾、林钟、夷则、南吕、无射、应钟，奇数各律称"律"，偶数称"吕"，是为"六律"、"六吕"。

㉛士女：此指男士和女子。乱而不分：男女本各有班秩而分坐，现在混杂而坐，故曰"乱而不分"。放：解开。陈：摆列。组缨：衣带和冠帽。缨：冠带，此当代指冠。班：座次。相纷：互相混杂而显得纷乱。以上描述宴饮进入高潮，男女不拘礼节，放任相戏、混杂而乱的景象。

㉜妖玩：指各种妖幻杂耍，如吞刀吐火、鱼龙角抵之类，适合观赏之戏乐。杂陈：纷纷展列。激楚之结：指楚乐《激楚》的尾声。独秀先：唯独激楚的尾声合奏最为出众。秀：优秀。先，在所奏诸乐中占先。

㉝琨（kūn）：通"琨"，美玉。蔽：下棋所用筹码。琨蔽：玉制筹码。象棋：象牙制作的棋。棋：同"棋"。六簙（bó）：古代用下棋赌博的游戏。据洪兴祖引《古博经》，其博法为：二人相对，各面对棋局。棋局分十二道，两头当中为"水"。二人执棋各六枚，以黑、白分。又有两枚"鱼"，放在"水"中。然后掷彩（玉制，刻有点数）行棋。棋行到终点，就竖起，名为骁棋。就可以入"水"食"鱼"，叫"牵鱼"。每牵得一"鱼"，可获得两个筹码。分曹并进：下棋的对手各自进棋。曹：偶、对。遒（qiú）：有力，此指进棋之势。相迫：彼此紧逼以争胜。

㉞成枭：掷得头彩。枭，骰子上刻有枭鸟形的点子，是最高的胜彩。牟：加倍之胜。呼五白：所掷彩（相当于今之骰子），有五个都是白面（不刻画点子），便可以杀对方的枭棋。在掷彩时因求胜心切，往往大呼"五白"。犀比：衣带钩，黄金所制，出晋地。晲白日：在阳光下光芒闪烁。晲：当作"晞"，发光貌。此二句言下棋时用晋地所出带钩为赌注，带钩在日光下闪闪发光。

㉟铿（kēng）：撞击。簴（jù）：钟架。搝（jiá）：弹奏。梓瑟：梓树木所制瑟。娱酒：饮酒为乐。不废：不止。沈：同"沉"。沈日夜：

日夜沉湎于饮酒作乐。

㊱华镫（dēng）：花形灯。镫：同"灯"。错：措，安置（明烛）；或曰错为"错落"，指宫中花灯齐燃，错落相映。结撰：构思撰作，指赋诗。至思：最妙的思致，或曰专心思索。兰芳：形容诗作之美。假：通"嘉"，美。

㊲极：至。人有所极，指在座之人各尽其思作诗。同心赋：各自赋诵诗作，表达同乐之心。乐先故：使祖先和故旧得到欢乐。

【品评】

《招魂》第二部分，立意全在一个"诱"字：作者愈是夸饰楚宫"故居"生活的奢丽、安乐，便愈能诱使顷襄王之魂尽快归返。但作者并没有平铺直叙，而是用了灵活的笔法和缤纷的辞采，来展现"故居"的美好，使整个铺叙奇境纷呈而毫无沉闷之感。文中叙"宫室"之美，用的是富丽精工的彩绘。从楚宫的"层台累榭"，画到室内的"砥室翠翘"，直至凭栏可临的"曲池""芙蓉"，无不精美辉煌、照人眼目。而状"侍御""女乐"之容，用的则是神韵飞动的速写和写意笔法。那"九侯淑女"的修姱，偏从"蛾眉曼睩"处点染，便顿觉有无限情意在其间流转；那登场起舞的姿态，只作"衽若交竿，抚案下些"的线条勾勒，便在忽疾、忽徐中极尽动态之美。对宫中的"饮食"，似乎很难描摹。作者干脆把楚王之魂邀入华筵之座，让他直接面对肥美的牛腱、酸汁的野鸭，再配上蒸鳖烤羊、"挫糟冻饮"，能不令他馋涎欲滴？写到宫中的"娱戏"之乐，作者又变换笔法，只让楚王之魂，瞥一眼"分曹并进，遒相迫些"的紧张赌局，听一听"成枭而牟，呼五白些"的喊杀之声，大约更令他心中痒痒了吧？这诱惑在今天看来，虽然不足为训，但为了招回顷襄王之魂，你还不得不承认：宋玉的铺写、描绘艺术，确有"云蒸霞蔚"之妙！清人蒋骥曾惊叹《招魂》"异彩惊华，缤纷繁会，使人一往忘返矣"（《山带阁注楚辞》），倘若只从艺术表现的成就看，此文确实当得起这样的赞誉。

147

乱曰：献岁发春兮，汩吾南征。菉蘋齐叶兮，白芷生。^①路贯庐江兮，左长薄。倚沼畦瀛兮，遥望博。^②青骊结驷兮，齐千乘。悬火延起兮，玄颜烝。^③步及骤处兮，诱骋先。抑骛若通兮，引车右还。^④与王趋梦兮，课后先。君王亲发兮，惮青兕。^⑤朱明承夜兮，时不可淹。皋兰被径兮，斯路渐。^⑥湛湛江水兮，上有枫。目极千里兮，伤春心。^⑦魂兮归来，哀江南！^⑧

【注释】

①献：进。献岁：进入新的一年。发春：春气发动。汩：疾速。吾：宋玉自称。南征：南行。宋玉家在鄢郢（今湖北宜城）。此次南征，当自鄢郢出发前往郢都，而后侍从楚顷襄王射猎云梦。菉蘋（lùpín）：即"绿蘋"，绿色的水草。蘋：水草名，又叫四叶菜。齐叶：蘋叶已布列水面。齐：列。白芷：香草名。

②贯：穿过。庐江：水名，在湖南、江西、湖北均有称为庐江的。从此文所记地理形势看，当指湖北襄阳的潼水。历史地理学家谭其骧指出："庐江当指今襄阳宜城界之潼水，水北有汉中庐县故城。中庐即春秋庐戎之国，故此水当有庐江之称。"他还从地理形势分析说："且乱辞在'路贯庐江'句下有'倚沼畦瀛兮，遥望博''青骊结驷兮，齐千乘''与王趋梦兮，课后先'等句，正与襄阳江陵间多沼泽平野之地形相吻合。若以庐江移置皖境，则全不可解矣。"宋玉自鄢郢前往江陵郢都，正经过庐江。长薄：草木众生的地带。倚：靠近。沼：池塘。畦：水田。瀛（yíng）：大水茫茫。博：广远。

③青骊（lí）：指青色和黑色的马。结驷（sì）：马车相连。驷：四马拉一辆车。齐千乘：千辆车乘一齐进发。悬火：打猎时放火驱赶野兽。延起：延续不断的火势冲天而起。玄颜：夜天经火一映黑里透红。烝：指火焰上腾。

④步：步行的打猎者。及：追及。骤处：骑马而驰和停止驰者。

诱：打猎时的指挥引导者。骋先：在前面驰骋。抑骛（wù）：抑制车马的驰行。若通：使众多车马顺利通行而不使堵塞。若：顺。引：牵引。右还：右转。引车右转以拦阻野兽，准备射击。

⑤与王趋梦：宋玉跟随楚顷襄王向云梦泽奔驰。云梦泽为楚境内的大沼泽地带，分为云泽、梦泽。云泽在江北、梦泽在江南，或曰云梦在汉江南、大江北。趋：奔。课后先：考核、比较随从人员驰骋之先后。亲发：亲自发箭射兽。惮（dàn）：惊惧、受惊。青兕（sì）：青色的大犀牛。这一句指明了楚顷襄王失魂得病的原因，在于射兕而受惊吓。王逸注此句为"言怀王（按：当为楚顷襄王）是时亲自射兽，惊青兕牛而不能制也。"又据《吕氏春秋·至忠》记，"杀随兕者不出三月"必死。楚襄王仓促之中射兽，射中后发现是青兕，因惊惧得病。

⑥朱明：指太阳，夏日朱明。朱明承夜，指太阳承接夜尽而又升起。时光过得很快，又已进入夏天了，故下文有"时不可淹"。淹：久留。皋（gāo）兰：水边兰草。被：覆盖。斯：此。渐：掩没。春日的兰草到夏日长得已掩没了小径。顷襄王春日射猎受惊而病，至夏日尚未痊愈，故要为他招魂。对此节内容，前人多有误解。钱锺书《管锥编》解说最为确切："'春'上溯其时，'梦'追勘其地，'与王后先'复俨然如亲与其事，使情景逼真。盖言王今春猎于云梦，为青兕所慑，遂丧其魂；……接曰'朱明承夜兮，时不可淹；皋兰被径兮，斯路渐'，谓惊魂之离恒干已自春徂夏，来路欲迷，促其速返故居，故以'魂兮归来'结焉。……《招魂》追溯云梦之猎，亦正究病之源，仿佛就地以招耳。"

⑦湛（zhàn）湛：水深貌，或曰水清。目极千里：眼望远方直至千里。伤春心：为春天顷襄王的失魂而作心。此二句言江水深幽，江上枫树似亦在眺望，想到千里江南尚有顷襄王之魂在那里游荡，那春天的景象至今令人伤心。

⑧哀江南：可哀的江南。此句以江南射猎使楚顷襄王失魂为哀，而怆呼其魂快快归来。

【品评】

　　楚辞的"乱曰"，带有总结全诗并揭示主旨的作用。前文用了极大篇幅招呼离魂"归来"，不明底细者也许会觉得纳闷：这篇"招魂"辞究竟招的是谁，他又何以会魂离"恒干"？"乱曰"即以幽幽的伤叹，追叙了作者陪随楚顷襄王射猎云梦泽的往事，重现了"君王亲发兮，惮青兕"的伤心一幕。这无疑是在遥遥提醒君王的离散之魂，让他忆及往事而不忘自己的身份，更莫要忘了返回"故居"之路。最后以"魂兮归来，哀江南"的怆呼收结，表达了招呼王魂快快归来的深长哀情。全辞以顷襄王离魂向上帝的求告发端，中间铺叙四方之恶和故居之乐诱导，而后揭出被招者的身份和失魂缘由。前后呼应，一气呵成，堪称千古"招魂"之第一名篇。

景差

大　招

　　《大招》与《招魂》一样，也是一篇"招魂"之辞。关于它的作者，王逸《大招序》有"屈原之所作也，或曰景差，疑不能明也"的记载。考虑到王逸之序《楚辞》，对西汉传《楚辞》的淮南王刘安、赋家严助、朱买臣以及编辑《楚辞》的刘向均有承袭，可以推知西汉时代即有屈原或景差作《大招》的传说。司马迁《屈原列传》论赞有"余读《离骚》《天问》《招魂》《哀郢》，悲其（按：指屈原）志"之语，考之以《大招》，正有"赏罚当""尚贤士""禁苛暴""尚三王"等政治情志的体现，则司马迁所读，自当是这篇传为屈原所作的"招魂"之辞。但《大招》是否真是屈原所作，在汉代即已"疑不能明"。且所招对象的构思、铺叙内容，既与宋玉《招魂》相似，在艺术表现上较后者又略逊色，其作者为与宋玉同时，而"皆好辞而以赋见称"的"景差之徒"较为可信。《大招》所招对象，从此篇内容看，与《招魂》相近，也当是春猎云梦的顷襄王惊失之魂。或许景差所作在先，当顷襄王春猎失魂不久；宋玉所作在后，当顷襄王久病不愈的夏季。后人在为两篇"招魂"辞定名时，因前篇又有"屈原所作"的传说，故名曰《大招》。

　　青春受谢，白日昭只。春气奋发，万物遽只。①冥凌浃行，魂无逃只。魂魄归徕！无远遥只。②
　　魂乎归徕！无东无西，无南无北只。
　　东有大海，溺水浟浟只。螭龙并流，上下悠悠只。③雾雨

151

淫淫，白皓胶只。魂乎无东！汤谷寂寥只。④

魂乎无南！南有炎火千里，蝮蛇蜒只。山林险隘，虎豹蜿只。⑤鯒鱅短狐，王虺骞只。魂乎无南！蜮伤躬只。⑥

魂兮无西！西方流沙，漭洋洋只。豕首纵目，被发鬤只。⑦长爪踞牙，诶笑狂只。魂乎无西！多害伤只。⑧

魂乎无北！北有寒山，逴龙赩只。代水不可涉，深不可测只。⑨天白颢颢，寒凝凝只。魂乎无往！盈北极只。⑩

魂魄归徕！闲以静只。自恣荆楚，安以定只；⑪逞志究欲，心意安只。穷身永乐，年寿延只。⑫魂乎归徕！乐不可言只。

【注释】

①青春：春季。东方春位，其色为青，故称"青春"。受谢：承接冬阴的离去，即代替冬季。谢：辞去。昭：明亮。只：语尾词，与"些"一样，当为巫术禁咒句尾用语。奋发：蓬勃生发。遽（jù）：迅速、突然，或曰竞争之意。此句言万物迅速竞相萌生。

②冥：幽暗。凌：飞驰。浃（jiā）：遍也。此二句言在幽暗中到处驰荡的灵魂，千万不要再逃窜。魂魄：人具阴阳之气，阳者之精为魂，阴者之形为魄；或曰人之精神为魂，形体为魄。徕：同"来"。遥：漂泊游荡。无远遥，不要在远方漂泊。

③溺（nì）：淹没水中。溺水：即弱水，指水无力而善溺物。潋（yōu）潋：水流貌，亦作"攸攸"。螭（chī）：传说中一种无角的龙。此二句言大海中螭与蛟龙并游，随波涛汹涌起伏。

④雾雨：海面多雾，且多暴雨。淫淫：过多，长久不止。皓胶：冰冻之貌。言大海上不仅多雾雨，而且冬寒凝冻、洁白如胶之凝固，使魂无可穿行。汤谷：即"旸谷"，神话传说的日出之处。寂寥：空虚寂静。此指雾雨遮空、海水凝冻，无从见日出之光，特别空寂可怕。

⑤炎火：酷热的大火。据传说，南方有"炎山"，四月生火，十二月才灭（见蒋骥引《玄中记》）。蝮蛇：一种凶恶的毒蛇。蜒（yán）：

盘曲而行貌。险隘：险峻而狭隘，多阻塞。蜿（wān）：盘踞貌。

⑥鰫鳙（róngyōng）：传说中的怪异之鱼。据《山海经》记载，"其状如犁牛，其音如彘（猪）鸣"，也称"鱼牛"。短狐：也叫"蜮"（yù），一种传说能含沙射人的小动物，"似鳖三足""背有甲"，没有眼目，"口中有横物如角弩，闻人声，以气为矢，因水而射人"。王虺（huǐ）：大蛇。骞（qiān）：昂首貌。此言大蟒蛇盘踞那里，昂着头随时可能攻击人。蜮：即上文所说"短狐"。躬：身体。此句言虎豹之类较明显，也还易于提防；而"蜮"却暗中射人，难免为其所伤。

⑦漭（mǎng）：水广远无边。洋洋：广大无涯貌。豕（shǐ）首：猪的头。纵目：竖的眼睛。被发：即披发。纕（ráng）：头发乱貌，今读"níng"。

⑧锯牙：牙长而锐利如锯。锯同"锯"。诶（xī）笑：强笑。狂笑得疯狂诡谲。此节言西方除流沙之害外，还有一种猪头竖目、长爪锯齿的怪兽，披着乱发，见人就狂笑。到西方去，就会遭受这怪兽伤害。王逸以为这种怪兽当是西方"辱收神"；清蒋骥以为，当是川西"长发豕首，执人则笑"的狒狒之类。

⑨寒山：据《山海经》，有烛龙的西北海外之山，叫"章尾山"。逴（zhuō）龙：即"烛龙"。据神话传说，烛龙身长千里，人面蛇身而赤。蚍（xī）：赤色。代水：水名，此当亦为传说中的北方怪水。涉：渡。

⑩颢（hào）颢：白貌，或曰光亮貌。凝凝：冰冻貌。盈：充满。北极：极北之地。这四句言北方冬夏积雪，其光白亮；冰冻重重，其状凝凝。直至极北之地，都被冰雪覆盖，灵魂绝不能去。

⑪闲以静：安闲而且清静。自恣：任从心意、无有拘束。荆楚：即楚国。楚国建于荆山一带，或称荆、或称楚。安以定：安乐而且无迁徙之忧。此二句指明被招者可"自恣荆楚"，则其地位定为楚王无疑。

⑫逞志：情志快足，得逞心愿。究欲：欲望的满足无有穷尽。穷身：终身。永乐：长乐。年寿延：延年益寿。

【品评】

　　《大招》没有相对独立的序言，而采用了开门见山的方式。起笔即点明时令（春季）和"冥凌浃行，魂无逃只"（说明王魂实已"逃离"）的缘由，并以"无东无西，无南无北只"总领全篇。情韵虽不如《招魂》哀惋，行文却颇为简古。在"外陈四方之恶"时，也不像《招魂》那样极尽渲染，但也不乏"雾雨淫淫，白皓胶只"的奇特想象，和"长爪踞牙，诶笑狂只"的恐怖描摹，对逃魂施加了威吓和围逼。但统观第一部分，总觉古淡有余而酣畅、灵动不足，所缺少的，大抵正是宋玉那挥斥自如的才情和辞采。

　　五谷六仞，设菰粱只。鼎臑盈望，和致芳只。[①]内鸧鸽鹄，味豺羹只。魂乎归徕！恣所尝只。[②]鲜蠵甘鸡，和楚酪只。醢豚苦狗，脍苴蒪只。[③]吴酸蒿蒌，不沾薄只。魂兮归徕！恣所择只。[④]炙鸹燕鸟，黏鹑陈只。煎鰿臛雀，遽爽存只。[⑤]魂乎归徕！丽以先只。四酎并孰，不涩嗌只。[⑥]清馨冻饮，不歠役只。吴醴白糵，和楚沥只。[⑦]魂乎归徕！不遽惕只。[⑧]

　　代秦郑卫，鸣竽张只。伏戏驾辩，楚劳商只。[⑨]讴和扬阿，赵箫昌只。魂乎归徕！定空桑只。[⑩]二八接武，投诗赋只。叩钟调磬，娱人乱只。[⑪]四上竞气，极声变只。魂乎归徕！听歌䜈只。[⑫]

　　朱唇皓齿，嫭以姱只。比德好闲，习以都只。[⑬]丰肉微骨，调以娱只。魂乎归徕！安以舒只。[⑭]嫭目宜笑，娥眉曼只容则秀雅，稚朱颜只。[⑮]魂乎归徕！静以安只。姱修滂浩，丽以佳只。[⑯]曾颊倚耳，曲眉规只。滂心绰态。姣丽施只。[⑰]小腰秀颈，若鲜卑只。魂乎归徕！思怨移只。[⑱]易中利心，以动作只。粉白黛黑，施芳泽只。[⑲]长袂拂面，善留客只。魂乎归徕！以娱

昔只。⑳青色直眉，美目婳只。靥辅奇牙，宜笑嫣只。㉑丰肉微骨，体便娟只。魂乎归徕！恣所便只。㉒

夏屋广大，沙堂秀只。南房小坛，观绝霤只。㉓曲屋步壛，宜扰畜只。腾驾步游，猎春囿只。㉔琼毂错衡，英华假只。菎兰桂树，郁弥路只。㉕魂乎归徕！恣志虑只，孔雀盈园，畜鸾皇只。㉖鹍鸿群晨，杂鹙鸧只。鸿鹄代游，曼鹔鹴只。㉗魂乎归徕！凤皇翔只。㉘

曼泽怡面，血气盛只。永宜厥身，保寿命只。㉙室家盈廷，爵禄盛只。魂乎归徕！居室定只。㉚接径千里，出若云只。三圭重侯，听类神只。㉛察笃夭隐，孤寡存只。魂兮归徕！正始昆只。㉜田邑千畛，人阜昌只。美冒众流，德泽章只。㉝先威后文，善美明只。魂乎归徕！赏罚当只。㉞

名声若日，照四海只。德誉配天，万民理只。㉟北至幽陵，南交阯只。西薄羊肠，东穷海只。㊱魂乎归徕！尚贤士只。发政献行，禁苛暴只。㊲举杰压陛，诛讥罢只。直赢在位，近禹麾只。㊳豪杰执政，流泽施只。魂乎徕归！国家为只。㊴雄雄赫赫，天德明只。三公穆穆，登降堂只。㊵诸侯毕极，立九卿只。昭质既设，大侯张只。㊶执弓挟矢，揖辞让只。魂乎徕归！尚三王只。㊷

【注释】

①五谷：指稻、稷、麦、豆、麻。六仞：其义未详。王逸注"六仞"为"穗长六仞"，显然不通。朱熹、洪兴祖均以为"言积谷之多"。或曰"仓库之积高"，似与上下句文义不连。疑"六仞"为"六米"。古有"九谷六米"之说，上言五谷中，"麻""麦"无米；而下文"菰""粱"均有米，故曰"六米"。又"仞"通"牣"，满也。则"六仞"亦可指所设六种米饭之丰满。设：供，供王魂享用。菰（gū）：俗称茭

155

白，其实如米，称"雕胡米"，可以作饭。梁：即粟，穗长粒大的米。鼎：古代青铜三足炊器，也有方形四足的。臑（ér）：煮熟。盈望：满望，望之满案。和：调和，加入调料。致芳：求得芳香之味。

②内：指鼎内；或曰同"肭"，肥也。鸧（cāng）：鸧鹒（gēng），亦即黄鹂。鹄：天鹅。豺：豺肉。味豺羹，言在黄鹂、鸧、天鹅肉中，加入豺肉，做成的肉羹味道尤美。恣：任意。尝：食用，品尝。

③蠵（xī）：大龟，此指龟肉。甘鸡：蛙类，甜鸡，俗名田鸡。酪（luò）：酢截（cùzǎi），即醋，或曰乳浆。此二句言鲜龟肉加上田鸡肉，调和以醋浆，制成肉羹。醢（hǎi）：肉酱。豚（tún）：小猪。豚醢，指猪肉丸子。苦狗：用苦酒去掉狗肉的腥味。脍（kuài）：切细的肉。苴蒪（jūpò）：植物名，又称蘘荷，叶如甘蔗初生，根似姜芽。此二句言用蘘荷作香料，来脍炙猪肉丸和狗肉。

④吴酸：吴地人善调咸酸之味。蒿：艾类植物，嫩时可食。蒌：蒌蒿，楚北所产。沾：汁浓。薄：味淡。此二句言吴人用酸调制的蒿、蒌腌菜，其味可口、不浓不淡。择：随意选食。

⑤炙（zhì）：烤。鸹（guā）：麋鸹，似雁而黑之鸟。或曰即乌鸦。烝：蒸。凫：野鸭。煔（qián）：与"燂"同，古代献祭肉食的一种制作方法，即沉肉于汤使之半熟。鹑（chún）：鹌鹑，似鸡而小，肉、卵均可食。鲫（jī）：即鲫鱼。臛（huò）：同"臛"，本指肉羹，此指做成肉羹。遽爽：味道极为清爽。遽：急、快。爽：清爽。存：在。

⑥丽：指食物之味美色佳。丽一作"进"，进餐。先：先进用。酎（zhòu）：重酿的醇酒。四酎：即四次酿成的酒。并孰：每重皆酿熟，四酿之酒均熟过。孰：同"熟"。嗌（yì）：咽喉。不涩嗌，咽饮不觉苦涩。

⑦清馨：指酒清而味馨香。冻饮：冰镇之酒。歠（chuò）：饮。役：役使之人，低贱之人；或曰役，列也。不歠役，即低贱之人不可饮用，以言其珍贵；或以为不可成列啜饮，即不可喝得太多。醴：甜酒。白蘖（niè）：白酒。蘖，酿酒用的发酵药。和：调和，掺和。沥：清酒。此二句言将吴地甜酒、白酒与楚地清酒掺和着饮。

⑧遽：慌张，急。惕：惊惧、戒惧。此二句呼唤王魂归来而莫要慌惧。

⑨代、秦、郑、卫：此指四个地区的音乐。以上一节以饮食之美招徕王魂，以下以音乐、美女为招。鸣竽张：指张设竽瑟之类乐器，并且吹奏起来。伏戏、驾辩、劳商：伏戏，古帝名，即伏羲氏；《驾辩》，伏戏所作舞曲；《劳商》，楚地曲名。或曰"伏戏"亦为曲名。

⑩讴：徒歌，不配乐而唱。和：和唱。扬阿：即"阳阿"，楚曲名。倡：先唱。此一句言赵地之箫先奏唱《阳阿》，又有徒歌应和。定：留，止。空桑：楚地名，或曰瑟名。定空桑，即请王魂来归楚宫，欣赏瑟竽之乐。

⑪二八：八位美人为一列的两队。接武：即前后相接着舞蹈。武，足迹，一作"舞"。投：合。诗赋：配乐而歌诗、诵赋。此二句言两队美女配合着歌诗诵赋而舞。叩：击。调：和。磬：石磬，声音清切。娱人：娱乐之人，即乐人。乱：此指乐曲之尾声，众器毕作，繁会纷乱。

⑫四上：其义不明；或曰指代、秦、郑、卫四地之器齐奏，或曰四面乐声齐奏，音声上遏行云之意。竞气：鼓气吹奏相互竞胜。极：穷尽。声变：乐声高低、快慢的变化。謰（zhuàn）：通"僎"，具，齐备；或曰通"撰"，述，缓声唱辞。按："僎"音义同"诠"，可作"善言"解。听歌謰，即赏听善美歌乐。以上言音乐之美。

⑬婷（hù）：美丽。姱：美好，或曰指修饰。比德：言众女之德相同。好闲：言性喜闲静，不轻佻。习：熟习礼节。都：风姿都雅，不妖媚。

⑭丰肉：体态丰满。微骨：指体态柔软。微：无。调：容态和顺。娱：善娱人。安以舒：言美女鲜好，可以安意舒忧。

⑮嫭（hù）：同"婷"，美丽。嫭目：眼睛美妙。宜笑：笑得恰到好处；或以"宜"通"齞"，指露齿而笑的美好貌。娥眉：同"蛾眉"，形容眉毛细弯之美。曼：长，指眉眼细长美好。容：容颜。穉：即"稚"，幼嫩。此二句言美人容貌秀丽文雅，脸色红润娇嫩。

⑯姱修：美丽修长。滂浩：意态大方。

⑰曾颊：脸颊丰满。曾：层。倚耳：耳向后倚，不成"招风耳"式。曲眉规：眉毛弯弯，如半规状（半圆）。滂心：言美女心意广大，宽能容众。绰态：意态绰约。姱：美好。施：舒缓自得，施施然。

⑱小腰：细腰。楚有君王爱细腰美女，而女子翕然从风的记载，逐渐形成了腰细为美的审美趋向。若：如。鲜卑：即"犀毗""犀毘"，一种束腰的衣带钩，其形秀美，故用来比喻美女的秀颈细腰。思怨移：言美女可使王魂移情而忘却忧思、怨怒。

⑲易中：内心和乐。利心：心思巧慧伶俐。以动作：（和乐易处、巧慧之心）表现于行动举止之间。粉：脂粉。粉白，形容傅脂粉后面颜洁白。黛：青黑色颜料。黛黑，形容黛墨画眉黑而光净。芳泽：香膏，用以光泽鬓发。

⑳长袂（mèi）：长袖。拂面舞蹈时长袖飘拂于众客之面，颇具吸引力；或以拂作"遮"解。善留客：众客喜乐，留观而不去。昔：夜。以娱昔，即可以长夜欢娱。

㉑青色：眉毛画以青黑色。直眉：眉毛平直美好；或曰直为"当"，言青色的眉毛不须借助黛黑描画。娷（mián）：眼睛美好貌，王逸注为"美目窈眜，娷然慧黠，知人之意也"。靥（yè）：脸颊上的酒窝。辅：面颊。奇牙：美好的牙齿。宜笑嘕（xiān）：笑得美好。嘕：笑貌。此二句言脸颊上有笑窝，牙齿又长得极美，笑起来特别好看。

㉒便娟：轻丽貌。"丰肉微骨"本显得肥胖，"便娟"一语则指明，美人体态又轻丽而不觉呆重。恣所便：言美人众多，便于随其所爱。以上以宫中美女招引王魂。

㉓夏：通"厦"。夏屋：高大的殿屋。沙堂：丹砂涂饰的殿堂。秀：精丽秀美。房：殿堂的左右侧房。小坛：小平台，房前筑土与堂齐，以石砌成的平台。观（guàn）：楼观。霤（liū）：屋檐下滴之水。绝霤，在檐边安置水槽，引滴水旁流，不使下滴而湿人。

㉔曲屋：适于观赏、建于主楼四周的楼阁，随屋周折，故称。步檐（yán）：长廊。宜：适宜。扰畜：驯服牲畜，此指周阁、长廊险隘处，适合乘驯服之马。腾驾：驾车飞驰。步游：徒步游猎。囿（yòu）：畜

养禽兽的园林。此二句言春天到来时，或驾车、或步行，随君王游猎于苑圃之中。

㉕毂（gǔ）：车轮中心插轴的圆木，此指代车轮。琼毂：玉饰车轮。衡：车辕前的衡木。错衡：用金银装饰的车衡。英华：形容车饰之美如花。假：大，此形容车饰大有光彩。茝、兰：香草。郁：繁盛貌。弥路：种满路边。

㉖恣志虑：放意游娱。虑一作"处"，言宫中有殿、有堂、有园圃，任楚王之意居处。盈园：满园。此句形容园中孔雀之多。畜：养。鸾皇：鸾鸟和凤凰。

㉗鹍：鹍鸡，似鹤而黄白色。鸿：此当为鹤字。群晨：群飞于晨光之中。杂：相杂、混杂。鶖（qiū）：水鸟名，青黑色，似鹤而大，又名秃鹙。鸧：黄鹂。鸿鹄：大天鹅。代游：一批批更替着飞翔。曼：漫衍，连续延伸。鹔鹴（sùshuāng）：一种长胫、绿色的雁，水鸟。

㉘凤皇翔：古以凤皇翔归为有德之瑞。此言王魂若归，群鸟毕集，自有凤皇来仪之祥，以上用宫圃、游观之乐招王魂。

㉙曼泽：皮肤细腻，润泽有光。怡面：面色愉悦。血气盛：指体魄健壮，血气充盛，满面红光。宜：善。此四句言王魂归来定将体健神怡，有益于其身而长保寿命。

㉚室家：王室、家族，同宗之人。盈廷：满列朝廷。爵禄盛：指同宗之族皆能得到贵盛的爵位俸禄。居室：楚王所居之室，此当借指王室、宗族的地位稳固。定：安定。

㉛接径千里：言楚地广大，径路相接，方千余里，足称诸侯大国。出若云：形容人民众多，出于其地者多如云聚。或曰此二句形容楚王出巡，随从之车连接于道路，侍从众盛如云。三圭：指公、侯、伯三种贵族，公执桓圭，侯执信圭，伯执躬圭。圭（guī）：古代帝王、诸侯举行朝会、祭祀仪式时所用玉制礼器，上尖下方，爵位不同，其形制大小也有异。重侯：地位贵重的公侯，即上文所说公、侯、伯；或曰子、男共一爵，故称"重侯"。听：听讼。类神：审断诉讼曲直，明察如神。

㉜察：察访。笃：厚待。夭：夭亡、早死。隐：疾病、痛苦。孤：

159

失父母者为孤。寡：古以丧失之妇、丧妻之夫为"寡"，后专称丧夫之妇。存：抚恤、慰问。此二句言王魂归来恢复健康，访察民间死亡、疾痛者而给予厚待，抚恤孤寡者而给予慰问。正：定。始昆：施政之先后。昆，后。

㉝田：田野。邑：都邑、城市。古以有宗庙者为都，无宗庙者为邑。畛（zhěn）：田间小路。阜昌：昌盛。阜：多、丰富。冒：通"帽"，意为覆盖。众流：指万民。德泽：德义恩泽。章：通"彰"，明。

㉞威：武也。先威，先以威武震慑天下。文：文教。后文：然后实施礼乐教化，以文德服天下。善美：美善之政。明：显著。赏罚当：赏功罚罪处置得当。

㉟名声若日：太阳普照天下，以此喻楚王的名声无处不到。德誉配天：德行、声誉足以与天相媲美。配：匹对、比美。理：治理、大治。此四句赞扬楚王若能先威后文、赏罚得当，将有如日般名声遍布天下，崇高德誉与天相匹，并使万民拥戴。

㊱幽陵：幽州。古代分天下为九州，幽州在北方。文阯：即交阯，南方古地名，相传其地之人睡卧时头向外，足在内而相交，故称。此处泛指五岭以南之地，汉代置交阯郡专指南越一带。薄：至、迫近。羊肠：山名，或以为在山西晋阳西北，恐不确；当指西方险峻之地的曲折山坡。穷：尽。东穷海，即往东穷尽大海的地方。

㊲尚：通"上"。尚贤士：以贤士处上位，即举用贤士之意。发政：发布政令。献行：进用德行之士。献：进。禁：止。苛：指政令之繁琐、苛细。暴：虐害人民之政。

㊳举杰：举用杰出之士。压陛：指身居高位，足以统领百官。压：立于百官之上。陛：朝廷上的殿阶。诛：责罚。讥：此当指恶言讥刺的小人。罢（pí）：无能之辈。王逸注此二句曰："言楚国选举，必先升用杰俊之士，压抑无德，不由阶次之人，非恶罢驽，诛而去之。"直：正直之士。赢：本指经商有余利，此指才能高于一般者，或指善理财者。麾：旗帜，此指指挥之旗。近禹麾，均近于禹之左右，言在位的正直多才之臣都在楚王身边。

160

㊴执政：主持政事。流泽施：恩泽流布，广施于民。国家为：使国家得到治理。为：治理。

㊵雄雄：威武雄壮。赫赫：繁盛显耀。天德明：德行配天、明照四方。三公：国君下地位最高的辅臣，周代以太师、太傅、太保为三公。穆穆：和美端庄貌。登：升，指上堂。降：下，指下堂。堂：国君处理政务之堂。

㊶诸侯：指楚国以外的诸国之君。毕极：全都来到。极：至。九卿：周以三孤六卿合称"九卿"。三孤，指少师、少傅、少保；六卿，指天官冢宰、地官司徒、春官宗伯、夏官司马、秋官司寇、冬官司空。立九卿，指设立九卿之官。按："九卿"疑作"九宾"，诸侯毕至，当设九宾之礼以接待。昭质：白色的射靶。质，古代举行射礼时用的箭靶。大侯：张设箭靶用的兽皮或布。据《仪礼·乡射礼》："凡侯：天子熊侯，白质；诸侯麋侯，赤质；大夫布侯，画以虎豹；士布侯，画以鹿豕。"

㊷揖辞让：古代举行射礼时所讲究的谦让礼节，举手缓登曰"揖"，垂手退避曰"让"，致话谦让为"辞"。尚三王：效法三王。尚：尊崇而以之为上。三王：夏禹、商汤和周之文王、武王，为三代之圣王，故称。

【品评】

《大招》的第二部分，除了以"饮食""女乐""美人""宫苑"之东招诱王魂外，更增加了访察民情、慰存孤寡，尊贤进士、赏能罚恶，以及禁止苛暴、施行德政的内容，带有鲜明的较进步的政治色彩。这些政治主张，与屈原《离骚》《九章》等诗的情志颇有相通之处。这大抵是传为"屈原所作"的一个重要理由。不过，类似的主张，在宋玉《九辩》和传为他所作的《风赋》等作品中，也都有体现，可见当是屈原之后正直明智之士的共同心愿。本文的巧妙之处，在于不直斥楚王之荒淫，而借着为王招魂之由，以期许、祝愿的方式委婉传达。这又显出了与屈原"婞直亡身"、直斥君过所不同的风貌，而带有了宋玉、景差之辈"终莫敢直谏"的特点。从铺陈描绘艺术看，宋玉《招魂》善于渲染、尤擅动态描摹，故显得生气流动；景差《大招》则多用平铺和静态描摹，便觉得呆滞而少韵致。如宋玉之叙饮食"瑶浆蜜勺，实羽觞些""挫糟冻饮，酎清凉些"，均有动态和感觉描述；又叙女乐"美人既醉，朱颜酡些。娭光眇视，目曾波些"，亦多刻画、形容而富于情韵。《大招》则"清馨冻饮，不歠役只""吴醴白蘖，和楚沥只""曾颊倚耳，曲眉规只""粉白黛黑，施芳泽只"，皆很少动态和情意的描摹。前人称《大招》为"绝世奇文""妙绝千古"，从艺术成就看，恐怕是过誉了。

汉无名氏

惜　誓

　　《惜誓》的作者，王逸时代已不知为谁，"或曰贾谊，疑不能明也"（王逸《惜誓序》）。从此篇有袭用贾谊《吊屈原赋》之语看，当为贾谊以后楚辞家的作品。题为"惜誓"，乃哀惜信约不被遵守之意。全篇托为屈原口气，抒写忠贞遭害、小人得志之悲；既企慕离世游仙，又怀思故国旧乡；而以"远浊世而自藏"作结。所表达的思想，似较《远游》复杂。艺术表现上颇具想象力，文辞亦畅达可诵，但缺少独创性。

　　惜余年老而日衰兮，岁忽忽而不反。登苍天而高举兮，历众山而日远。①观江河之纡曲兮，离四海之霑濡。攀北极而一息兮，吸沆瀣以充虚。②飞朱鸟使先驱兮，驾太一之象舆。苍龙蚴虬于左骖兮，白虎骋而为右骓。③建日月以为盖兮，载玉女于后车。驰骛于杳冥之中兮，休息乎昆仑之墟。④乐穷极而不厌兮，愿从容乎神明。涉丹水而驼骋兮，右大夏之遗风。⑤黄鹄之一举兮，知山川之纡曲；再举兮，睹天地之圜方。⑥临中国之众人兮，托回飙乎尚羊。⑦乃至少原之野兮，赤松王乔皆在旁。二子拥瑟而调均兮，余因称乎清商。⑧澹然而自乐兮，吸众气而翱翔。念我长生而久仙兮，不如反余之故乡。⑨

　　黄鹄后时而寄处兮，鸱枭群而制之。神龙失水而陆居兮，为蝼蚁之所裁。⑩夫黄鹄神龙犹如此兮，况贤者之逢乱世哉！寿冉冉而日衰兮，固儃回而不息。⑪俗流从而不止兮，众枉聚

163

而矫直。或偷合而苟进兮，或隐居而深藏。⑫苦称量之不审兮，同权概而就衡。或推迻而苟容兮，或直言之谔谔。⑬伤诚是之不察兮，并纫茅丝以为索。方世俗之幽昏兮，眩白黑之美恶。⑭放山渊之龟玉兮，相与贵夫砾石。梅伯数谏而至醢兮，来革顺志而用国。⑮悲仁人之尽节兮，反为小人之所贼。比干忠谏而剖心兮，箕子被发而佯狂。⑯水背流而源竭兮，木去根而不长。非重躯以虑难兮，惜伤身之无功。⑰

已矣哉！独不见夫鸾凤之高翔兮，乃集大皇之野。循四极而回周兮，见盛德而后下。⑱彼圣人之神德兮，远浊世而自藏。使麒麟可得羁而系兮，又何以异乎犬羊？⑲

【注释】

①惜：哀惜。衰：衰弱。岁：岁月、时光。忽忽：疾速貌。反：同"返"。登苍天：此指得道升天。高举：举身高飞。历：经历。日远：指离开乡邑日以遥远。

②纡曲：迂回曲折。离：同"罹"，遇、逢。四海：此指四海的风波。霑：同"沾"。霑濡：沾染、濡湿。攀北极：攀登上北极星。北极星乃天之运转枢纽，天运无穷，极星不动，故可居其所而与众星所共。息：休息。沆瀣（hàngxiè）：北方夜半之气，或曰清露。充虚：充实虚空之体，以壮元神。

③朱鸟：南方七星宿之称，亦称"朱雀"。先驱：先导。太一：天之尊神。象舆：象驾之车，或曰象征太平盛世的瑞应之车。苍龙：东方七星宿之称，亦称"青龙"。蚴虬（yǒuqiú）：屈折游动貌。骖：驾车的边马。白虎：西方七星宿之称。骋：驰骋。騑（fēi）：驾车的边马，亦称"骖"。

④建：竖立。盖：车盖。此句言以日月之光为车盖，取其光辉熠耀。玉女：天宫神女。王逸注："载玉女于后车，以侍栖宿也。"驰骛（wù）：驰骋。杳冥：深远昏暗，此指天之深远处。昆仑之墟：即昆仑

山，神话传说那里有天帝之"下都"。墟：大丘。

⑤乐穷极：穷尽其乐（游仙之乐）。不厌：不满足。从容：逍遥自在貌。神明：神仙。涉：渡。丹水：即"赤水"，出昆仑山，传说中的五色神水之一。驼：即"驰"。右：此指右边。即西北边。大夏：外国名，据《淮南子》载，"九州之外有八殥（yín，边远之地），西北方曰大夏"，或曰"大夏"指夏代，与楚人有渊源关系。遗风：遗留下来的风俗。王逸注曰："顾见大夏之俗，思念楚国也。"

⑥黄鹄：大天鹅。一举：振翅一飞。一举、再举，形容其飞极高而毫不费力。圜（yuán）：同"圆"。天地之圜方，即天圆地方。古人的宇宙观以天为圆形、地为方形。此四句形容主人公如黄鹄之高举，整个天地均在眼下。

⑦临：自高处下临。中国：本指中原之国，王逸以为当指"楚国"。托：凭借。回飙（biāo）：回旋的暴风。尚羊：同"徜徉"（chángyáng），游荡、逍遥。

⑧少原之野：神仙所居之地。赤松：神仙，传说中的神农时代的雨师，能入火自烧、随风雨上下。王乔：王子乔：周灵王太子晋，后成仙。二子：指赤松子、王子乔。拥瑟：怀抱着瑟。调均：调弦而歌。均：调弦，使音声谐和。称：称道。清商：清商之曲。

⑨澹然：恬静、安定貌。众气：如《远游》所称"朝霞""正阳""沆瀣"等气，有助于滋养元神、洗涤浊秽。翱翔：指身轻能飞如神仙。念：思。长生久仙：长生不死，寿如神仙久长。此二句否定长生久仙，表达了深切的故国之思。

⑩"黄鹄后时而寄处"二句：言黄鹄一飞千里，息于高山茂林之上。倘若不得其时而飞（如没有载其大翼的巨风），就飞不高远，只能寄处于低处，那时鸱枭就会群聚而禁制，使它不能止息。鸱（chī）枭：鸱为鹞鹰类，也猫头鹰；枭为一种恶鸟，传说"枭食母"。制：钳制。神龙：潜藏于深水中的龙。陆居：居于陵陆之地。蝼蚁：蝼蛄、蚂蚁。裁：裁制，亦即钳制之意。

⑪"夫黄鹄"二句：以黄鹄、神龙之超凡出众，若失其时、地，

165

也会被鸱枭、蝼蚁所欺凌；则贤人遭逢昏乱之世，而遭谗佞小人所排击，也就不奇怪了。此悲愤疾俗之语。寿：此指年老之身。冉冉：渐渐。不息：不得栖息之所，此指得不到君王信用。

⑫俗：世俗之辈。流从：随从，同流合污之意。众枉聚：众多邪曲之人聚集一起。矫直：矫正直，即将直改变为曲，以喻邪曲之人妄图改变正直之人。偷合：偷生苟合。苟进：以苟且、不正当行为求得进用。或：有的人。隐居深藏：指贤者只能隐退、藏身。

⑬苦：为……而感痛苦。称量：称重轻、量多少。不审：不明，不察。权：秤锤。概：用斗、斛量米谷时，用于刮平其面的丁字形木。衡：平。此二句言君王不知审察、辨别臣下之贤愚，正如称、量东西时不先分辨东西的好坏，只求称量得一样平就算了。推迻：指随波逐流，人推我亦推，人移我亦移。迻：同"移"。苟容：苟合取容。谔（è）谔：说话鲠直貌。

⑭伤：哀伤。诚：实在。是：这，指上文所说苟容者和直言者。纫（rèn）：联缀，此指单束之线。索：合单束而搓成的绳子。茅：茅草。丝：丝线。此句以搓绳时不区分是茅是丝，随意搓在一起为喻，抨击君王不辨贤愚。方：方今之世，当世。幽昏：幽暗不明。眩：迷惑。此句言乱惑而不知黑白、美恶之分。

⑮放：弃去。山、渊：指生玉之山、潜龟之渊。龟：龟高寿，在古代被奉为神明，以为能决凶吉。相与：互相。贵乎砾石：以小石头为贵。梅伯：商纣王时诸侯，因直谏而被砍为肉酱。来革：商纣王之佞臣。顺志：顺从纣王荒淫之志。用国：被任用而执掌朝政。

⑯仁人：指梅伯之类仁义之臣。尽节：尽忠直之节。贼：害。比干：纣王庶兄（或曰叔父），忠谏纣王而被剖心。箕子：纣王叔父。被发：披头散发。佯狂：装疯。

⑰"水背流"二句：言水背离其源而横流，就会因没有水源而枯竭；树木去其根株，则枝叶不长而枯死。重躯：看重（爱重）自身。虑难：顾虑危难。无功：无功德于民。

⑱已：止，算了。集：栖止。大皇之野：大美之泽，或曰大荒之

泽。循四极：循巡四方极远之地。回周：周流一圈。盛德：指德行丰茂之君。此四句以鸾、凤喻贤人，只归于有德明君。

⑲圣人：圣明有德之人。远：远离。使：倘若。麒麟：古代传说中的一种仁兽，其形似鹿，有角，身长鳞甲，据说只有太平盛世方现其身。羁：本指马笼头，此用作动词。係：系上绳束。"又何以"句：又有什么可用来区别于犬羊的呢。此强调贤人之不同于小人，不可用世俗的态度拘束他们，正如麒麟之不可如犬羊受绳束羁拘一样。

【品评】

仰慕神仙的离世遨游之乐，本非屈原之志。故此篇前半部分的登天游仙渲染，亦如《离骚》的"远逝求女"渲染一样，不过是愁苦穷迫中的反衬之笔而已。其立意全在引出"念我长生而久仙兮，不如反余之故乡"，以更加强烈地表达对故国故土的依恋之情，就这一点说，本文颇得屈原《离骚》之精神。后半部分以黄鹄、神龙的失意起兴，痛诉贤直之士身处乱世的不幸遭遇，有力抨击了"眩白黑之美恶"的昏乱时政；最后以鸾凤、麒麟的远身自藏，表达不屈的志节和深沉的遗憾。这部分前后呼应，回环复沓，亦颇具《离骚》之笔意。惜乎神仙之说与屈原隔膜太大，构思、措词又承袭屈、贾过多，总觉格调不谐而新意不足，这大抵是汉代拟骚者之通病。

【附】

贾谊（前200—前168）

　　汉代杰出的政论家、辞赋家，洛阳人。年十八即以能诵诗著文知名郡中，为河南郡守吴公召置门下，后又拜淮南王相张苍为师。文帝即位后召为博士，"每诏令议下，诸老先生未能言，谊尽为之对，人人各如其意所出"，文帝因此破格提拔他为太中大夫。贾谊主张改革，对朝廷的法令制定、列侯就国、经济政策多有建树。文帝本想任他以公卿之位，却遭当时丞相周勃、太尉灌婴等谗毁，攻击他"年少初学，专欲擅权，纷乱诸事"，因被贬为长沙王太傅，时当文帝三年（前177）。四年后又被召回，拜为梁怀王太傅，曾多次上疏陈说政事。后梁怀王坠马死，贾谊自伤为傅未有建树而王亡，常哭泣，郁郁病死，年仅三十三岁。贾谊政治上的识见，曾深得刘向赞叹，以为："通达国体，虽古之伊（尹）、管（仲）未能远过也。使时见用，功化必盛。为庸臣所害，甚可悼痛！"其政论文以《过秦论》《陈政事疏》（即《治安策》）最为著名，论述精辟、辞采缤纷，富于情感和气势。辞赋以《吊屈原赋》《鵩鸟赋》名垂千古，成为楚辞向汉赋转变中的重要作品。

吊屈原赋

　　《吊屈原赋》作于贾谊贬为长沙王太傅之初。贾谊竭忠汉室而被贬的遭遇，与屈原颇为相似。当他前往长沙、经过湘水的时候，屈原的沉江传说，也便格外令他哀惋悲痛。由此触发他掩泪写下这篇吊屈之赋，抒泄对前贤的无限怀思，激烈抨击迫害忠良的颠倒世道，表达了今古共悲的志士之愤。清人刘熙载称，"屈子之赋，贾谊得其质""读屈、贾辞，不问而知其为志士仁人之作"（《艺概》）。《吊屈原赋》，正是这样一篇清峻有节的志士之赋。

　　恭承嘉惠兮，竢罪长沙。仄闻屈原兮，自湛汨罗。^①造托湘流兮，敬吊先生。遭世罔极兮，乃陨厥身。^②乌虖哀哉兮，逢时不祥！鸾凤伏窜兮，鸱鸮翱翔。^③阘茸尊显兮，谗谀得志；贤圣逆曳兮，方正倒植。^④谓随夷溷兮，谓跖蹻为廉；莫邪为钝兮，铅刀为铦。^⑤于嗟默默，生之亡故兮。斡弃周鼎，宝康瓠兮。^⑥腾驾罢牛，骖蹇驴兮。骥垂两耳，服盐车兮。^⑦章甫荐屦，渐不可久兮。嗟苦先生，独离此咎兮！^⑧

　　讯曰：已矣！国其莫吾知兮，子独壹郁其谁语？^⑨凤缥缥其高逝兮，夫固自引而远去。袭九渊之神龙兮，沕渊潜以自珍。^⑩偭蟂獭以隐处兮，夫岂从虾与蛭蟥？所贵圣之神德兮，远浊世而自臧。^⑪使麒麟可系而羁兮，岂云异夫犬羊！^⑫般纷纷其离此邮兮，亦夫子之故也！历九州而相其君兮，何必怀此都也？^⑬凤凰翔于千仞兮，览德辉而下之；见细德之险徵兮，摇增翮而去之。^⑭彼寻常之汙渎兮，岂容吞舟之鱼！横江湖之鳣鲸兮，固将制乎蝼蚁！^⑮

【注释】

　　①恭承：恭敬地接受。嘉惠：美好的恩惠，实指贬斥长沙的诏令。竢罪：待罪。竢：同"俟"。长沙：此指长沙王之封国。仄闻：犹传闻，从旁人那里听说。仄：古"侧"字。湛：古"沈"字，即"沉"。汨罗：湘江之支流汨罗江。

　　②造：往，至。托：托付。此句言来到湘水，托付湘江水流，带去我吊慰屈原的敬意。罔极：变化无常，没有终止。此句指遭遇谗人当道之世，所受诽谤没有穷尽。陨身：丧身。厥：其，指屈原。

　　③乌虖：即"呜呼"。时：时世。不祥：不吉。鸾凤：鸾鸟和凤

169

凰，喻贤人。伏窜：流窜、隐伏。鸱鸮（chīxiāo）：猫头鹰一类鸟，喻谗佞小人。翱翔：喻小人得志横行。

④阘茸（tàróng）：卑贱、驽弱之辈。尊显：尊荣显贵。谀谀（yú）：喜进谗言并逢迎讨好的人。逆曳（yè）：被倒着牵引，倒拖。方正：廉洁正直者。倒植：被颠倒放置。植同"置"。

⑤随：卞随，夏末贤人，商汤欲让天下于他，不受而逃。夷：伯夷，商末贤人，孤竹国君长子，先让国君之位而不受，后反对周武王灭商，义不食周粟，饿死于首阳山。溷（hùn）：混浊不洁。跖（Zhí）：即盗跖，古代被逼起义的著名奴隶领袖，但在当时统治者眼中被视为大盗。跻：即庄跻，楚国著名"大盗"，曾在郢都发生过暴动。廉：不贪为廉。莫邪：古代名剑，春秋吴国剑匠干将、莫邪夫妇所造。铅刀：铅刀一割即钝。铦（xiān）：锋利。以上之例均用以喻指楚国世道之颠倒，圣贤被目为小人，小人被赞为圣贤。

⑥于嗟：即吁嗟，叹息。默默：不自得之意。生：先生，指屈原。亡故：无故遭祸。亡，无。斡（wò）弃：指抛弃。斡，转。周鼎：周王朝的传国之鼎，是为国家。宝康瓠（hú）：以瓦罐为珍宝。康瓠，破罂（yīng），口小肚大的瓦罐。

⑦腾驾：驾车腾驰。罢（pí）牛：疲惫之牛。骖：驾车的边马。蹇（jiǎn）驴：跛腿之驴。骥：骐骥，骏马。服：四马驾车的中间二马称"服"，此作动词用，即拉车之意。用骏马拉盐车，用非所长。《战国策》："夫骥服盐车上太山中阪，迁延负辕不能上，伯乐下车哭之也。"

⑧章甫：殷代的冠名。荐：藉，垫。屦（jù）：麻、葛草鞋。渐：浸水而损蚀。冠帽本该戴在头上，却用作垫草鞋，必受浸蚀而不能长久。喻用人之颠倒。嗟苦：为屈原的痛苦叹息。离：遭逢。咎：灾难。以上十二句之"兮"，《史记·贾生列传》引《吊屈原赋》均在句中。

⑨讯（suì）：相当于"乱"，乐曲之尾声。《史记》作"讯"。"国其"句：言楚国没有人了解我。"吾"，代屈原口吻。子：指屈原。壹郁：怫郁，愤懑郁积。谁语：语谁，说给谁听。

⑩缥缥：同"飘飘"，轻飞貌。高逝：高飞而去。自引：引身。

袭：因，掩藏。九渊：形容水渊之深。沕（wù）：潜伏貌。自珍：自我珍惜。此二句以凤凰高飞、神龙潜渊，喻贤人当远离浊世以避害。

⑪偭（miǎn）：背对，背离。蟂（xiāo）：蛟龙。獭（tǎ）：水獭，趾有蹼，善游水，食鱼类动物。隐处：居于隐蔽之所。从：随从。蛭（zhì）：蚂蟥，水生之虫。螾（yǐn）：蚯蚓。此二句言神龙背离蛟龙、水獭而隐藏渊底，又岂能与虾、蚂蟥、蚯蚓之类交往。"所贵圣之神德"二句：圣人所珍贵的是其神明之德，自当远离浊世珍藏自身。臧：同"藏"。

⑫"使麒麟可系而羁兮"二句：倘若仁义之兽麒麟也可以套上络头、系上绳束，岂不与犬羊毫无区别了么。

⑬般：盘桓不去。纷纷：纷乱貌，此指乱世。离：遭受。邮：通"尤"，罪过。夫子：对屈原尊称。故：过错，原故。此二句言屈原之所以遭逢灾祸，原因在于盘桓于纷乱之世而不肯离去。此愤懑之语。历：经历。相：观察。相其君：观察九州有道之君而事。此都：指楚之郢都。贾谊此语既针对《离骚》结尾"忽临睨夫旧乡""蜷局顾而不行"而言，亦针对屈原最后的自沉汨罗而言。因为在战国时代尚可游历诸国，相其君而事之，但到大一统的汉代，贤良之士已失去了臣择其君的自由。故感慨深沉。

⑭览：览察。德辉：德光辉耀，或曰德政之辉。下：降临、栖止。细德：小德细微，或曰贪苛之德。险徵：奸险的征兆。摇增翮（hé）：掀动有力的羽翼。增：层。翮：羽茎、翎管，此指翅膀。

⑮寻常：八尺为"寻"，十六尺为"常"，这里意思是短窄。汙渎（wūdú）：积水污沟、小水沟。容：容纳。吞舟之鱼：容易鱼之大，能吞食舟船。横：横行无阻。鳣（zhān）：鳇鱼，无鳞，长达四五米。鲸（jīng）：海洋生哺乳动物，胎生，用肺呼吸，是目前世界上最大的动物。制：被钳制、约束。此二句言横行于大江大湖的鳣和鲸鱼，到那寻常的水沟来，本就要受制于蝼蛄和蚂蚁的啊。

【品评】

这是一篇哀愤难抑、声泪俱下的吊屈奇文！被吊者是一百多年前遭谗被逐、愤怼沉江的贞臣屈原，吊唁者则是竭忠汉室、忽被贬谪的贤士贾谊。相似的遭际先后相续，颠倒的是非今古略同！所以当贾谊愤怒指斥楚国那"斡弃周鼎，宝康瓠兮。腾驾罢牛，骖蹇驴兮"的乱政时，不也同时包含着对汉廷权贵排斥忠良的深沉感慨？当他嗟叹着"彼寻常之汙渎兮，岂容吞舟之鱼"的世态时，不也同时倾诉着自身亲历的悲愤和哀凉？此文继承屈辞的比兴传统，以联翩的意象和鲜明的对比，倾泻涌腾胸际的滔滔情思，其志高洁，其语奇崛，既善化用屈辞之意，又能再创独到之境（如后半部分），造出了一种古今交汇、彼我共悲的浓重氛围，令人分不清那究竟是在吊慰前贤，还是在吊慰自己。一简又一简吊文，就这样不断投入湘流；湘水呜咽，就这样流过了战国又流到汉初，听不尽生不同时愤相同的志士之悲……

淮南小山

招　隐　士

　　《招隐士》乃淮南王刘安门下辞家所作。刘安博雅好古，招纳天下才俊之士，著书立说、创作辞赋。其篇制、内容"以类相从"，"或称小山，或称大山"，与《诗经》之有"小雅""大雅"相似。故"淮南小山"非作者名，而是辞赋类别名。《招隐士》所招，王逸以为乃是屈原；但从内容看，似与屈原无关，当为招请隐居山林的一位王孙归来而作；也可能另有寓意。此辞虽亦受到《招魂》的影响，但辞由自造，意亦新创，曾被陈绎曾《诗谱》赞为"构思险怪而造语精圆"之作。清人刘熙载以为"屈子以后之作，志之清峻，莫如贾生《惜誓》；情之绵邈，莫如宋玉'悲秋'；骨之奇劲，莫如淮南《招隐士》"，并将此篇视为能当得起"韵趣高奇，词义旷远，嵯峨萧瑟，真不可言"之评的少数篇章之一（《艺概》）。

　　桂树丛生兮山之幽，偃蹇连蜷兮枝相缭。^①山气茏葱兮石嵯峨，谿谷崭岩兮水曾波。^②猿狖群啸兮虎豹嗥，攀援桂枝兮聊淹留。^③

　　王孙游兮不归，春草生兮萋萋。岁暮兮不自聊，蟪蛄鸣兮啾啾。^④

　　块兮轧，山曲岪，心淹留兮恫慌忽。^⑤罔兮沕，憭兮栗，虎豹穴，丛薄深林兮人上栗。^⑥

　　嵚岑碕礒兮，碅磳磈硊；树轮相纠兮，林木茷骫。^⑦青莎杂树兮，薠草靃靡；白鹿麏麚兮，或腾或倚。^⑧状皃崟崟兮峨

173

峨，凄凄兮漼漼。猕猴兮熊罴，慕类兮以悲。⑨攀援桂枝兮聊淹留，虎豹斗兮熊罴咆。禽兽骇兮亡其曹。⑩

王孙兮归来！山中兮不可以久留。

【注释】

①桂树：王孙出游似在春日，此文招归当在秋季，故以桂树点明季令。偃蹇（yǎnjiǎn）：枝干丰茂之貌。连蜷（quán）：枝条长曲貌。缭（liáo）：交错、纠缠。

②宠嵸（lóngsǒng）：山势险峻貌，此用以形容山气聚集高浮的样子。嵯峨（cuó'é）：高峻不平貌。豀（xī）谷：即"溪谷"，两旁高壁、中间有水流的山谷。嶄岩（zhǎnyán）：陡峭险峻貌。曾波：翻滚着重重波澜。曾：通"层"。

③猨狖（yuányòu）：猨同"猿"；狖，似猿而长尾。噑（háo）：吼叫。啸（xiāo）：拉长声音尖叫。聊：姑且。淹留：久留。以上先描述隐居山林的王孙之生活环境，以"聊淹留"暗示他久留不归。

④王孙：王者之孙或后代。此篇所指王孙，疑即淮南王刘安。通篇以山林险恶，喻朝廷政治风波之险恶；招请王孙归来，亦即为招请淮南王脱离朝廷而归返。此说见于马茂元《楚辞选》所引金秬香、詹安泰等说。游：此指盘游、隐居山村。萋（qī）萋：草色绿貌，或曰草长茂盛貌。岁暮：既指自然界一年快尽，亦指年岁渐老。不自聊：心中忧苦、无所依赖。蟪（huì）蛄：蝉的一种，青紫色，有黑纹。啾（jiū）啾：拟声词，表现蝉鸣。

⑤坱（yǎng）、轧（yà）：广大、弥漫。岪（fó）：山势盘曲。恫（tòng）：忧痛。慌忽：迷离恍惚。此三句言山林雾气弥漫无际，山势盘曲不尽，久留在其间迷离恍惚、令人忧痛。

⑥罔：失志貌。沕（wù）：潜藏。憭（liáo）栗：凄凉、恐惧，心惊胆战。丛薄：深草丛生。人上慄（lì）：人因恐惧而脸上变色、全身战栗。此四句言失志而深藏，凄凉而恐惧，到处有虎豹之穴，在深林丛草中令人惊惧战栗。

⑦嵚岑（qīnyín）：山峰高险。碕礒（qǐyǐ）：山石错落不平貌。硱磳（jūnzēng）：山石高危貌。魂硊（kuǐwéi）：山石高而险峻。树轮：树木的横枝。相纠：交错纠集。茷骫（báwěi）：树木屈曲盘纡貌。此四句言高险的山峰错落参差，山石高危险峻，山林中横枝交错，屈曲盘纡。

⑧青莎：青草。杂树：与树木相杂。蘋（fán）：秋生水草。霏靡（suīmǐ）：草木弱貌，被风一吹即随之披散。麏（jūn）：即"麇"，獐。麚（jiā）：牝鹿。腾：奔跑。倚：停止。

⑨状兒嵑（yín）嵑：鹿之状态容仪高伟奇特。兒：同"貌"。峨峨：高貌，此当指鹿角耸立貌。凄凄兮漇（xǐ）漇：指皮毛润泽如被水所濡湿。猕（mí）猴：猴之一种，产于我国南部和印度等地。羆（pí）：熊之一种，体大凸肩，能爬树、游水，也叫马熊。慕类：思慕同类。

⑩咆（páo）：怒吼。骇：害怕。亡其曹：指小禽小兽全都逃走了。亡，逃。曹：辈、类。

【品评】

本文篇幅虽短，情感却表现得颇为曲折：开篇以长句展现山林幽深景象，重在悯伤王孙所处环境之险恶。中间从"春草生兮萋萋"的视觉意象，转出"蟪蛄鸣兮啾啾"的听觉音响，则重在表现春去秋来中，对王孙"不归"的无尽牵念。而后画面突变："嵚岑碕礒""树轮相纠"，鹿麇腾倚、虎斗熊咆——使隐居其间的王孙，刹时为一派森怖、凄栗之气所笼罩，就正是为了逼出最后一声焦促、凄切的呼招："王孙兮归来！山中兮不可以久留。"如果说宋玉《招魂》，运用四方神怪传说来创造森怖之境，相对来说要便利些的话，则《招隐士》能将寻常的山林，渲染得如此令人寒慄，就决非容易了。其得力之处，除了善于在景物渲染中传写主观感觉外，用韵的险仄、用字的奇奥，无疑发挥了重要作用。难怪明人胡应麟要盛推此文"叠用奇字，风骨稜嶒，拟骚之作，古今莫迨（dài，及）"了！

东方朔

七　　谏

《七谏》乃汉武帝时代滑稽大家东方朔所作。东方朔，字曼倩，平原厌次（今山东惠民）人。年二十二岁上书武帝，自称学书诵诗，深通文史、兵法；且"勇若孟贲，捷若庆忌，廉若鲍叔，信若尾生"，"可以为天子大臣"。武帝伟其气概，命待诏公车。后任常侍郎，位至太中大夫。为人正直、诙谐，善以幽默之辞讽谏朝政，曾上疏谏造上林苑，痛陈武帝宠臣董偃"有斩罪三"，显示了关注民生、不阿权贵的识见和勇气。《七谏》是东方朔"追悯屈原"之作，并寓有"昭忠信，矫曲朝"之深意。王逸以为古代人臣三谏不从，则退而待放；屈原与楚同姓，其殷勤忠厚之心尤过一般臣子，故加为"七谏"。或以为之所以题为"七谏"，乃取义于"天子有争臣七人"之意。

初　　放

平生于国兮，长于原野。言语讷譅兮，又无强辅。①浅智褊能兮，闻见又寡。数言便事兮，见怨门下。②王不察其长利兮，卒见弃乎原野。伏念思过兮，无可改者。③群众成朋兮，上浸以惑。巧佞在前兮，贤者灭息。④尧舜圣已没兮，孰为忠直？高山崔巍兮，水流汤汤。死日将至兮，与麋鹿同坑。⑤块兮鞠，当道宿，举世皆然兮，余将谁告？⑥斥逐鸿鹄兮，近习鸱枭；斩伐橘柚兮，列树苦桃。⑦便娟之修竹兮，寄生乎江潭。上葳蕤而防露兮，下泠泠而来风。⑧孰知其不合兮，若竹柏之

176

异心。往者不可及兮，来者不可待。^⑨悠悠苍天兮，莫我振理。窃怨君之不寤兮，吾独死而后已。^⑩

【注释】

①平：屈原之名（"原"为其字）。生于国：出生于国中。古以都城为国，知屈原生于楚之郢都。长于原野：屈原少年时期可能在老家秭归度过，故称。讷涩（nèsè）：指说话不流畅。讷：语迟钝；涩：言不畅。按：司马迁《屈原列传》称屈原"娴于辞令"，显然不是不善言辞或口吃者。此当按屈原诗中自述的好"謇謇"直谏，不喜讨好、掩饰。强辅：有力的辅助之友，指同党、同僚。

②浅智：自谦之辞，指智识浅薄。褊（biǎn）能：才能狭窄。寡：少。数：屡次。便事：便利于国家之事。见怨：被怨恨。门下：国君亲近之人。

③长利：对国家有长远之利。见弃：被弃。伏念：指在放逐中思念。

④群众：此指朝中众多小人。成朋：结成朋党。上：君王。浸：逐渐。惑：迷惑。巧佞：巧言逢迎之臣。灭息：消声歇言。

⑤没：已不在世上。汤（shāng）汤：浩荡而流貌。坑：同"坑"，此指陷坑。言屈原被逐，正如麋鹿之入陷坑。

⑥块：孤独而处。鞠：窘蹙，穷迫。

⑦近习：亲近。橘柚（yòu）：橘树和柚树，均生长甘甜之果。列树：成列地种植。苦桃：一种结实苦涩的桃树。《本草纲目》载："羊桃味苦。"此以橘柚喻贤臣，苦桃喻佞臣。

⑧便娟（piánjuān）：轻盈美好。江潭：江边。葳蕤（wēiruí）：草木繁盛貌，蕤一作"蕊"。泠（líng）泠：清凉之感。

⑨不合：不合于君王。"若竹柏之异心"：竹心空，屈原自喻心志通达；柏心实，喻君心之壅塞。

⑩振理：救助、治理。窃：私自。不寤：不醒悟。

沈　江

惟往古之得失兮，览私微之所伤。尧舜圣而慈仁兮，后世称而弗忘。①齐桓失于专任兮，夷吾忠而名彰。晋献惑于姬姬兮，申生孝而被殃。②偃王行其仁义兮，荆文寤而徐亡。纣暴虐以失位兮，周得佐乎吕望。③修往古以行恩兮，封比干之丘垄。贤俊慕而自附兮，日浸淫而合同。④明法令而修理兮，兰芷幽而有芳。⑤

苦众人之妒予兮，箕子寤而佯狂。不顾地以贪名兮，心怫郁而内伤。⑥联蕙芷以为佩兮，过鲍肆而失香。正臣端其操行兮，反离谤而见攘。⑦世俗更而变化兮，伯夷饿于首阳。独廉洁而不容兮，叔齐久而逾明。⑧浮云陈而蔽晦兮，使日月乎无光。忠臣贞而欲谏兮，谗谀毁而在旁。⑨秋草荣其将实兮，微霜下而夜降。商风肃而害生兮，百草育而不长。⑩众并谐以妒贤兮，孤圣特而易伤。怀计谋而不见用兮，岩穴处而隐藏。⑪成功隳而不卒兮，子胥死而不葬。世从俗而变化兮，随风靡而成行。⑫信直退而毁败兮，虚伪进而得当。追悔过之无及兮，岂尽忠而有功？⑬废制度而不用兮，务行私而去公。终不变而死节兮，惜年齿之未央。⑭

将方舟而下流兮，冀幸君之发矇。痛忠言之逆耳兮，恨申子之沈江。⑮愿悉心之所闻兮，遭值君之不聪。不开寤而难道兮，不别横之与纵。⑯听奸臣之浮说兮，绝国家之久长。灭规榘而不用兮，背绳墨之正方。⑰离忧患而乃寤兮，若纵火于秋蓬。业失之而不救兮，尚何论乎祸凶？⑱彼离畔而朋党兮，独行之士其何望？日渐染而不自知兮，秋毫微哉而变容。⑲众轻积而折轴兮，原咎杂而累重。⑳赴湘沅之流澌兮，恐逐波而复

东。怀沙砾而自沈兮，不忍见君之蔽壅。㉑

【注释】

①惟：思。得失：指政治治理之得失。览：观察。私微：指国君私爱佞谀之辈，而听其秘密进言。微言，指秘而不宣之言。伤：伤害贤良。圣：圣明。慈仁：慈爱百姓、仁厚为政。称：称颂。

②专任：使专国政。此指齐桓公晚年不听管仲之劝，任用奸佞之臣竖习、易牙专擅国政。桓公死，竖习、易牙各想立自己所辅助的公子，酿成内乱。桓公尸体无人安葬，以至尸虫满身。夷吾：管仲之名，齐桓公之重要辅臣，对齐桓成就霸业作出过巨大贡献；临终时曾劝戒齐桓公，不可任用竖习、易牙。彰：显扬。"晋献惑于骊姬"二句：言骊姬为让自己所生儿子取代太子申生，诬陷申生下毒欲害其父母，晋献公轻信其言，致使太子申生含冤自杀。惑：迷惑。"骊"一作"骊"。

③"偃王行其仁义"二句：偃王，指徐偃王。荆文，指楚文王。据《博物志》记载，徐偃王治国有方，好行仁义，"江淮诸侯服从者三十六国"；周穆王乃遣使赴楚，令楚国讨伐徐偃王之国，"偃王仁，不忍斗其民，为楚所败"。《史记》所记此事，远在西周穆王之世。而楚文王则在春秋之世，不可能与西周时期的徐偃王发生关系。此盖东方朔所据传说有异。寤：觉悟。指楚认清徐偃王得诸侯之心对楚不利，故兴兵灭之。纣：商纣王。失位：此指纣王死和商之灭亡。

④"修往古"句：言周武王遵循古代圣王之法。修：学习、遵从。封：封土作坟。比干：商纣王之叔父（或曰庶兄），忠谏被杀。丘垄：此指墓丘。此句言武王修整比干之墓以表彰其忠节。自附：亲身附从。浸淫：逐渐。合同：和合同心。

⑤"明法令"句：言法令得到修治和申明。兰芷：喻贤人。此句言幽隐的贤人均得选任而有嘉名。

⑥"苦众人"句：言己为朝中谗佞嫉妒害贤深感痛苦。箕子：商纣王之叔父。此句言箕子见比干忠而被诛，觉悟到忠贤不为昏乱之朝所容，因而披发装疯以避祸。"不顾地"句：言像箕子那样爱惜清名而不

顾国土之亡，毕竟是痛苦的。史载商亡后，箕子过殷都旧墟，曾作《麦秀》诗以抒发伤痛之情。怫（fú）郁：忧思郁结。

⑦联：联结。肆：陈货售物之所。鲍肆，卖鲍鱼的摊市。失香：鲍鱼之肆的臭味盖过了蕙芷的香气。比喻忠贤之士遭谗佞小人所害。端：端正。离谤：遭诽谤。见攘：被排斥。

⑧更：改变。此句言世俗皆改其清洁，变为贪邪。"伯夷"句：言商末孤竹君之子伯夷、叔齐保持忠节，义不食周粟，而饿死于首阳山。"首阳山"有多处，伯夷、叔齐隐居的首阳山传说在今山西永济县一带。"久而逾明"：言叔齐守节而死，其名历久而更彰明。

⑨浮云：喻朝中小人。蔽晦：因遮蔽而昏暗。日月：喻君王。

⑩秋草：喻忠贤之臣。荣：开花。实：结果。商风：即秋风、西风。肃：肃杀。育而不长：虽得生育却不能成长。此四句以秋草刚值开花时节，却遭西风、寒霜的摧残，不能茂盛结实，喻忠贤之士虽有才智效国，却遭昏君佞臣迫害。

⑪谐：和同。孤特：孤立而才能突出。圣：有圣明之智。怀计谋：胸怀大计和谋略。"岩穴处"句：指被放逐在野，在山林中居处、隐身。

⑫隳（huī）：毁坏。不卒：不终。子胥：伍子胥。他忠于吴王夫差，却被伯嚭进谗，夫差赐剑令子胥自杀，死后尸身被装在鸱夷革中投入钱塘江中，故曰"死而不葬"。靡：此指草随风而倒伏。成行：此言有成批的野草偃伏，如排列状。

⑬信直：忠信正直之士。退：被斥退。毁败：被谗毁而败身。"虚伪"句：言虚伪之徒得到重用而身据显位。当：当其心意。"追悔过"二句：言君王进用虚伪之臣祸害国家，追而自悔已来不及；而愿为君王尽忠之臣，又岂有机会建立功绩？

⑭废制度：废弃立国的法令制度。务：从事、追求。行私去公：背弃公利而徇其私心。年齿：年寿。未央：没有尽。此二句言己始终不改其志，为保持操节而死，可惜还没有过完正常的年寿。屈原沉江时已六十岁上下，虽并不年轻，但与正常的寿老而终不同，故曰"未央"。

⑮方舟：两舟相并称"方舟"，乃大夫所乘之舟。下流：乘流而下。冀幸：侥幸希望。发矇：本意为盲目者之复明，此喻从迷惑昏乱中清醒。痛：哀痛。恨：遗恨。此二句言深为忠言逆耳不为君王采纳哀痛，而遗恨于像伍子胥那样含冤沉江。

⑯悉心：尽心。开窹：因开导而觉悟。难道：难于引导。横、纵：织布时的经纬，纬曰横，经为纵。此四句言屈原愿尽其所闻陈列政事，却遭逢怀王昏暗不明，不能受其开导醒悟，不知施政之经纬，不辨臣下之贤愚。

⑰浮说：虚浮不实之说。绝：断。灭：弃。

⑱秋蓬：秋季的枯蒿。业：已。祸凶：祸国之罪人。此四句言遭逢了忧患才醒悟，就像放火于秋季的蓬蒿，既已失误而不可挽救，再追穷谁是祸国罪人又有什么用呢？

⑲彼：指朝中谗佞小臣。离畔：离心而叛散，指不忠于朝廷、国家。朋党：结党营私。独行之士：指品行高尚而不随俗者。何望：指对朝政又有何指望。染：污染。秋毫：秋季野兽更生的细毛。微：细微。变容：指秋毫初生细微，很快就长得茂密而长。喻指楚王受谗佞影响日深而使国家受到巨大危害。

⑳众轻：众多轻微之物。积：累积。折轴：重得压断车轴。原：推究其原因。咎：过失。杂而累重：所载之物杂多而积累过重。

㉑赴：投身。湘沅：指湘水、沅水。屈原自沉于湘水支流汨罗江，地属江南沅湘之间。流澌：即流水；或解为"溶解的流水"，不符合屈子投水的季令特点（夏季）。逐波：指尸身随浪波而流。东：东流入海。沙砾：小沙石。蔽壅：受谗佞蒙蔽而壅塞不明。此四句言屈原投身于湘江的滚滚水流，又怕身随波浪东去（而离开祖国），故怀抱沙石自沉，他是不忍心再见君王为谗佞蒙蔽，给国家带来灾祸。

怨　世

世沈淖而难论兮，俗岑峨而嵾嵯。清泠泠而歼灭兮，溷湛湛而日多。①枭鸮既以成群兮，玄鹤弭翼而屏移。蓬艾亲入御于床笫兮，马兰踸踔而日加。②弃捐药芷与杜衡兮，余奈世之不知芳何。何周道之平易兮，然芜秽而险戏。③高阳无故而委尘兮，唐虞点灼而毁议。谁使正其真是兮，虽有八师而不可为④。

皇天保其高兮，后土持其久。服清白以逍遥兮，偏与乎玄英异色。⑤西施媞媞而不得见兮，嫫母勃屑而日侍。桂蠹不知所淹留兮，蓼虫不知徙乎葵菜。⑥处湛湛之浊世兮，今安所达乎吾志。意有所载而远逝兮，固非众人之所识。⑦骥踌躇于弊辇兮，遇孙阳而得代。吕望穷困而不聊生兮，遭周文而舒志。⑧甯戚饭牛而商歌兮，桓公闻而弗置。路室女之方桑兮，孔子过之以自侍。⑨

吾独乖剌而无当兮，心悼怵而耄思。思比干之恲恲兮，哀子胥之慎事。⑩悲楚人之和氏兮，献宝玉以为石。遇厉武之不察兮，羌两足以毕斮。⑪小人之居势兮，视忠正之何若？改前圣之法度兮，喜嗳喋而妄作。⑫亲谗谀而疏贤圣兮，讼谓间娵为丑恶。愉近习而蔽远兮，孰知察其黑白。⑬卒不得效其心容兮，安眇眇而无所归薄。专精爽以自明兮，晦冥冥而壅蔽。⑭年既已过太半兮，然培軵而留滞。欲高飞而远集兮，恐离罔而灭败。⑮独冤抑而无极兮，伤精神而寿夭。皇天既不纯命兮，余生终无所依。⑯愿自沈于江流兮，绝横流而径逝。宁为江海之泥涂兮，安能久见此浊世？⑰

【注释】

①沈淖（chénnào）：沉入泥沼。淖，泥。难论：难与论其黑白、是非。岑峨（cén'é）：参差不齐如山峰。嵾嵯（cēncī）：不齐貌，同"参差"。泠泠：清凉爽洁，此喻志士品行清洁。歼：尽。灭：消散。

溷（hùn）：混浊。湛湛：厚重貌。此四句言世俗之人沉溺于私利正如沉没污泥一样，难与论说是非；世风衰落，人们的品行参差不齐；清洁之士逐渐消失，而混浊之辈却日见增多。

②枭鸮（xiāoxiāo）：枭，凶恶之鸟；鸮，即鸱鸮，猫头鹰一类。既以：已经。玄鹤：黑鹤，传说为寿过千年之鹤（或曰"寿满三百六十岁，则色纯黑"）。弭（mǐ）翼：收翅。屏移：摒退、迁移。蓬艾：蓬蒿、艾蒿，贱草。亲：此指被亲近。御：进用。床笫（zǐ）：床和铺在上面的竹席。此句之"入"，一本无。马兰：草名，"生泽旁，气臭，花似菊而紫"，此以马兰喻恶人。踸踔（chěnchuǒ）：本为跛行貌，此用以形容马兰凌乱滋长貌。日加：一天比一天茂盛。

③弃捐：抛弃。药芷：芍药和白芷，均为香草，以喻忠贤。"余奈世之"句：我拿（对）世俗之不了解芳草有什么办法。奈……何：拿……怎么办。周道：大道，或曰周王朝之治国之道。平易：平坦无阻。芜秽：荒芜败坏。险戏：倾危。此二句言为什么平坦无阻的大道，而今却荒芜败坏而令行车倾危。以喻原本是公平方直的治国之道，而今被荒废而使国家面临倾危之祸。

④高阳：即颛顼，五帝之一。委尘：被尘灰所掩翳。此句言高阳帝本为圣明谦让之君，人们却传说他"与共工争为帝"，使他无故受诬。唐虞：唐尧、虞舜。点：玷污。灼：烧灸。点灼，喻受诽谤。毁议：受到谗毁、非议。正：评断。真是：真伪、是非。八师：指尧舜以圣贤之臣八人为师，即禹、稷、契、皋陶、伯夷、倕、益、夔。

⑤保：保有。持：执持。此二句言皇天保有其不可凌越之高远，后土拥有不可断绝之久长，以喻圣明之君不会因毁誉而改变。服：披服、执守。玄英：纯黑色。此二色言贤人坚守清白之节，偏偏与贪浊之辈志趣相异。

⑥媞（tí）媞：美好貌。不得见：不得君王见宠。嫫（mó）母：传说中的丑妇。勃屑：姗姗而行貌，或曰跛行。日侍：天天侍奉君王。此以西施喻忠贤，嫫母喻谗佞。桂蠹：桂木中的蠹虫。淹留：停留。蓼（liǎo）虫：寄生蓼草之虫。蓼草味辛。葵菜：野菜，味美。此二句言

183

桂木中的蠹虫食宿芬芳，不知留处而妄想迁移，则将失其甘美之食；蓼草之虫所食辛辣，却不知迁徙到葵菜上去改食甘美之味。比喻谗佞之辈贪欲不止，而忠贞之士清廉不移。

⑦溷（hūn）溷：昏乱貌。达：通达，实现。"意有所载"二句：言自己的心愿在为国载重而远行，本就不是谗佞之辈所能了解的。识：知也。

⑧踌躇：犹豫、徘徊。弊辇（niǎn）：破旧的马车。辇：驾马的大车。孙阳：即春秋时代善相马者伯乐。得代：得到代替。骥为千里马，其能在善奔，用于拉重车则非其所长。不聊生：没有赖以为生的职位，即生活没有依靠。舒志：舒展情志。

⑨饭牛：喂牛。商歌：悲凉声调的歌。商，五声之一，其调悲凉。弗置：不弃置。齐桓公听了宁戚的歌唱，知其贤而拜为上卿。路室女：客舍家之女儿。方桑：正在采桑。自侍：整肃自己以示恭敬。此句言孔子出游，过于客舍，见其妇采桑专注、目不旁视，喜其贞信，故表示恭敬。

⑩乖剌（là）：违忤，不谐。无当：没有相当的时世，即不逢时之意。悼怵（chù）：哀痛忧伤。耄（mào）思：心思昏乱。怦（pēng）怦：情绪慷慨。慎事：慎重其事。此四句言唯独我性不合众，与世不谐，心情伤痛而思绪紊乱；我思念比干忠谏得慷慨忘死，我哀痛子胥临死前慎重言事。按：伍子胥临死时说："抉吾两目，置吴东门，以观越兵之入也。"

⑪"悲楚人和氏"二句：据《韩非子》，楚人卞和在荆山下得一玉石，献给楚厉王。有人进谗说："这不是玉而是石。"厉王怒而断其左足。武王即位，卞和又献此宝，武王不察，又断其右足。卞和乃抱玉石哭泣于荆山之下。至文王，乃派玉匠剖理玉石，果然得到美玉。这就是传说的"和氏之璧"。《淮南子》记此事情节与刘向《新序》相同。但卞和所献楚王乃武王、文王和成王，与《新序》所说厉王、武王、共王不同。斮（zhuó）：斩。

⑫居势：身居权势之位。嗫嚅（nièrú）：说话吞吞吐吐。妄作：王

逸注为"妄造虚伪以谮毁贤人"。

⑬讼（sòng）：喧哗。间娵（zōu）：美女。愉：喜欢。近习：君王身边受亲近之臣。蔽远：使贤者受遮蔽。远：此指与君王关系疏远的贤人。

⑭卒：终于。心容：内心的忠诚之情，外在的形体之劳。容，相对心而言，指外在形体。眇眇：此指自身之微末。"安眇眇"句言使自己安于眇眇之身而无所归止。薄：至。专精爽：指精神专一。自明：表明自己的心迹。晦冥冥：阴暗不明貌。壅蔽：被遮蔽堵塞。

⑮太半：大半。埳轲（kǎnkē）：同"坎坷"，道路高低不平，喻指政治上不得志。集：止。离：通"罹"，遭逢。罔：通"网"，罗网。灭败：灭弃、败坏。此二句言想要远走高飞，又怕触犯法网而败坏忠贞之志。

⑯冤抑：含冤而压抑不伸。无极：无尽。寿夭：寿命不长。不纯命：指天命反复无常。依：依仗、凭借。

⑰绝横流：绝身于横流之水。径逝：随水远逝。径：一作"远"。涂：泥。

怨　　思

　　贤士穷而隐处兮，廉方正而不容。子胥谏而靡躯兮，比干忠而剖心。①子推自割而飤君兮，德日忘而怨深。行明白而曰黑兮，荆棘聚而成林。②江离弃于穷巷兮，蒺藜蔓乎东厢。贤者蔽而不见兮，谗谀进而相朋。③枭鸮并进而俱鸣兮，凤皇飞而高翔。愿壹往而径逝兮，道壅绝而不通。④

【注释】

①穷：穷困。廉方正：廉洁公正之士。靡躯：指子胥尸身被投于江，而逐渐糜烂。《庄子·胠箧》："昔者龙逢斩，比干剖，苌弘胣，子胥靡，故四子之贤，而身不免乎戮。"《疏》曰："言子胥遭戮。浮尸于

185

江，令靡烂也。"

②子推：即介子推。介子推追随晋公子重耳（即晋文公）出亡，途中断粮，子推自割股肉以解重耳之饥。飤（sì）：同"饲"，以食与人曰飤。"德日忘"句：指重耳返国为君后，一度忘记介子推的割股食君之德，封禄有功之臣而不及子推。怨深：指介子推的怨愤深长。"行明白"句：言行止清白无瑕，却被说成污黑。荆棘：有刺的灌木丛，此喻谗佞小人。聚而成林：喻小人集聚朝廷，形成很大势力。

③江离：香草名。蒺藜（jílí）：草本植物，茎横贴地上，果皮有刺。蔓：蔓延。东厢：正堂之东的厢房。厢：正房两侧之房。相朋：互相勾结。

④枭鸱：猫头鹰一类。壹往：指去见一次君王。壹：一。径逝：径直而逝、直接前往。壅绝：指往见君王之路被堵塞、断绝。

自　悲

居愁勤其谁告兮，独永思而忧悲。内自省而不惌兮，操愈坚而不衰。①隐三年而无决兮，岁忽忽其若颓。怜余身不足以卒意兮，冀一见而复归。②哀人事之不幸兮，属天命而委之咸池。身被疾而不间兮，心沸热其若汤。③冰炭不可以相并兮，吾固知乎命之不长。哀独苦死之无乐兮，惜予年之未央。④悲不反余之所居兮，恨离予之故乡。鸟兽惊而失群兮，犹高飞而哀鸣。⑤狐死必首丘兮，夫人孰能不反其真情？故人疏而日忘兮，新人近而俞好。⑥莫能行于杳冥兮，孰能施于无报？⑦

苦众人之皆然兮，乘回风而远游。凌恒山其若陋兮，聊愉娱以忘忧。⑧悲虚言之无实兮，苦众口之铄金。过故乡而一顾兮，泣歔欷而霑衿。⑨厌白玉以为面兮，怀琬琰以为心。邪气入而感内兮，施玉色而外淫。⑩何青云之流澜兮，微霜降之蒙蒙。徐风至而徘徊兮，疾风过之汤汤。⑪闻南藩乐而欲往兮，至会稽而且止。见韩众而宿之兮，问天道之所在。⑫借浮云以送予兮，载雌霓而为旌。驾青龙以驰骛兮，班衍衍之冥冥。⑬忽容容其安之兮，超慌忽其焉如？苦众人之难信兮，愿离群而远举。⑭登峦山而远望兮，好桂树之冬荣。观天火之炎炀兮，听大壑之波声。⑮引八维以自道兮，含沆瀣以长生。居不乐以时思兮，食草木之秋实。⑯饮菌若之朝露兮，构桂木而为室。杂橘柚以为囿兮，列新夷与椒桢。⑰鹍鹤孤而夜号兮，哀居者之诚贞。⑱

【注释】

①愍：同"勤"，愁苦。永思：长思。自省：自我省察。暂：同"惭"。操：节操。坚而不衰：坚固而不衰懈。

②隐三年：指屈原放逐而隐伏三年。无决：没有决断，即没得到君王的召令。"古者人臣三谏不从，待放三年，君命还则复，无则遂行矣。"（王逸）岁：岁月。忽忽：迅速貌。颓：崩塌。若颓：岁月之逝如崩塌之势。怜：哀伤。卒意：终其志向，实现其志。一见：指见君。复归：回返朝廷。

③"哀人事"二句：哀伤自身遭时世之不幸，只能归之于天命之使我生不逢时。人事：指人间政事。属：付。委：托付。咸池：据《淮南子》，"咸池者，水鱼之囿也"。注曰："水鱼，天神。"按：咸池，乃神话传说中日浴之处，太阳由此升登扶桑树而出巡。此当以日出咸池喻自己出生之时。委之于咸池，即归之于生不逢时。被疾：染病，疾病加身。不间：不愈。此句言身患疾病久不痊愈。汤：滚开之水。此句言内心伤痛不安如热汤沸腾。

④炭：燃烧的木炭。相并：并列在一起。冰因炭而消释，炭因冰而熄灭，故不可并存，以喻忠贞与邪佞不可同处。而今却邪佞得势，故知己之命不长久，必为谗邪伤害。苦死：痛苦而死。惜予年之未央：王逸注为"自哀惜死年尚少也"。屈原沉江之年并不"尚少"，当解为哀惜

我之年寿还没有尽呵。未央，未尽。

⑤"悲不反"二句：言为放逐离乡、不得返归故居而感到悲愤。"鸟兽惊而"二句：言鸟、兽因离失其群而惊慌不安，尚且要高飞寻觅、哀鸣呼群。

⑥首丘：死时还要头对生养自己的山丘。不反其真情：不返回其本心。此句言狐死尚知首丘，人又有谁能在将死时不思返故乡。思返故乡乃人之本心。疏而日忘：疏远而日以被遗忘。近而俞好：亲近而更被宠幸。"故人"指故旧忠贞之臣，"新人"指新被进用的谗谀小人。俞：同"愈"，更加。

⑦杳冥：昏暗深远之地。施于无报：施恩于不能回报之人。此二句言没有人能坚持地行走于昏暗之中，谁又肯向不能回报者施恩。言外之意只有忠贞之士能这样做，而世俗之辈则皆苟且行事以求利。

⑧"苦众人"二句：承上二句，言我为世俗之众都苟且求利感到痛苦，故要凭借旋风离世远游。凌：飞越。恒山：即五岳中之北岳。陋(lòu)：狭小。在高处下视恒山，亦见得极为狭小。聊：姑且。愉娱：愉乐。

⑨虚言：虚伪或凭空捏造之言。无实：没有实据。铄金：熔化金。众口铄金，极言众多谗言之可怕。顾：回望。歔欷：哭泣的噎声。霑衿(zhānjīn)：沾湿衣襟。霑：今作"沾"；衿：同"襟"。

⑩厌：施、著。白玉为面：言面容洁白如玉，以喻外在行止之清白无瑕。怀：揣。琬琰(wǎnyǎn)：均为美玉之名。琬琰为心，言其心如琬琰清洁美好。"邪气入"句：言邪恶之气侵入其内，心受其感而不变。"施玉色"句：言其志行清白而外润，如玉色洁白有光泽。淫：润。据闻一多《楚辞校补》，此二句当作"邪气入而内感兮，玉色施而外淫"。

⑪青云流澜：此指天上云层翻飞如水波。蒙蒙：盛貌，指秋霜浓重。"徐风至而"二句：言己身在高空浮游，舒徐之风吹来则徘徊不定，疾厉之风吹来则猛然飘荡。汤(shāng)汤：大水急流貌。

⑫南藩：南方诸侯国所处之境。会稽：山名，在今浙江绍兴县东

南，相传大禹会诸侯于江南计功，故名。韩众：仙人名。宿：住宿。天道：长生之道。传说齐人韩众为王采得长生之药，王不肯服，韩众自服而成仙。

⑬借：凭借。送予：送我远行。雌霓：虹之外环色彩素淡者。旌：旗。驰骛（wù）：奔驰。班衍衍：盘旋而飞行貌。冥冥：高空昏暗貌。

⑭忽：疾速。容容：云气盛貌。安之：往哪里去。超：遥远。慌惚：迷离恍惚。焉如：到哪里去。难信：难以信任。远举：远走高飞。

⑮峦：小山。好：爱好。桂树冬荣：桂树冬天依然葱茏茂盛。天火：神话传说南方有"炎火千里"。炎炀（yáng）：火旺盛貌。大壑（hè）：指大海。

⑯引：牵引。八维：天之四方（东、西、南、北）和四隅（东南、东北、西南、西北），合称"八维"。维，大绳。传说天有八条大绳维系着运转。自道：自我导引。沆瀣（hàngxiè）：夜半的水气。时思：一作"思时"，忧念时世。秋实：秋天的果实。

⑰菌、若：菌桂、杜若，均香草名。构：连结、建造。杂橘柚：将橘树、柚树错杂而植。圃：园。圃一作"圉"。列：此指排列而栽种。新夷：即辛夷。树名，花苞如笔，花白者称玉兰树。桢：女贞树。

⑱鵁：即鵁鸡，长颈红嘴，其形似鹤，羽色黄白。号：号叫。居者：放逐隐伏者，指屈原。诚贞：诚信坚贞。

哀　命

哀时命之不合兮，伤楚国之多忧。内怀情之洁白兮，遭乱世而离尤。①恶耿介之直行兮，世溷浊而不知。何君臣之相失兮，上沅湘而分离。②测汨罗之湘水兮，知时固而不反。伤离散之交乱兮，遂侧身而既远。③处玄舍之幽门兮，穴岩石而窟伏。从水蛟而为徒兮，与神龙乎休息。④何山石之嶄岩兮，灵魂屈而偃蹇。含素水而蒙深兮，日眇眇而既远。⑤哀形体之离解兮，神罔两而无舍。惟椒兰之不反兮，魂迷惑而不知路。⑥

愿无过之设行兮，虽灭没之自乐。痛楚国之流亡兮，哀灵修之
过到。⑦固时俗之溷浊兮，志瞀迷而不知路。念私门之正匠兮，
遥涉江而远去。⑧念女嬃之婵媛兮，涕泣流乎於悒。我决死而
不生兮，虽重追吾何及。⑨戏疾濑之素水兮，望高山之蹇产。
哀高丘之赤岸兮，遂没身而不反。⑩

【注释】

①时命：出生的时世和命运。不合：不相吻合。"伤楚国"句：悯
伤楚国没有忠臣而国家多忧。情：指情志。离尤：遭逢罪尤。

②恶：憎恶。耿介：正直光明之士。直行：刚直的品行。溷浊：混
浊。不知：指不知道任用贤士。相失：指君王与贤臣相隔。"上沅湘"
句：言屈原放逐，溯沅湘之水而去，遂与君王分离。

③"测汨罗之湘水"二句：料想去到湘水的汨罗，本就知道时世
卑陋再不能回返郢都。测：料。汨罗：即汨罗江，湘水支流。时固：时
世固陋。离散：此指己身放逐而与君王离散。交乱：心中忧伤而迷乱。
侧身：指离去犹久久回望，故曰侧身。

④玄舍：黑暗不明的居舍。幽门：幽暗的门户。均指屈原放逐居处
之幽深。穴岩石而窟伏：伏身于岩穴石窟之中。据传说，屈原放逐于汨
罗玉笥山，住在山畔的茅屋之中；夏天炎热，便藏身于山坡上的"桃花
洞"中。从：随从。水蛟：水中蛟龙。为徒：与蛟龙为伴。此二句王逸
注曰："自喻德如蛟龙而潜匿也。"

⑤嶄岩：形容山石陡峭。偃蹇（yǎnjiǎn）：困顿，不舒展。含素
水：口漱清白之水，以表达身虽放逐而不失清白之节。蒙深：一作"濛
濛"，当指身居烟水濛濛的汨罗深处。眇眇：遥远。

⑥离解：指形体劳顿而懈倦。解：通"懈"。罔两：无所据依貌。
舍：止。此句言神魂恍惚、无所舍止。惟：思。椒、兰：本为香草名，
此暗喻朝中令尹子兰、司马子椒，是直接谗害屈原的权贵。不反：不让
我回返朝廷。"魂迷惑"句：指诗人梦魂欲返郢都，但不识梦中之路。
屈原《九章·抽思》有"惟郢路之辽远兮，魂一夕而九逝""愿径逝而

未得兮，魂识路之营营"。此句即从其中化出。

⑦无过：没有过错。设行：设陈自己的行为。灭没：身没名灭。自乐：独自而乐。此二句言我愿陈列自己一生所行而毫无过错，即使身没名灭，也能为未改变节操而自乐。流亡：此指国家处于危亡之中，如处于水流颠荡之中一般。灵修：此指楚怀王。过到：其所犯过错所招致。到，至也。

⑧瞀（mào）迷：烦闷而迷惑。私门：指朝中徇私营利之臣。正匡：匡正。匠：王逸注为"教"，其义难通，当指某一方面造诣很深的宗匠之类。故此句当为比喻句，言朝中专务营私的小人，竟然想匡正为国输忠的贤士之行，岂非颠倒了事理。下句言忠贞之士如屈原者，只能被放逐而渡江远去。

⑨女嬃：《离骚》中出现的人名，盖为诗人假托的亲近之人，或曰屈原之姐。婵媛：通"啴嗳"，因关切而喘息急促貌。於悒（wūyì）：忧悒郁结，哽咽。决死：决心一死。重追：（女嬃）多次、再三地追劝我。

⑩戏：嬉戏。疾濑（lài）：遄急的水濑。濑：急流。素水：洁白的水流。寒产：高峻貌。高丘：楚地山名。赤岸：王逸注曰"其岸峻岭，赤而有光明"，当指阳光照耀下的高岸。

谬　　谏

怨灵修之浩荡兮，夫何执操之不固。悲太山之为隍兮，孰江河之可涸。①愿承闲而效志兮，恐犯忌而干讳。卒抚情以寂寞兮，然怊怅而自悲。②玉与石其同匮兮，贯鱼眼与珠玑。③驽骏杂而不分兮，服罢牛而骖骥。④年滔滔而自远兮，寿冉冉而愈衰。心悇憛而烦冤兮，蹇超摇而无冀。⑤

固时俗之工巧兮，灭规榘而改错。却骐骥而不乘兮，策驽骀而取路。⑥当世岂无骐骥兮，诚无王良之善驭。见执辔者非其人兮，故骈跳而远去。⑦不量凿而正枘兮，恐矩矱之不同。

不论世而高举兮，恐操行之不调。⑧弧弓弛而不张兮，孰云知其所至？无倾危之患难兮，焉知贤士之所死？⑨俗推佞而进富兮，节行张而不著。贤良蔽而不群兮，朋曹比而党誉。⑩邪说饰而多曲兮，正法弧而不公。直士隐而避匿兮，谗谀登乎明堂。⑪弃彭咸之娱乐兮，灭巧倕之绳墨。葫芦杂于蘪蒸兮，机蓬矢以射革。⑫驾蹇驴而无策兮，又何路之能极？以直针而为钓兮，又何鱼之能得？⑬伯牙之绝弦兮，无钟子期而听之。和抱璞而泣血兮，安得良工而剖之？⑭

同音者相和兮，同类者相仇。飞鸟号其群兮，鹿鸣求其友。⑮故叩宫而宫应兮，弹角而角动。虎啸而谷风至兮，龙举而景云往。⑯音声之相和兮，言物类之相感也。夫方圆之异形兮，势不可以相错。⑰列子隐身而穷处兮，世莫可以寄托。众鸟皆有行列兮，凤独翱翔而无所薄。⑱经浊世而不得志兮，愿侧身岩穴而自托。欲阖口而无言兮，尝被君之厚德。⑲独便悁而怀毒兮，愁郁郁之焉极。⑳念三年之积思兮，愿壹见而陈词。不及君而骋说兮，世孰可为明之。㉑身寝疾而日愁兮，情沈抑而不扬。众人莫可与论道兮，悲精神之不通。㉒

【注释】

①浩荡：无思虑貌。执操：持行操守。不固：不坚固。此二句怨君王信用谗佞、主意多变，而不坚守信约。太山：泰山，大山。隍：城下之池，有水曰池，无水曰隍。涸（hé）：水干涸。此二句言我为大山变为城下干池而悲伤，又岂可以让江河之水干涸。"太山为隍"以喻时局变化无常。"江河之涸"以警告君王前途可虑。

②承闲：利用君王闲暇之时。效志：此指进献忠言，以达己情志。犯忌干讳：触犯君王之所忌讳。干：犯。卒：终于。抚情：按抑情感。怊怅：失意感伤貌。自悲：为自己情志难伸而悲痛。

③匮（kuì）：大型藏物之器，同"柜"。贯：穿。珠玑（jī）：珍珠，圆形曰珠，不圆的称玑。此二句以玉、石同柜、鱼目与珠玑同贯，以喻君王之不分忠贤、谗佞。

④驽（nú）：劣马。骏：千里快马。服：驾车的四马中，占据中间位置的两匹称"服"。骖：驾车的边马。罢牛：疲惫之牛。用疲惫之牛充当拉车主力，而将骐骥用为边马，岂非颠倒。以喻君王在朝政治理上，用人之贤、愚颠倒。

⑤年：此指岁月。滔滔：水流逝貌。自远：据闻一多《楚辞校补》应作"日远"，岁月日渐消逝远去。寿：年寿。愈衰：愈来愈衰老。悇憛（tútǎn）：忧愁貌。烦冤：烦闷、冤屈。寒：句首助词。超摇：不安貌。冀：希望。

⑥工巧：善于取巧。灭：弃。错：措，措施。却：斥退。策：马鞭，此作动词用。骀（tái）：劣马。

⑦王良：春秋时代晋国之善御者，一名孙无政，为赵简子（晋之公卿大臣）车御。死后"托精于天驷星"，又称"王良星"。善驭：善于驾驭车马。执辔（pèi）：即驾车者。辔：驾驭牲口的嘴嚼子和缰绳。踊（jú）跳：曲身跳跃。

⑧凿：器具上用于装柄之孔。枘：木柄，榫头。榘：量方之器。矱：量圆之器。"不论世"二句：不考察时世清、浊，就高其品操、举其洁行，恐怕不能与众人和调。调：和谐。

⑨弧弓：张弦而弯曲的木弓。弛：弓弦松弛。张：绷紧。孰云知其所至：谁能了解它的射程有多远。倾危：指国家面临倾覆危亡之祸。"焉知贤士"句：言又哪能了解谁是为国死节之贤士。

⑩推佞（nìng）进富：推举花言巧语的佞人，进用宝贵无能之辈。"节行张"句：虚设用人讲求节操、品行的条文，而不表彰、显扬真有节行者。"贤良蔽而"二句：贤明之士被遮蔽而孤立无助，结党营私之辈则相互勾通、彼此推誉。不群：不与众人合群，即遭众人排斥之意。曹：辈。比：连接、勾结。党誉：结成一党互相吹捧。

⑪"邪说饰"二句：歪理几经修饰仍多邪曲不正，而正常的法度

193

却被歪曲而失去了公正。弧：弯曲。隐：退隐。避匿：避祸、藏匿。明堂：天子布政之堂，借指朝廷。

⑫彭咸：殷代贤臣，谏君不从，投水而死。娱乐：彭咸以伏节死直为乐。此句言抛弃了彭咸喜乐的伏节死直。灭：弃。巧倕：帝尧时代的巧匠之名。绳墨：木工用以取直、标识的工具，此指正直之行。菎蕗 (kūnlù)：香草名。杂：错杂。麤 (zōu)：麻秆。蒸：细小的木柴；又，用以制烛的麻干、竹、木、芦苇，亦称"蒸"。机：射箭的弩机。蓬矢：用蓬蒿作箭。射革：射皮甲。此四句言谗佞之臣背弃彭咸的伏节死义准则，灭弃巧倕遵循的正直法度，以至于出现了使菎蕗杂于麻秆之中、装上蓬蒿之箭来射甲的混乱和颠倒。

⑬蹇 (jiǎn) 驴：跛脚之驴。极：至。钓：钓鱼之钩。钓一作"钩"。前句言君任谗佞之臣而不加驾驭，则国家怎能达到兴旺；后句言君王不能以礼敬聘贤士，犹如用直针钓鱼绝无所得。

⑭伯牙：春秋时代善鼓琴者。钟子期：伯牙的知音。《列子·汤问》："伯牙善鼓琴，钟子期善听。伯牙鼓琴，志在登高山。钟子期曰：'善哉！峨峨兮若泰山。'志在流水，钟子期曰：'善哉！洋洋兮若江河。'"《吕氏春秋·本味》："钟子期死，伯牙擗琴绝弦，终身不复鼓琴。"和：一作"和氏"，即下和。璞：合玉之石、没有雕琢之玉，均称璞。良工：优秀的玉工。剖：一作"刑"，治玉。

⑮同音：单调相同。相和 (hè)：互相和鸣。同类：族类相同。相仇：相亲近、相匹配。仇原为"似"，此取一本异文。号其群：以长声鸣叫呼唤其群。友：指鹿之友，鹿群。

⑯叩：击。宫、角：均为五音（宫、商、角、徵、羽）之一。此二句言叩击五音，各以其声感而应之。以喻君求仁则仁至，君臣之同气相求、同声相谐。"虎啸"二句：虎啸生风，故出谷之风亦来应至；龙飞升天，故空中之云亦来扶之。景云：五彩之云，被视为吉祥之瑞。此二句又以虎、龙与风、云的关系，喻君臣相应、相和关系。

⑰"音声之相和兮"二句：据闻一多《楚辞校补》，当作"言音声之相和，物类之相感也"，并推测二句为原句"注文"误为"正文"，

其误写发生在王逸以前。此推测极是。"夫方圆之异形兮"二句：言方和圆形不同，其势不能错杂在一起。

⑱列子：春秋时代异人，名御寇，《庄子·逍遥游》记他能乘风飞行，隐居于郑圃四十年，人无识者。世莫可以寄托：言列子所以隐居而穷处，是因为时世多伪，不足以出仕而寄命托身。行列：鸟群飞行排成一行。以喻世俗好成群结党。薄：至，凭依。

⑲经浊世：身历昏浊之世。侧身：此指岩穴狭小，只能倾侧身子而居。侧又通"厕"，厕身即置身之意。自托：以寄托自身。阖（hé）口：闭口。尝：曾经。被：身受。此二句言想要缄默不言吧，想到曾受君王厚恩，又不忍不说。

⑳便悁（piánjuān）：忧忿貌。毒：愤恨。焉极：哪有穷尽。

㉑三年：屈原初放汉北三年未被召回，接着又被顷襄王迁逐江南沅湘之间。积思：积聚的悉思。"不及君而骋说"二句：没机会赶上向君王畅快陈说，当世又能谁可以辨明我的真心。

㉒寝疾：身患疾病而卧寝。不扬：不得舒扬。论道：论说立身处世之道，或曰辅君兴邦之道。精神不通：王逸以为指屈子"精神所志，而不得通于君也"。亦可解为众人与屈原精神所志不能相通，故没有可与"论道"的。

乱曰：鸾皇孔凤，日以远兮。畜兔驾鹅。鸡鹜满堂坛兮。①蛙黾游乎华池。②要袤奔亡兮，腾驾橐驼。铅刀进御兮，遥弃太阿。③拔搴玄芝兮，列树芋荷。橘柚萎枯兮，苦李旖旎。④瓴瓯登于明堂兮，周鼎潜乎深渊。自古而固然兮，吾又何怨乎今之人！⑤

【注释】

①据闻一多《楚辞校补》，此四句句式当同后文，作"鸾皇孔凤兮，日以远；驾鹅鸡鹜兮，满堂坛。""畜兔"二字为衍文。驾（jiā）

195

鹅：野鹅。鸡鹜（wù）：鸡鸭。鹜亦叫舒凫。

②黾（měng）：金线蛙。华池：芳华之地。按：闻一多以为，此句前脱"□□□□□兮"一句。

③要袅（niǎo）：古之骏马，赤嘴黑身，日行五千里。奔亡：奔走逃亡。腾驾：车马飞腾，或曰传令驾车。橐（tuó）驼：即骆驼。铅刀：铅制之刀一割即钝。进御：进用。遥弃：远远抛弃。太阿：利剑，亦作"泰阿"。传说春秋时，楚王命欧冶子、干将铸龙渊、泰阿、工布三剑。楚王持泰阿率众击破敌军。事见《越绝书》"外传"。

④拔搴（qiān）：拔去。玄芝：黑芝，传说是神草。列树：遍种。芋荷：芋，土豆；荷，荷花。苦李：野李树，其实苦涩。旖旎（yǐnǐ）：柔和美丽，此指繁盛貌。

⑤甂瓯（biān'ōu）：瓦器。甂为阔口食盆，瓯为盆盂之类盛器。明堂：天子布政之堂。周鼎：周朝传国之鼎。潜：沉没。固然：本来就如此。今之人：指当时那些谗妒小人。

【品评】

孟子说过："诵其诗，读其书，不知其人，可乎?"东方朔本是一位才高志雄之士，但在汉武帝朝中"悉力尽忠，以事圣帝；旷日持久，积数十年，官不过侍郎，位不过执戟"（见其所著《答客难》，下引同）。《汉书·东方朔传》亦称："朔上书陈农战强国之计，推意放荡，终不见用。"武帝始终只将他视为滑稽多谐、可供娱乐之弄臣而已。由此观察《七谏》即可明白：此诗虽托为屈原口吻，控诉的似也多为楚国乱政；但字里行间，则时时涌腾着东方朔对汉家专制政治的悲愤批判。此诗虽分为七节，用力却并不平均：《初放》简述屈原之出身遭际；《怨思》《自悲》《哀命》三节穿插中间，表现屈原放逐中的哀怨、伤悯及托为"远游"的寂寞和孤独；而以《沈江》《怨世》《谬谏》为重点，集中揭露和抨击谗谀当道、君王昏聩和忠贤遭害的黑暗朝政，并以鲜明的语言表达屈原"众人莫可与论道兮，悲精神之不通"的愤懑和"宁为江海之泥涂兮，安能久见此浊世"的不屈志节。这几节以滚

196

滚滔滔的史事对照和层出不穷的比兴铺陈，倾泻蓄积胸际的不平和哀愤。其激烈悲亢，真有直追屈原当年所作《涉江》《怀沙》《惜往日》之气，而兼有戟指汉世"抗之则在青云之上，抑之则在深渊之下""小人之匈匈""贤与不肖何以异哉"的专制政治之力！借古贤之杯以浇作者胸际之块垒，这正是《七谏》代言式抒情艺术的一大特色，也是它高出汉世许多拟骚之作的独异之处。

严忌

哀 时 命

　　《哀时命》为西汉著名辞赋家严忌所作。严忌本姓庄（东汉时为避明帝讳，称庄为"严"），会稽吴人（今江苏苏州人），或曰由拳（今浙江嘉兴）人，曾为吴王刘濞文学侍从。"七国之乱"平定后，严徒步入梁，与枚乘、邹阳等辞赋家一起，为梁孝王所敬重，世称"庄夫子"。严忌哀伤屈原秉性忠贞，不遭明君而遇暗世，因"斐然作辞，叹而述之"，写成此篇名作。此文对屈原的情志颇有体会，但构思、用词模拟多而创意少，很难说是上乘之作。

　　哀时命之不及古人兮，夫何予生之不遭时！往者不可扳援兮，来者不可与期。[1]志憾恨而不逞兮，抒中情而属诗。夜炯炯而不寐兮，怀隐忧而历兹。[2]心郁郁而无告兮，众孰可与深谋？欿愁悴而委惰兮，老冉冉而逮之。[3]居处愁以隐约兮，志沈抑而不扬。道壅塞而不通兮，江河广而无梁。[4]愿至昆仑之悬圃兮，采钟山之玉英。攀瑶木之橝枝兮，望阆风之板桐。[5]弱水汨其为难兮，路中断而不通。势不能凌波以径度兮，又无羽翼而高翔。[6]然隐悯而不达兮，独徙倚而仿徉。怅惝罔以永思兮，心纡轸而增伤。[7]倚踌躇以淹留兮，日饥馑而绝粮。廓抱景而独倚兮，超永思乎故乡。[8]廓落寂而无友兮，谁可与玩此遗芳？白日晼晚其将入兮，哀余寿之不将。[9]车既弊而马罢兮，蹇邅徊而不能行。身既不容于浊世兮，不知进退之宜当。⑩

　　冠崔嵬而切云兮，剑淋离而从横。衣摄叶以储与兮，左袪挂于榑桑。⑪右衽拂于不周兮，六合不足以肆行。上同凿枘于伏戏兮，下合矩矱于虞唐。⑫愿尊节而式高兮，志犹卑夫禹汤。虽知困其不改操兮，终不以邪枉害方。⑬世并举而好朋兮，壹斗斛而相量。众比周以肩迫兮，贤者远而隐藏。⑭为凤皇作鹑笼兮，虽翕翅其不容。灵皇其不寤知兮，焉陈词而效忠？⑮俗嫉妒而蔽贤兮，孰知余之从容？愿舒志而抽冯兮，庸讵知其吉凶？⑯璋珪杂于甑窐兮，陇廉与孟娵同宫。举世以为恒俗兮，固将愁苦而终穷。⑰幽独转而不寐兮，惟烦懑而盈匈。魂眇眇而驰骋兮，心烦冤之慯慯。⑱志欲憾而不憺兮，路幽昧而甚难。⑲

　　块独守此曲隅兮，然欿切而永叹。愁修夜而宛转兮，气涫潘其若波。⑳握剞劂而不用兮，操规榘而无所施。骋骐骥于中庭兮，焉能极夫远道？㉑置猨狖于棂槛兮，夫何以责其捷巧？驷跛鳖而上山兮，吾固知其不能升。㉒释管晏而任臧获兮，何权衡之能称？莨莠杂于甖蒸兮，机蓬矢以躲革。㉓负檐荷以丈尺兮，欲伸要而不可得。外迫胁于机臂兮，上牵联于罾罪。㉔肩倾侧而不容兮，固陿腹而不得息。务光自投于深渊兮，不获世之尘垢。㉕孰魁摧之可久兮，愿退身而穷处。凿山楹而为室兮，下被衣于水渚。㉖雾露濛濛其晨降兮，云依斐而承宇。虹霓纷其朝霞兮，夕淫淫而淋雨。㉗怊茫茫而无归兮，怅远望此旷野。下垂钓于溪谷兮，上要求于仙者。㉘与赤松而结友兮，比王乔而为耦。使枭杨先导兮，白虎为之前后。㉙浮云雾而入冥兮，骑白鹿而容与。㉚

　　魂眐眐以寄独兮，泪徂往而不归。处卓卓而日远兮，志浩

199

荡而伤怀。㉛鸾凤翔于苍云兮，故矰缴而不能加。蛟龙潜于旋渊兮，身不挂于罔罗。㉜知贪饵而近死兮，不如下游乎清波。宁幽隐以远祸兮，孰侵辱之可为？㉝子胥死而成义兮，屈原沈于汨罗。虽体解其不变兮，岂忠信之可化？㉞志怦怦而内直兮，履绳墨而不颇。执权衡而无私兮，称轻重而不差。㉟摡尘垢之枉攘兮，除秽累而反真。形体白而质素兮，中皎洁而淑清。㊱时嶷嵅而不用兮，且隐伏而远身。聊窜端而匿迹兮，嗼寂默而无声。㊲独便悁而烦毒兮，焉发愤而抒情。时暧暧其将罢兮，遂闷叹而无名。㊳伯夷死于首阳兮，卒夭隐而不荣。太公不遇文王兮，身至死而不得逞。㊴怀瑶象而佩琼兮，愿陈列而无正。生天地之若过兮，忽烂漫而无成。㊵邪气袭余之形体兮，疾憯怛而萌生。愿壹见阳春之白日兮，恐不终乎永年。㊶

【注释】

①时命：出生时日、命运。遘（gòu）：逢。予：王逸以为此文乃严忌哀怜屈原之作，而代为抒情，"予"代指屈原。但从下文有直指屈原之名看，"予"似又指严忌自己。扳援：攀引。与期：与之期约，即等待之意。

②憯恨：愤恨。逞：快，通。不逞：不通，不能实现。属：缀合。属诗，作诗。炯炯：目光明亮貌，此指不能合眼。寐：睡。隐忧：忧痛。历兹：经历年岁而至此。

③郁郁：郁闷。无告：无可告诉。"众孰可"句：言众人之中有谁可以和我相谋虑。欿（kǎn）：愁悴貌。委惰：委顿、懈怠。逮：及。

④居处：居住、处身。隐约：隐微，幽暗不明。沈抑：即沉抑，压抑之意。不扬：指情志不能外扬。无梁：没有桥梁。

⑤悬圃：神话传说昆仑山乃天帝下都，其上有神仙所居的悬圃。钟山：昆仑山西北山名。玉英：玉有花一样的色泽。据《淮南子》记："钟山之玉，烧之三日，其色不变。"擥：同"揽"，采折。瑶木：玉

树。檀（tán）枝：檀为树名，即檫树，树汁可以染色。但此檀读为寻（xún），檀枝即寻尺之枝。寻：八尺。阆（láng）风：昆仑墟三山之一。板桐：山名，在阆风之上。

⑥弱水：神话传说中的水名，环绕于昆仑山。汩（gǔ）：水流湍急。为难：作难。凌：乘，凌越。径度：直接渡过。

⑦隐悯：暗自伤悯。不达：不能到达对岸（以登神山）。徒倚：徘徊。仿佯：犹豫彷徨。怅：惆怅、失意。惝罔：惊恐不安。永思：长思。纡轸（yūzhěn）：委屈忧痛。轸：同"疹"。

⑧踌躇：犹豫不决。淹留：久留、滞留。饥馑（jǐn）：荒年。谷不熟曰饥，菜不熟曰馑。廓：空虚。抱景：即抱影，抱着自己身影，形容孤独无侣。超：远。

⑨廓落：空旷孤寂。玩：观赏。遗芳：遗留的芳草，喻指美好的品性。晼（wǎn）晚：黄昏日落时的景象。不将：不长。

⑩弊：破败，坏。罢（pí）：疲惫。謇（jiǎn）：发语词。邅（zhān）佪：转身徘徊而不进貌。"不知进退"句：言不知进或退何者更适宜、恰当。

⑪冠：帽。崔嵬：高耸貌。切云：切云冠，形容其高可绝云，故名。淋离：长貌。从横：即"纵横"，形容长剑之有气势。摄叶、储与：均为形容衣装之词。摄叶，曲折貌。储与，不舒展貌。祛（qū）：衣袖。榑桑：即"扶桑"，神话传说中东方日出处之神树，太阳登此树而升天。

⑫袿：衣襟。拂：飘拂。不周：神话传说中西北方之山名，因其有缺口故称"不周山"。六合：天地四方。肆行：任意行走。同凿枘（ruì）：指木孔与木楔之相合。同：合。伏戏：即"伏羲"，古帝名。矩镬（huò）：矩，量方之具。镬：量圆度之具。虞唐：指虞舜、唐尧。此二句言上与古帝伏羲君臣相契，下与尧舜心意相合。

⑬尊节：尊崇气节。式高：效法高义。卑：看低。此二句言愿尊崇和效法伏羲、尧舜，大禹、成汤王犹被看低。困：窘困。不改操：不改变操守。邪枉：斜曲。方：方正。此二句言即使明知这样做将使自己处

于困境（不为世俗所容），终究不能让邪曲之行来损害方正之性。

⑭并举：相互推举。好朋：爱好朋比为奸。壹斗斛而相量：指不分辨贤愚而同等视之。壹：一。斗、斛，不同容积的量器，十斗合一斛。比周：相互勾结。比：亲。周：合。肩迫：并肩。

⑮鹑笼：鹌鹑之笼。此句言为巨大的凤凰制作只能容身小小鹌鹑的鸟笼，以喻贤者受到羁拘、压迫。翕（xī）翅：收拢翅膀。灵皇：指圣灵美好之君，代称楚怀王。不寤知：不醒悟。焉：哪里。

⑯蔽贤：遮蔽、阻挡贤人。从容：指美好的仪度。舒志：使情志得到舒发。抽冯（píng）：使愤懑得以抽绎、发泄。庸讵（jù）：何必。庸：用。讵：岂。此二句言希望能让情志和愤懑得到舒泄，又何必知其是凶是吉。

⑰璋珪：贵重的玉器。甑（zēng）：古代蒸饭用的瓦器。窐（guī）：孔穴。陇廉：丑女名。孟娵：美女名。恒俗：常见之俗。终穷：穷苦终身。

⑱幽独：幽寂孤独。转：辗转床侧。烦懑：烦躁、苦闷。盈匈：满胸。匈：通"胸"。眇（miǎo）眇：视而不见貌，此指魂之飘缈不定貌。憧（chōng）憧：忧愁不安。

⑲欿（kǎn）憾：愁悴失意。不憺（dàn）：不安。幽昧：幽暗不明。甚难：非常险难。

⑳块：孤单貌。曲隅：山曲之一角。欿切：愁悴痛切。永叹：长叹。修夜：长夜。宛转：愁思曲折盘旋心中。涫灊（guànfèi）：沸腾。灊：同"沸"。若波：如波浪翻滚。

㉑剞劂（jījué）：曲刀和曲凿，木工用于雕刻之具。施：用。中庭：庭中。极：至。此二句言让骏马在狭促的庭中奔跑，又怎能展蹄飞驰至于千里远路。

㉒猨狖（yòu）：猿猴。狖：长尾猿。棂槛（língjiàn）：雕有木格子的栏杆，此指阶际围栏。捷巧：快捷灵巧。责：要求，此指令其实现之意。驷：驾。跛鳖：跛脚之鳖。

㉓释：弃而不用。管晏：指管仲、晏婴，均曾担任齐国之相，世之

大贤。臧获：奴婢。臧为奴，获为婢，均为贱称。"何权衡"句：秤锤、秤杆又何能相当而称量重物。用以喻指掌国政者非贤人，何能使国家兴旺。权，秤锤。菎蕗（kūnlù）：香草名。鹪（zōu）：麻秆。蒸：细小的木柴。又用以制烛的麻干、竹干、芦苇，亦称"蒸"。蓬矢：用蓬草秆作箭。机：机弩。躲：同"射"。革：皮革所制盾牌。

㉔负檐荷：背负肩挑。檐，一作"擔"，即"担"。丈尺：丈尺而步，形容行走艰难。伸要：即"伸腰"。迫胁：迫近而受威胁。机臂：弩身。矰雉（zēngyì）：系丝绳以射鸟雀的箭。雉：同"弋"。此二句言外有近身将射的机弩，上有带线的箭矢牵制，形容置身于险恶之境。

㉕"肩倾侧"二句：言欲倾侧肩背也无法容身，本就只能收腹屏气而不得喘息。陿（xiá）：窄。务光：古之清廉之士，相传成汤要将天下让给他，他不受而投水死。"不获"句：不愿受到浊世尘垢的沾污。

㉖魁摧：巨大打击。"凿山楹"句：开凿山石以为室柱。楹：堂柱。"下被衣"句：披衣而下水渚，进行洗浴。

㉗依斐：云气盛貌。此句一作"云衣霏霏而承宇"。"虹霓纷其"二句：言天云杂色，虹霓缤纷，朝霞辉耀；傍晚又下起了不停的雨。淫：过多。

㉘怊（chāo）：失意而心无所依。要：邀请。此四句言失意的思绪茫茫无际，此身此心无所归依，站在旷野怅然远望，下则垂钓溪谷，上则邀约仙人。

㉙赤松、王乔：均为神仙。为耦：结成一对。耦：两人并耕；亦通"偶"，成双、配偶。枭杨：山神，如狒狒之状。白虎：西方七宿之星名。

㉚浮：乘。入冥：进入天之深处。白鹿：传说中仙人常乘之骑。容与：逍遥自在貌。

㉛眐（zhēng）眐：独视貌，或曰独行貌。寄独：寄于孤独之身。徂：往，去。卓卓：高貌；一作"逴逴"，远貌。浩荡：形容神思飘荡。

㉜矰缴（zēngzhuó）：带丝线的箭。加：加身，加害。旋渊：九旋

之渊，极深的渊水。罔：即"网"。

㉝饵：为捕捉禽兽所设的食物。贪饵：贪食诱饵。幽隐：隐居于幽深处。孰：谁。侵辱：侵害、侮辱。此句言谁还能对其加以侵害、伤辱呢。

㉞子胥：即伍子胥，原为楚臣，父兄被害，因投奔吴王，后为谗臣伯嚭所害。体解：肢解其身，一种酷刑。不变：不改忠贞之心。化：变化。

㉟怦怦：心跳貌。内直：内心忠直。履：行走所踩。绳、墨：木匠用以取直、标记的工具。颇：偏差。权：秤锤。衡：秤杆。

㊱摡（gài）：洗涤。枉攘（wǎngrǎng）：纷乱貌。秽累：污秽之累积。反真：返于清白之性。质素：内质素洁。皎洁：形容洁白光明。淑清：善良清明。

㊲时：时世。猒饫（yànyù）：厌于饱食，猒同"厌"，此指厌倦、厌恶之意。窜端：逃藏其身。端：头。匿迹：隐身。嘆（mò）：通"寞"，静默。

㊳悁悁：一作"悁悒"，愁闷不安。烦毒：烦愁之极。暖暖：昏暗不明貌。罢：尽。无名：无声名传于后世。

㊴首阳：山名。卒：终于。夭隐：夭亡隐没。不荣：不得爵禄荣宠。太公：姜太公吕尚。逞：快意其志。

㊵瑶象：美玉、象牙，以喻美质。陈列：铺陈、展开。无正：没有公正评断之人，此指君王。若过：指人生于天地之间正如过往之客。忽：迅速貌。烂漫：此指死亡、消散。无成：没有成就功业。

㊶邪气：邪恶之气。袭：侵袭。疾：病。憯怛（cǎndá）：惨痛。永年：长寿。

【品评】

本文的"予"，妙在既似代指屈原，又似直指处于汉初、经历了"吴楚七国之乱"的作者自己。这就使全辞的哀愤，在拟写屈原的遭际中，渗透了浓重的自伤之情。文中由生不逢时的衰老之伤，写到欲登

"昆仑"而受阻的理想失落苦闷；而后以高傲的笔调，推许自身的不羁之才和清峻志节，愤懑抨击时世的溷乱和颠倒；最后抒写慕仙神游于天地之间，以远离浊世的侵辱之祸，又不免寂寞、孤独，而遗憾于终身的隐没无名。比较典型地反映了汉初文士身怀奇才而不得朝廷重用的苦闷和哀伤。全辞的构思和用语，较多模拟《离骚》和《九辩》，读来总觉有似曾相识之感。而情感的抒泄，由于缺少亲历的体验，便不免汉代拟骚者所共有的那种"代哭不哀"的隔膜。不过在局部描述中，尚有不少创意：如"左祛挂于榑桑""右衽拂于不周"等，想象颇为奇特；又如"置猨狄于棂槛兮，夫何以责其捷巧""负檐荷以丈尺兮，欲伸要而不可得"等，设喻亦新颖可喜。